책의 힘

책의 힘

파국의 시대,
한 사회학자가 안내하는 읽고 생각하고 쓰는 기술

오사와 마사치 지음 · 김효진 옮김

오월의봄

내 작업은 대부분 읽고, 생각하고, 쓰는 일이다. 이 책에서는 내가 책을 어떤 식으로 읽고, 어떻게 거기서 사고를 자아내는가를 구체적으로 예시하고자 한다.

생각하는 것은 인간의 의무가 아닐뿐더러 원초적인 욕망도 아니다. 하지만 어떤 충격을 받았을 때, 인간은 사고하지 않고서는 넘어갈 수 없게 된다. 이 충격을 철학자 질 들뢰즈는 '불법침입'에 비유했다. 기성의 지식이나 해석으로 불법침입을 받아낼 수가 없을 때, 인간은 사고할 것을 강제받게 된다.

하지만 불법침입의 충격에 맞설 수 있을 만한 사고의 깊이에 도달하는 것은 쉬운 일이 아니다. 상식의 벽이 사고가 깊어지는 걸 막아서기 때문이다. 상식의 인력에서 벗어나 사고를 밀고나가는 것은 무척 어려운 일이다. 이것저것 떠올려봐도 '약간 달라' '이걸로는 그 충격에 걸맞지 않아' 싶어지는 평범한 결론에 도달하고 만다. 그렇게 느끼는 사람이 많을 것이다.

그때 인간은 사고의 화학 반응을 촉진하는 촉매를 필요로 하게 된다. 그러한 촉매 가운데 가장 중요한 것은 물론 타인들이다. 상담 상대가 되어주거나 토론에 응해주거나 때론 가만히 이야기를 들어주는 다양한 타자들이다. 그다음으로 중요한 촉매는 틀림없이 책이다.

그렇다고는 해도 타인이 당신이 사고해야 할 사안의 결론을 알고 있는 것이 아니듯, 책에 곧장 대답이 써 있는 게 아니다. 사고를 심화시키기 위해서는, 책의 힘을 창조적으로 활용할 수 있는 기술을 갖춰야만 한다. 이 책에서 나는 나 자신이 책을 기반으로 삼아 어떻게 사고해나가는지를 실례를 들어가며 내보일 것이다.

●

'들어가는 글'은 사고 기술의 원론이다. 무엇을, 언제, 어떤 타이밍에, 어떻게 사고하는가. 편집부의 인터뷰에 응하는 형식으로 이 질문들에 답했다.

이 책의 몸통을 이루는 세 개의 장은 사회과학, 문학, 자연과학에서 각각 5~7권의 책을 꼽아 그 중핵을 독해하는 형식으로 사고를 전개한다. 각각의 장은 주제가 있으며, 그 주제에 관련된 걸작을 꼽았다. 사회과학 편의 주제는 '시간', 문학 편의 주제는 '죄', 자연과학 편의 주제는 '신'이다.

이 세 개 장 각각을 독립적으로 읽어도, 또 사고술을 습득한다는 목적을 벗어나 읽어도 의미가 있을 것이라고 자부한다. 나아가 세 개 장을 모두 읽었을 때 독자는 사회과학, 문학, 자연과학이라는 지식의 상이한 영역이 내가 전개하는 사고 가운데서 공명하는 것을 실감할 것이다. 세 개의 주제는 자의적으로 정한 것이 아니라 이러한 공명을 일으키기 위해 선별한 것이다. 각 장의 서술은 하나의 결론에 도달하는 것보다는 저작 각각의 개성과 그것을 유희하는 데에 중점을 두고 있다.

이 세 개의 장은 가와데쇼보신샤河出書房新社가 주재하고 있는 작은 세미나에서 강의한 것을 기반으로 한다. 세미나는 〈생각한다는 것〉과 〈읽는다는 것〉으로 이루어진 한 덩어리의 운동을 생생히 보여주려는 목적으로 진행됐다. 문장에도 그 생생함이 배어 있을 것이다.

'나가는 글'에서는 원고 의뢰를 받아 집필하고 발표할 때 무엇에 유의해 무엇을 해야 하는지, 구체적이고 실무적인 문제를 논하고 있다.

어느 장부터 읽어도 무방하다.

차례

서문   5

들어가는 글 - 생각한다는 것

1. 무엇을 사고하는가   12

2. 언제 사고하는가   17

3. 어디에서 사고하는가   26

4. 어떻게 사고하는가   35

5. 왜 사고하는가   44

보론 - 사상의 불법침입자   50

1장 사회과학, 어떻게 읽고 생각할까?

1. 마키 유스케의《시간의 비교사회학》을 읽다   65

2. 카를 마르크스의《자본론》을 읽다   87

3. 베네딕트 앤더슨의《상상의 공동체》를 읽다   104

4. 에른스트 칸토로비치의《왕의 두 신체》를 읽다   115

5. 막스 베버의《프로테스탄티즘의 윤리와 자본주의 정신》을 읽다   124

2장 문학, 어떻게 읽고 생각할까?

1. 나쓰메 소세키의《마음》을 읽다   149

2. 도스토예프스키의《죄와 벌》을 읽다   164

3. 아카사카 마리의《도쿄 프리즌》을 읽다   175

4. 이언 매큐언의 《속죄》를 읽다 192
5. 필립 클로델의 《브로덱의 보고서》를 읽다 206

3장 자연과학, 어떻게 읽고 생각할까?

1. 수학과 인생
  요시다 요이치의 《0의 발견》을 읽다 231
  가스가 마사히토의 《100년의 난제는 어떻게 풀렸을까》를
  읽다 236
2. 중력의 발견
  오구리 히로시의 《중력이란 무엇인가》를 읽다 251
  빅토르 I. 스토이치타의 《회화의 자의식》을 읽다 257
  야마모토 요시타카의 《자력과 중력의 발견》을 읽다 263
3. 양자역학의 형이상학과 진정한 유물론
  리처드 파인만의 《빛과 물질의 신비한 이론》과
  브라이언 그린의 《엘러건트 유니버스》를 읽다 272

나가는 글 - 그리고, 쓴다는 것 289
후기 317
옮긴이의 말 320

생각한다는
것

무엇을
사고하는가

내 인생의 테마 찾기

'사고思考'라고 한마디로 표현하지만 그 시간의 층위는 저마다 다르다. 매우 장기간에 걸쳐 사고하는 것, 사건에 곧바로 반응해서 사고하는 것, 혹은 그 중간의 시간 감각으로 사고하는 것도 있다. 하지만 그 모두가 유기적으로 연결되지 못한다면 깊게 사고하는 것은 불가능하다.

자신이 거의 평생을 바쳐 사고해야 할 테마란 무엇일까. 그것은 '내 인생의 테마는 무엇으로 할까?' 하고 하루 동안 생각해서 결정할 수 있을 만한 것이 아니다. 아마 그 사람이 살아가는 동안, 어떤 의미에서는 자연히 정해지는 것일 터이다.

내가 느끼기로는 10대 중반, 사춘기 정도에 가장 기본적인 부분이 완성되는 것 같다. 물론 그 무렵에는 그런 의식이 없으므로,

훗날 돌아보니 그렇더라는 식이겠지만 말이다.

자연스레 정해진다고 했지만, 인간은 가만히 두면 무언가 사고를 하는 동물이 아니다. 사실은 뭘 생각해야 하는지 아닌지조차 분간하지 못한다. 하지만 사고하지 않고서는 넘어갈 수 없는 사태가 일어난다.

어째서일까. 아마도 사는 동안 느끼는 세계와의 불화 같은 것에 대해, 사고함으로써 언어화해나가는 형태로 대응하는 것일 터이다. 이렇게 사고를 재촉하는 세계와의 불화는 10대, 사춘기 시절부터 느끼게 되는 경우가 많다. 아이에서 어른이 되는 시기에, 즉 사춘기에 누구나 어느 정도 비약을 경험한다. 그 비약을 겪으면서 갖가지 축적이나 변천이 있다고 하더라도 지금껏 사고해온 것들에는 어떤 연속성이 있다. 살아가면서 느끼는 위화감을 개념으로 파악해나간다면, 그것이 '라이프워크life work'적 테마로 이어지지 않을까.

테마를 세분화해보자

그러면 평생의 테마(로 생각되는 것)를 찾았다고 해보자. 나는 사고의 성과로서 논문이나 책을 쓰는 일을 업으로 삼고 있다. 하지만 평생의 테마를 찾았다고 해서 올해 갑자기 그 결론을 쓸 수 있는 것은 아니다. 평생의 테마이니만큼 그리 간단히 최종 결론이

나오지 않는다. 평생 생각해도 답을 내지 못할지 모른다. 그렇기 때문에 그것을 중기 테마, 단기 테마로 전환해야만 한다. 테마를 세분화할 필요가 생기는 것이다.

이때 중기는 극단적으로 많은 양이 아니라 보통 두께의 책 한 권을 떠올리면 될 것이다. 이미 기초적인 축적이나 준비가 된 사람이라면 이런 종류의 책은 1년에서 3년 정도의 기간에 완성할 수 있다. 덧붙여 말해두자면, 석·박사 학위 논문으로서 성공을 거두려면 중기 단위 작업이어야 한다.

단기는 1년 미만의 작업을 말한다. 수개월 혹은 다음달까지 마감할 것, 때로는 일주일 정도의 기한일 경우도 있다. '이런 사건이 있었으니 즉시 그에 대해 생각해보자' 같은 식일 때도 있다.

예를 들어 어제 나는 고향에서 강연을 하고 왔는데, '고향 지향地元志向'이라는 현상에 대해 아침 드라마 〈아마짱あまちゃん〉을 소재로 삼아 이야기했다. 마침 강연일이 〈아마짱〉 최종회가 방영된 다음날이었기 때문이다. '아마앓이あまロス' 같은 말이 생길 정도로 인기를 끌었는데, 이 드라마가 왜 그렇게 임팩트가 있었을까. 이런 질문을 던져봄으로써 여러 가지 사실을 발견할 수 있게 된다. 이런 것을 단기 테마라고 말할 수 있을 것이다.

이렇게 세분화해서 테마를 설정하지 않으면 좀처럼 성과가 나오지 않는다. 하지만 단기 혹은 중기 테마는, 실은 평생 사고해나갈 장기 테마와 이어져 있다.

답은, 있다

무엇이 중요한가. 장기 테마라고 하면 언제 답이 나올지 알 수 없고, 답이라고 부를 수 있는 성질의 것이 있기나 한지조차 알 수 없다. 그렇다고 해서 '그러니 답이 없어도 괜찮아'라고 생각해버리면, 사고는 멈추고 만다. "답은 있어." 처음부터 그렇게 정해놓고 달려들어야 한다.

갑자기 장기 질문에 답을 내기는 어렵다. 한편 중기 혹은 단기의 질문은 그 범위 내에서 반드시 답을 낼 것을 요구받으며, 답을 내야만 한다는 압박감도 강하다. 그리고 실제로 그런 경우 모종의 답을 낼 수는 있다.

나는 답이 없을 수도 있는 질문에 대해서도 반드시 답이 있다고 상정하고서 달려들어야 한다고 생각한다. 그러려면 질문을 중기 혹은 단기의 것으로 전환해 재설정할 필요가 있다. 이것이 사고를 멈추지 않기 위해, 즉 전체를 유기적으로 연결하기 위해 가장 중요한 점이다.

평생의 테마를 찾는 법

예를 들어 〈아마짱〉을 보고 다들 재밌어한다는 점, 그 자체에 흥미가 생겼다고 해보자. 자기도 그 드라마를 보고서 뭔가 말하고 싶어진다. 그런 느낌을 받는 것은, 거기에 자기 안의 지속적인 테마를 건드리는 것이 있기 때문이다. 지속적 테마와 〈아마짱〉 현상이 어느 지점에선가 공진하는 것이다. 단기 테마라고 하면 어떤 착상이나 마주침의 순간에 대한 문제를 사고하는 것처럼 여겨질지도 모른다. 그러나 잘못된 생각이다. 자기 안에 장기 테마가 줄곧 자리잡고 있거나 잠들어 있고, 그것이 여러 가지 일들이나 관계로 말미암아 자극받는다. 거기서 우선 대답하고 싶은 질문이 떠오른다.

〈아마짱〉에 대해 논하는 것은 결코 라이프워크가 아니지만, 자기 안에서 줄곧 신경 쓰이던 질문에 성큼 다가가기 위한 한 걸음을 〈아마짱〉에 기대어 내디딜 수는 있다. 단기·중기 테마와 장기 테마의 관계는 말하자면 이런 것이다.

인간이 무엇이든 남김없이 사고해야만 한다는 것은 아니다. 그렇지만 사고로써 무언가를 성취하고자 한다면 역시 10대 무렵부터 조금씩 쌓아나가는 게 좋을 것이다. 이때부터 가급적 신축성이 있는, 평생을 바쳐 사고해야만 할 테마를 확실하게 갖는 것이 중요하다. 그런 테마가 있다면 그것과의 관계에서 다양한 질문이 그물에 걸리듯 얽혀 등장한다. 이에 응해 단기에 처리할 것, 연 단위로 처리할 것 등으로 문제를 설정하고 대답하는 작업을 거듭해나가면, 결과적으로 라이프워크적인 작업을 위한 도구가 하나씩 정돈되게 된다.

언 제
사 고 하 는 가

사태의 한복판에서 사고한다

헤겔이 "미네르바의 올빼미는 황혼에 날아오른다"라고 말했듯, 사고는 사태보다 뒤늦게 온다. 이 뒤늦음은 구조적인 것이며 필연이다. 즉 사고가 받아안지 않을 수 없는 숙명이다.

하지만 궁극적으로는 그런 조건에 놓일지 몰라도, 방법에 따라서는 사태의 한복판에서도 사고하는 것이 가능하며, 나는 그런 전제에서 사고를 하려 한다.

물론 이런 태도에는 장단점이 있으며, '좀 더 순순히 (사태에) 몰입해라' 같은 말을 듣지 않을 도리가 없기도 하다. 예컨대 드라마나 영화를 보다가 '이 부분이 재미있다'고 느꼈다고 하자. 그러면 그저 '재미있다'에 그칠 수 없어서 보는 중에 이런저런 분석과 해석을 시도하게 된다.

때문에 나는 사태의 한복판에 있을 때, 항상 나 자신이 분열된 것만 같은 느낌을 받는다. (사태를) 지켜보며 즐기기도 하고 경탄하기도 하는 흐름에 몸을 맡기는 나 자신이 있는 한편, 거기서 몸을 빼내서 냉정히 생각을 하고 있는 나 자신도 있다. 나 자신이 이중화된 느낌이 드는 것이다. 단기 테마라면 사태의 한복판에서 답을 낼 때조차 있다.

동시대와 공진한다

그러나 이런 태도를 취하는 것은 적어도 사회학이라는 학문에서는 숙명이자 사명이다. 사회학은 근대에 태어난 비교적 젊은 학문이다. 그것은 〈현재〉라는 것은 무엇인지, 우리가 지금 실로 경험하고 있는 것은 무엇인지를 어떻게든 언어로 표현하고 싶다는 강한 충동이 학문으로 결정화結晶化한 것이다. 그렇기 때문에 사회학이 지금 일어나고 있는 일, 자기 자신을 포함해 사람들이 관심 있는 문제나 사건에 대해 무언가를 말할 수 없다면 학문으로서 존재 이유가 없는 것처럼 느껴지기까지 한다.

그러므로 '사회학'을 공부한다면서 교과서에 써 있는 것을 읽고 그 옛날의 학설을 외우는 것만으로는 턱없이 모자라고 의미도 없다. 그렇게 해서는 무엇을 위해 '사회학을 한다'는 건지 알 도리가 없다. 그래서 사회학 연구자는 무언가 '일'이 일어나면

'동시대를 사는 사람으로서 사회학적으로 무엇을 말할 수 있는 가'라는 질문과 맞부딪치게 된다. 즉 사회학에는 동시대와 공진한다는 것이 학문적 사명으로 내장되어 있는 것이다.

사실 이것은 사회학만의 사정이 아니다. 애초에 무언가를 생각한다는 것 자체가 지금을 산다는 사실과의 관계에서 출현한다. 아무리 속세를 떠난 것처럼 보이는 학문이라고 해도, 근본을 따져보면 그 시대와 공진하고 있는 것이다. 인간은 그 시대나 사회가 규정한 틀 속에 자리 잡고, 거기서 출발해 생각해나가기 마련이기 때문에 이는 당연한 일이다.

뒤에서 다루겠지만, 아인슈타인의 작업이나 양자역학도 시대의 움직임 따위에 일일이 농락당하지 않으며 집중해서 무언가를 생각해 이룬 성과이지만, 실은 그 시대에 일어난 인간 정신 변화의 가장 전위적인 부분과 깊이 공진하고 있었다. 그렇기 때문에 훌륭한 작업을 할 수 있었던 것이다.

다만 사회학이라는 학문의 두드러진 특징은 동시대와의 공진 그 자체를 자각하고 언어화하려는 데에 있다고 말할 수 있을 것이다.

본질적인 사건은 반복된다

사건이 일어나는 것과 동시에 사고를 진행하는 것에 대해 말했지만, 다른 한편으로는 시간이 조금 흘러야 이해할 수 있는 일도 있다. 특히 사태가 '반복'될 때 그렇게 느끼는 경우가 많다.

한 가지 예를 들어보자. 1988년부터 1989년까지 도쿄·사이타마 연속 유아 유괴 살인 사건, 이른바 미야자키 쓰토무 사건이라는 게 있었다. 그때 굉장히 큰 충격을 받기는 했지만, 곧바로 내 사고의 주제로 삼아야겠다는 마음은 들지 않았다. 즉 나 자신의 현재에 깊이 스며들어오는 문제라고는 느껴지지 않았다.

하지만 1995년 옴진리교オウム真理教 사건이 일어났을 때는 달랐다. 물론 이것은 미야자키 쓰토무 사건과 관계없지만, 모종의 현대적인 공통성을 느끼게 되었다. 미야자키 쓰토무 사건을 통해 '오타쿠'라는 말이 사람들 입에 오르내렸다. 옴진리교 사건에서도 '오타쿠'라는 말이 부상했다. 옴은 '오타쿠의 연합적군' 등으로 불리기도 했던 것이다. 나는 옴 사건을 매개로 해서, 실시간으로는 놓쳐버렸던 미야자키 쓰토무 사건의 의미를 생각해보게 되었다. 즉 옴 사건에 이르는 사회의 변용은 미야자키 쓰토무 사건에서 이미 시작된 것이라고 학문적으로 자각한 것이다.

마르크스가 헤겔에 기대어 말했듯, 본질적인 사건은 반복된다. 반복되었을 때 비로소 사고의 테마로서 명확히 의식화할 수 있게 된다.

다만 그때 '그것'이 반복임을 알아차리는 것이 중요하다. 사건 자체가 '나는 무엇무엇의 반복입니다'라고 소리 높여 외치는 게 아니므로, 이 사건이 과거 그 사건의 반복이라는 것을 스스로 알아차려야만 한다. 그리고 알아차린 시점에서, 실은 무의식중에 이미 사고를 시작한 것이 된다. 즉 최초 사건의 시점에서, 의식하지 못한 사이에 사고는 개시되었던 것이다. 사건이 반복되었을 때 그 점을 사고 스스로가 알아차리는 것이다. 뒤집어 말하자면, 〈반복〉을 느낄 수 있는 사건에는 본질적인 요소가 잉태되어 있다고 보면 될 것이다.

'전에도 있었던 일'이라는 느낌

사건의 반복성은 억지로 찾아낼 수 있는 것이 아니다. 무슨 사건이 일어났을 때 놀라움이나 불안을 느꼈다고 하자. 그때 '이 느낌, 전에도 받은 적 있는 것 같아' 하는 기분이 들 때가 있다. 그 감각을 소중히 해야 한다. '이 느낌을 받은 게 대체 언제였지' '왜 다시 느끼는 것 같을까' 하며 사고를 밀고나가보는 것이다.

실제로 겪은 사건만이 아니라 책을 읽을 때도 마찬가지다. 책을 읽으며 무척 재미있다고 느끼거나 감동하기도 한다. 그럴 때 '비슷한 걸 다른 책에서도 느꼈어'와 같이 과거의 감각을 되살리는 일이 있다. 전에 읽었을 때는 놓쳤지만 마음속 깊은 곳 어딘가에 남아 있다가 다른 책을 읽을 때 발굴되는 것이다.

다음 장에서 다룰 베버나 마르크스, 미타 무네스케(마키 유스케)의 책들은 내게 그러한 감각을 빈번히 불러일으키는 책들이다. 그 책들을 처음 읽었던 10대 시절에도 감동을 받았지만, 그 후 내 안에서 몇 배는 더 중요해졌음을 실감한다. 인생 경험을 쌓고, 또 다른 책들을 읽으며 생각하는 동안 그것들이 얼마나 중요한 것이었는지 새삼 깨닫게 되는 것이다.

그러므로 사건이 되었건 독서 체험이 되었건, 반복을 통해 사고의 대상이 되는 경우가 극히 많다. 반복된다는 것은 이미 있었던 일이라는 뜻이다. 그러니 사고의 자각은 꽤나 뒤늦게 온다고 말할 수도 있다. 그러나 그 반복되는 두 번째 사건이 벌어지는 가운데서 반복을 느끼는 것이므로 그때는 동시대적으로 공진하며 생각한다는 면도 있는 것이다.

잠재되어 있던 테마가 자극을 받아 떠오른다

플라톤이 소크라테스의 말이라며 인용한 '사고란 상기하는 것이다'라는 취지의 유명한 명제가 있다. 인간은 기억해내는 형태로 생각을 한다는 것인데, 사고를 왜 그처럼 파악해야만 하는지에 대한 이론적인 이유가 있다.

철학은 '무엇이란 무엇인가'라는 물음의 형태로 생각을 한다. 선이란 무엇인가, 정의란 무엇인가, 진리란 무엇인가, 미란 무엇인가, 존재란 무엇인가 하는 식으로 말이다. 그러나 그런 물음 자체가 성립하는 것인지 여부를 생각해보자. 예를 들어 '연필이 무슨 색인가'라고 묻는 것은, 연필이라는 것이 무엇인지는 이미 알고 있지만 그것의 '색'이라는 속성은 분명하지 않다는 정황에서 성립하는 질문이다. 그러므로 우리는 이미 알고 있는 '연필'이라는 것에 대해, 그것이 무슨 색인지 조사해 빨간색이나 검은색이라고 대답할 수 있다. 혹은 '지갑은 어디에 있나'라는 물음은, '지갑'이 무엇인지를 알고 있으며 다만 그 위치가 분명하지 않기 때문에 탐구될 수 있다. 그런데 본질적인 질문은 'ㅇㅇ이란 무엇인가'의 형식을 취한다. 예컨대 '미란 무엇인가'라는 식이다. 그러나 애초에 '미'가 무엇인지 모를 때 미를 찾는 것이 가능할까. 찾아낸 어떤 답이 '미'임을 어떻게 알 수 있을 것인가. 그 지점에서 다음과 같이 생각해본다. 영혼은 원래 '미'가 무엇인지 알고 있었지만 망각해버렸으며, 그것이 상기되는 형태로 발견되는 것이 아닌가 — 이것이 소크라테스=플라톤이 말하는 바이다.

이 소크라테스=플라톤의 '진리의 상기설'이 타당한지 가리는 것은 이 자리의 과제가 아니다. 다만 생각한 것이 실은 상기한 것이라고 여기고 싶은 마음은 나도 잘 알겠다.

즉 자기 안에 계속 잠재되어 있던 테마가 있어서, 그것이 자극을 받아 다시 떠오르는 일종의 데자뷔 같은 감각을 품으면서 언어로 표현한 것만 같은 느낌이 드는 것이다. '이건 내가 전에 한번 생각한 적이 있어'라고 말이다. 한번 생각했던 것인데 표면화되지는 않았던 것을 지금 다시 생각하고 있다는 기분이 종종 드는 것이다.

들어가는 글 : 생각한다는 것

예를 들어 옴 사건이 일어났을 때는, 매일같이 잇달아 새로운 보도가 나왔고 그것과 동시진행적으로 사고하거나 글을 썼지만, '나는 이것에 대해 예전에 이미 생각한 적이 있다'는 느낌도 들었고 실제로 그런 부분이 있었다고 생각한다. 그만큼 자신이 늘 생각하고 있는 테마와 실제 사건이 공진하는 일이 곧잘 생긴다.

이론을 자기가 사고할 때 쓰는 언어로 변환한다

그러한 형태로 사고를 할 때엔 물론 이제까지 자신이 습득해온 학문적 장치나 선구자들이 만들어낸 이론을 이용하게 된다. 그때 중요한 것은 그런 이론이 새롭다거나 낡았다거나, 유행 중이라거나 지금은 거의 잊혔다거나 하는 것이 아니다.

우리는 현재를 사는 인간으로서 품게 되는 자기 이해나 고뇌 같은 것에 관해 '아, 이런 거였구나' 혹은 '그렇게 생각하니 방법이 생기는군' 하며 어떤 이론에 감탄한 사실을 바탕으로 매력을 느끼고 공부를 하게 된다. 그렇기 때문에 자신이 평범하게 일상을 영위하며 매일 부딪히는 문제를 그 이론이나 개념을 사용해 사고할 수 있는지 여부가 중요하다.

어떤 이론을 하나의 지식으로서 공부하는 것은 어렵지 않지만, 그것이 그저 지식으로서 축적되어 있는 것일 뿐이라면, 이후 자기 안에서 다시 떠오르는 일은 일어나지 않는다. 예를 들어 옴 사건에 대해 생각하면서 어떤 이론을 자연히 떠올릴 수 있기 위해서는, 그 이론이 자기 생활상의 문제와 어떻게 얽혀왔는지가 중요한 지점이 된다. 뒤집어 말하면 그런 생활상의 문제와 얽히지 않은 이론이라는 것은 아무리 축적한들 정말로 문제를 풀 때엔 하등 도움이 안 된다.

이 문제에 대해 학생들에게도 자주 말한다. 예컨대 세미나에서 어려운 책을 읽는다고 하자. 그걸 학생에게 요약시킨다. 그러면 그냥 발췌나 다름없는 요약을 해오는 경우가 있다. 그러면 나는 "그걸 자네가 생각할 때 쓰는 언어로 바꾸면 어떻게 되나?"라고 물어본다. 그 책을 이루고 있는 난해한 언어를 통해 본인 스스로 어떤 사태에 대해 사고할 수 있을까. 자기가 살면서 만나는 심각한 질문에 대해 그 언어로 사고할 수 있을까. 물론 할 수 있다면 상관없다. 그러나 그러지 못할 때는 문제다. '내가 사고할 때 쓰는 언어로 바꾸면 이런 것'이라고 말할 수 없다면 쓸모가 없는 것이다.

그러므로 항상 스스로에게 묻는 게 좋다. 이 이론이나 개념이 자신의 문제를 생각할 때는 어떤 표현이 될지 말이다.

어디에서
사고하는가

아이디어는 신체 바깥에 있다

무언가를 생각한다는 것은, 생리적으로 봤을 때 뇌의 어느 부분
이 활성화되는 것 등으로 말할 수 있을 것이다. 그러나 사고하고
있는 나 자신의 주관적 감각으로는 사고가 머릿속을 빙글빙글
돌아다닌다거나 하는 것 같지는 않다. 아이디어도 머릿속에서
생겨나는 감각은 아닌 것 같다.

　내 경우 막 발견한 아이디어는 신체에서 조금 떨어진 곳, 더 특정
해서 말하면 이마에서 약간 앞의 위쪽 허공에 떠 있는 것만 같다.

　게다가 그 아이디어의 위치나 존재 방식이 무척 미묘하다. '거
기', 즉 이마에서 조금 앞에 아이디어가 있는 건 알겠다. 그런데
그것이 '무엇'인지는 아직 확실히 알 수 없다. 무언가가 나의 보
이지 않는 그물에 걸린 것만 같은 느낌이 든다. 그것을 정확하게,

그러나 난폭하지 않게 포착하는 것이 무척 중요하다.

아이디어는 최종적으로는 언어화해야 진정으로 이해한 것이 된다. 저 허공에 떠 있는 '무언가'를 서둘러 언어화하고 싶다는 조바심이 든다. 그 모호한 '뿌연' 감각을 서둘러 극복하기 위해 언어화하고 싶다. 서둘러 언어화하지 못하면 그것이 사라져버릴 것만 같다.

하지만 서두르다가 지나치게 성급하게 언어화해서는 안 된다. (아이디어를) 그렇게 함부로 다루면 위험하다. 그 모호한, 마치 터지기 쉬운 비눗방울 같은 갓 탄생한 아이디어를 함부로 다뤘다가는 펑 하고 사라져버리기 십상이다. 이런 경우, '언어'로서 내 수중에 놓인 것과 저 아련히 떠올라왔던 원초적 아이디어는 서로 '다르다'는 부인하기 어려운 느낌이 남는다. 서둘렀다가는 원래 포착하려 했던 것과는 다른 것을 붙잡고 말았다는 인상을 갖게 된다. 뭔가 제대로 포착하지 못한 것만 같은, 거기 분명 커다란 물고기가 있었는데 잡고 보니 다른 조그만 물고기였다거나, 혹은 전부가 아닌 일부만 포착하는 데 그쳐버린 것만 같은 기분 말이다.

종이 위에 쓴다

어떻게 하면 발견의 크기에 걸맞게 언어화할 수 있을까. 사고가 이루어지는 곳은 자기 신체의 바깥이다. 그것을 언어화한다. 그때 역설적이지만 언어를 매개로 해 아이디어를 자기 안으로 완전히 내면화했다고 생각하면 안 된다. 언어는 자기 내부에서 짜낼 수 있는 것이 아니다.

언어화하기 위해 꼭 해야만 할 일이 있다. 방법 자체는 간단한 일이다. 텅 빈 종이 위에 쓰는 것이다. 자기가 포착한 것, 완전히 언어화하진 못했지만 알맞은 말이 찾아지기를 계속 기다릴 수만은 없는 것, 그것을 우선 종이 위에 불완전한 언어로라도 우선 써 모아둔다. 이 작업을 해야만 한다.

이것은 남들에게 보일 것이 아니다. 쓴 것을 보고 있자면 '이거다' 하는 감각과 '이건 아니야' 하는 감각 양쪽이 다 들기 때문이다. 어중간하게 언어화했다가는 발견한 듯했던 그것의 크기에 비해 하찮은 글이 될지도 모른다. 그러나 여기서 기회를 놓쳤다가는 이 '뭔가 있다'는 감각을 잃게 된다. 그런 딜레마 한가운데서 아슬아슬한 타협점 찾기로 종이 위에 쓰는 작업을 한다.

'조망감'이 중요하다

종이 위에 쓸 때 중요한 것이 있다. 그것은 '한눈에 조망할 수 있다'는 점이다. 종이가 너무 작으면 마음 쓰이는 사항 전부를 적기에 모자라고, 종이 위에서 사고가 전개될 여지가 없어져버린다.

그런데 이 단계에서는 몇 장에 걸쳐 이어서 쓰는 메모 같은 것은 또 의미가 없다. 한눈에 들어오지 않기 때문이다. 나 자신의 신체 감각으로 말하자면, 기껏해야 A4 크기 한 장 정도가 딱 알맞다.

생각나는 것을 무작위로 써나가다보면 양이 꽤 될 때도 있다. 그럴 때는 압축해서 한눈에 들어오는 메모로 재배치할 필요가 있다. 거기까지 해낼 수 있다면, 눈앞에서 허공에 둥둥 떠다니던 아이디어 이전의 아이디어를 확실히 붙잡을 수 있다는 확신에 가까운 감촉을 얻게 된다.

내 경우에는 짧은 원고라도 가능한 한 '조망감'이 있는 메모를 만들려고 한다. 그러나 이 '조망감'의 중요성은, 아무리 긴 논문 또는 두꺼운 책이라도, 또 장기간에 걸친 연재물을 쓸 때라도 변하지 않는다. 한 편의 논문, 한 권의 책, 하나의 긴 연재의 노림수는 한 장 종이 위에 담길 수 있는 것이고 한눈에 조망할 수 있는 것이다.

긴 내용을 쓰는 프로세스에서는 그런 '한 장짜리 종이'를 몇 장이고 쓸 수 있다. 나는 현재 《군조群像》(1946년 고단샤에서 창간한 종합문예지로서, 유수한 작가와 평론가를 배출했다 — 옮긴이)에서 '〈세계사〉의 철학'이라는 긴 연재물을 쓰고 있지만, 달마다 쳇바퀴 돌리듯 글을 쓰느냐면 그렇지는 않다. 예를 들어 이 연재를 시작할 때 연재 전체를 내다보고서 한눈에 조망할 수 있는 메모를 만들어두었다. 또 이 연재는 수십 회분이 '고대 편' '중세 편' 등의 묶음을 이루는데, 그 각 묶음에 대응하는 한눈에 들어오는 메모도 만들어두었다. 그리고 회당 40매 전후의 논문을 쓰는데, 거기에 대응되는 한 장짜리 메모도 만들어둔다. 게다가 때로는 한 회 가운데의 한 부분, 한 절에 대응되는 한 장의 메모를 만드는 경우도 있다. 이 연재 전체는 아마 몇 년이고 걸릴 거대 작업이므로, 메모를 수십 장 만들 수는 없는 노릇이다. 그래서 각 층위의 글 묶음마다에 '한눈에 조망할 수 있는 메모'가 필요한 것이다.

길이를 떠나 하나의 작업이라고 말할 수 있으려면, 한눈에 조망할 수 있게끔 종이 위에 사고를 정리한 것을 만들 수 있어야 한다. 그럴 수 없다면 좋은 원고가 나오지 않는다고 나는 생각한다.

더불어 종이에 쓰는 작업은 컴퓨터로도 대체될 수 있다. 다만 지나치게 기능이 잘 구비된 워드프로세서는 별로 좋지 않다. 단순한 메모장, 말끔한 텍스트 편집기가 적합하다. 이때에도 '조망감'의 중요성은 마찬가지다. 스크롤하지 않고는 한눈에 조망할 수 없는 분량이라면 너무 많다. 그러므로 스크린이 너무 작아도 안 좋다.

순번을 매긴다

'한눈에 조망할 수 있는 메모'의 작성법도 잠시 이야기해보자. 이제껏 말한 것처럼, 우선은 불완전한 언어들을 종이 위에 나열한다.

다음에 할 작업은 한 장의 종이 위에 쓰인 화제들에 순서를 부여하는 일이다. 무엇을 어떤 순서로 쓸 것인가. 즉 무엇을 어떤 순서로 제시할 것인가. 이 점을 결정하는 것이다.

허공에 떠 있는 무언가, 가물거리는 그 무언가에 일단 언어를 부여한다. 이때 언어들은 자기 자신의 사고 안에서 발생된 순서로 나열된다. 그러나 이 순번을 따라 썼다가는 설득력 있는 글이 나오지 않는다.

자기 사고가 실제로 거친 순서와 타자에게 설득력 있는 순서는 서로 다르다. 화제를 어떤 순서로 제시해야 타인도 납득할까. 떠오른 온갖 화제나 아이디어들을, 독자가 될 타인들에게 설득력 있게 다가갈 법한 순서로 배열하는 것이다. 각 화제에 순서가 붙은 메모가 나열되었을 때, '한눈에 조망할 수 있는 메모'가 완성된다.

자기 사고의 실제 전개보다는 타자에게 제시할 순서를 먼저 생각하지 않으면 안 되는 까닭은 타인에게 이해받기 위함이다. 자기 사고가 도달한 지점에 타인도 도달하게 하는 것, 그것이 글을 쓰는 이유이다.

그러므로 쓰기에는 타자가 내포되어 있다. 자기가 발견한 것을 남에게 들려주고 싶고 이해받고 싶다는 정열은 불가결하다. 그렇지 않다면 왜 굳이 글을 쓰겠으며 더구나 그 쓴 것을 공표하겠는가. 자신이 어떤 것을 재미있다고 느껴서 그것을 남에게 들려주면 그 사람도 마찬가지로 재미있어하지 않을까. 그런 재미를 전하고 싶기에 쓰고 또 공표하는 것이다. 화제에 적절히 순서가 부여된 메모는, 글에 타자가 내포되어 있다는 증거이다. 그 '순서'는 타자의 시선을, 독자의 시선을 의식하고 있기 때문이다.

자신의 사고를 남들에게 이해받을 수 있는 순서로 다시 전개하는 가장 좋은 방법은 무엇일까. 구체적인 타자를 향해 말하는 것, 이야기하는 것이다.

말해보는 것의 효용

이 책에서도 곧 보게 될 세 개의 장은 실제 강의한 것을 기반으로 삼은 것이다.

쓰기 전에 말한다. 그러나 말하는 타이밍이 중요하다. 이미 서술했듯, 아직 정리가 덜 되어 있고 제대로 파악하지 못한 단계에서 확정적인 답을 내버리면 시시한 결론이 나온다. 말 또한 아직 제대로 사안을 장악하지 못한 상태에서 내뱉었다가는 아주 시시한 것에 그쳐버릴 때가 많다. 자기 자신이 그 타협한 답을 수용해버리기 때문이다.

스스로 납득이 가느냐와는 별개로, 눈앞의 상대를 납득시켜야 한다는 점 때문에 타협할 가능성도 있다. 상대가 이해를 못하면 '별수 없네, 이쯤 해야지' 하는 식일 수밖에 없는 것이다. 너무 이른 단계에서 말을 너무 많이 했다가는 그 타협의 폭을 넓히게 될 것이다.

이처럼 타자에게 말할 때, '언제' 말할 것인지에 대한 민감한 문제가 있긴 하지만, 얼마만큼 정리가 되었을 때 일단 말로 해보는 것의 효용은 크다.

이상적으로는 열심히 들어주는 청중이 있는 강의 같은 곳에서가 좋지만, 가까운 사람들을 상대로 해도 충분하다. 준비 중에 말하고 싶어 견딜 수 없는 상태가 되면, 사고가 꽤 잘 진척되고 있다고 여겨도 무방할 것이다.

사고는 대화다

쓴다는 행위는 최종적으로는 불특정 다수의 독자를 향한다. 하지만 그 과정에서 사실 꽤 구체적인 상대를 향해 쓰게 되는 지점이 있다.

나는 실제로 글을 써내려갈 때 그 원고를 읽을 최초의 독자, 곧 담당 편집자를 염두에 두곤 한다. 어떤 의미에서는 그 사람을 향해 쓰는 부분도 꽤 된다. 편집자가 시큰둥한 반응을 보일 것 같으면, 실제로 내 의욕 역시 같이 떨어지는 일도 있다. 뒤집어 말하면 편집자란 그 정도로 중요한 독자라고 나는 생각한다.

무언가를 사고한다는 것은 일견 독백처럼 보이지만, 실은 대화이다. 무의식중에 상대의 반응에 촉발되는 면이 큰 것이다.

대학에서 학생들을 가르칠 때 이런 일이 있었다. 질문을 자주

하는 학생이 있었는데, 그게 또 무척 재미있는 질문이었다. 점점 '이 학생은 꽤 가능성이 있다'고 생각하게 되어 그 학생이 기말에 어떤 보고서를 써올까 기대했더니만, 그 보고서가 참 시원찮았던 것이다. 왜였을까. 아마도 이런 이유였을 것이다. 그 학생은 질문을 할 때는 구체적 타자인 나를 향해 말했다. 그럴 때는 사고가 자극받아 재미있는 논점을 스스로 발견하지만, 막상 보고서를 쓸 때는 일반론을 써야 한다는 마음가짐이 되어 그 순간 갑자기 머리도 굳어버린 것이다.

책이나 논문은 최종적으로는 누구를 향해 말하고 있는 것인지 알 수 없는 스타일로 쓰는 것이 보통이지만, 거기에 대화가 없어서는 안 된다. 요컨대 타인에게 말하고 싶을 만한 것이 아니라면 쓴다 한들 의미가 없다고 본다. '이걸 꼭 들려주고 싶다'는 마음이 드는 것이어야 한다. 그런 의미에서 이 단계가 되면, 자신과 타자의 사이를 사고가 이루어지는 또 하나의 장소라고 말할 수 있을 듯하다.

4

어 떻 게
사 고 하 는 가

납득할 수 있는 설명인가

본질적인 것, 특히 무언가 중요한 것에 관해서는 보통 오가는 말들이나 일반적으로 주어져 있는 설명은 대개 틀렸다고 보는 게 좋다.

예컨대 옴 사건이 일어났을 때를 보자. 나를 포함해서 모든 사람들이 큰 충격을 받았다. 그 사건에 대해 많은 사람들이 어떻게든 설명을 해보려 한다. 텔레비전 와이드쇼의 뉴스 해설자 같은 사람이 뭐라고 설명을 한다. '애니메이션을 너무 많이 봤다'는 식이다.

이렇게 조건반사적으로 나오는 답은 대개 사태의 본질을 파악하지 못한다. 우리 모두 충격을 받았다. 그 충격의 크기나 격렬함에 비해 주어진 설명은 너무 범용해 보이지 않나. 이렇게나 충격을 받았는데 이런 잡담 같은 결론을 납득할 수 있을까. 그렇게 충격을 받았다는 것은 이제까지 의존해온 사고의 짜임새로는 회수될 수 없는 일이 일어났다는 것이리라.

그러나 인간은 빨리 안심하고 싶은 법이어서 뭔가 상황에 들어맞는 판에 박힌 설명을 갖다 붙이고 납득하려 한다. 하지만 '그걸로 납득할 수 있다면, 당신은 과연 정말로 놀라기나 한 것인가?'라고 물어볼 일이다. 우리가 받은 충격과 평범하기 짝이 없는 설명 사이에는 명백한 간극이 있다.

충격 다음에 오는 것은 불안이다. 그렇기 때문에 누구나 그것을 빨리 해소하고 싶어진다. 그때 불안을 소중히 할 수 있느냐 없느냐. 그것이 사고를 할 수 있느냐 없느냐의 결정적 분기점이다.

독자를 '허공에 매달기'

내가 무언가를 쓸 때 중시하는 것은 결국 답은 이렇다는 걸 보이는 것보다는 독자에게 강한 의문의 감각을 품게 하는 것이다. 답보다 물음이 훨씬 중요하다. 물론 물음에 어떤 대답을 내서 납득하게 할 수 있다면 더 좋겠지만, 우선은 거기 물어야 할 사항이 있다는 것, 의문이 있다는 것을 납득시켜야 한다.

말하자면 독자에게 일단 '허공에 매달린 느낌'을 맛보게 하는 것이다. 결론이 나 있다고 생각했는데 오사와의 책을 읽다보니 다시 의문을 품게 되었다는 것, 나는 그걸 노리고 논문이나 책을 쓴다.

많은 사람들이 평범한 설명으로 납득해버렸지만 나로서는 아무래도 납득할 수가 없다. 그때 '이것'을 설명할 수 있는가? 이렇게 일단 의문의 크기를 분명히 나타내야 한다. 어디에 납득할 수 없는 지점이 있는 것인지 명확히 보여야만 한다. 홈스나 푸아로처럼 말이다. 〈실버 블레이즈〉라는 단편에 이런 대화가 나온다. 홈스가 "어젯밤에 이상한 일은 없었습니까?"라고 묻자, 아무것도 의문시할 만한 것은 없었다는 투로 '개도 짖지 않았고 아무런 특이사항이 없었다'는 대답이 돌아온다. 그러자 홈스가 말한다. "그거야말로 이상한 일 아닙니까!"

이렇게 의문의 핵을 정확하게 짚어낼 수 있다면, 자연히 통념을 벗어나는 사고의 길이 보이게 된다. '보통 그렇다고 하지만 나는 이렇다'고 억지를 부린다기보다는, 흔히 하는 말로는 스스로 납득할 수 없으니까 다르게 생각해본다는 것이다.

보조선을 그려넣는다

나는 사고 과정에서 보조선을 그려넣어볼 때가 종종 있다. 보조선을 어디에 넣어야 한다는 사전 지시 같은 것은 없다. 기하 도형을 아무리 바라본들 '보조선을 여기에 그려넣으시오'라고 써 있는 걸 찾을 수는 없다. 그런데도 보조선을 요령껏 잘 그려넣으면 지금껏 보이지 않던 것이 돌연히 보이게 된다. 이것과 이것이 같은 면적이었다거나 여기와 여기가 닮은꼴이었다거나 하는 것이 보조선 한 줄로 단번에 드러난다. 그때 우리는 알게 된다. 그곳이 바로 보조선을 그려넣었어야 할 곳이었다는 걸 말이다. 보조선이라는 것은 신기하게도 이처럼 자신의 근거를 사후에야 삽입하는 것이다.

"그럼 어떻게 보조선을 발견해야 합니까?"라고 묻는다면, 그런 원리가 따로 있는 건 아니라고 답할 수밖에 없다. 다만 독자가 봤을 때 "거기에 그을 줄은 몰랐네요"라는 말이 나올 만큼 과감한 지점에 보조선을 긋는 사고의 도약을 감행하지 않고서는, 자신이 품은 의문의 크기에 값할 수 없다. 더군다나 평범한 방식으로는 풀 수 없는 그 의문으로 독자를 끌어당기는 것이 불가능하다.

독창성이란 관계짓기의 방법이다

독창적인 작업의 독창성(오리지널리티)은 어디에 있는 것일까. 내 생각에 그것은 사상事象을 관계짓는 방법에 있다.

A와 B 각각의 발견은 별개이다. 그렇지만 그 둘이 연결되면 A와 B 그 자체가 다른 것이 될 때가 있다. 그렇기 때문에 '관계짓는다'라는 지적 행위야말로 독창적인 사고의 가장 중요한 부분인

것이다. A와 B 사이의 관계는 A와 B 그 자체와는 다른 제3의 요소이다. A와 B 사이의 진공처럼 보이는 장소에서 제3의 요소의 존재를 발견해낼 수 있다면 독창적인 연구다.

이 '관계짓기'의 유력한 수단 가운데 하나가 보조선을 긋는 것이다. 생각지 못한 곳에 도입된 보조선에 의해, 전혀 관계가 없던 것이 관계 있는 것처럼 보이게 된다는 것이다.

다음 장부터 세 가지 상이한 분야의 책을 들어볼 것이다. 각 장에서 각 분야의 책을 들 때에 한 가지씩 테마가 있는데, 그 테마들은 자의적으로 설정된 것이 아니다. 각 장은 전혀 다른 분야이고 독립적으로 읽을 수 있게 썼지만, 동시에 모든 장을 통독했을 때, 어떤 공통적인 구조가 근간에서부터 공명하는 것을 자연히 알 수 있게끔 테마를 선정하려 했다. 거기에서 (독자들은) 서로 다른 분야를 '관계짓는다'는 것의 구체적 이미지를 얻을 수 있을 것이다.

사회과학에는 사회과학의, 문학에는 문학의, 자연과학에는 자연과학의 전문가라고 불리는 사람이 있다. 나는 그러한 분야들을 횡단하는 작업을 해왔다. 그때 어렵지만 꼭 해야만 하는 일은, 당연한 일이지만, 각각의 분야에서 어떤 것들이 고찰되고 있는지 기본적으로 이해하고 파악하는 것이다. 그렇기 때문에 각 분야의 연구서나 전문서를 읽을 필요가 있다. 하지만 그런 일을 아무리 거듭한다고 해도 그것만으로는 새로운 발견을 할 수 없다.

예를 들어 어떤 사람이 '행위론'을 연구하려 한다고 하자. 그는 '행위'라는 타이틀로 딸려 나오는 논문이나 책을 닥치는 대로 읽는다. 그러다보면 어느 시점부터는 〈요미우리신문〉을 읽고 〈아사히신문〉을 읽고 〈마이니치신문〉을 읽고…… 하는 식이 되어간다. 조금씩 다를 수도 있지만, 어떤 신문을 읽어도 어제의 거인-한신전 결과는 다르지 않다. 신문에 따라 다소 세부적인 것까지 쓰여 있거나 〈요미우리신문〉이 꽤 상세히 다뤘다거나 할 수는 있지만, 그런 차이를 찾았다고 해서 무슨 본질적인 발견이 되는 것은 아니다. 그저 확인시켜줄 뿐인 것과는 다른 선線이 들어와야 하는 것이다.

예를 들어 나는 수차례 기독교에 대해 논해왔다. 기독교에 관해서는 방대한 수의 전문가가 있다. 일생을 바쳐도 다 못 읽을 전문서와 연구자가 있다. 나 역시 그런 저작을 읽으며 많은 것을 배워왔지만, 단지 그 저작들을 거듭 읽어나갈 뿐이라면 나로서는 기독교 연구의 축적에 더할 독창적인 사실은 아무것도 찾아낼 수 없다.

하지만 동시에 나는 기독교 연구자라면 전혀 읽지 않았을 법한 것도 읽는다. 기독교 전문가의 시야에는 들어 있지 않았던 것을 알고 있거나 생각해낸다. 그러한 것이 사고의 폐색을 뛰어넘는 보조선으로서 활용될 수 있는 것이다.

그때 중요한 것은 그 보조선을 넣었을 때 과연 무엇인가 발견된다고 확실히 느끼게 해주는 것이다. 예컨대 나는 어떤 책에서 레닌의 혁명론과 양자역학 이야기와 큐비즘을 병렬해 논한 적이 있다. 그것들은 물론 직접적으로는 아무런 영향 관계도 없고, 각각의 것을 연구하는 전문가가 있다. 하지만 그것들을 병렬해 논하다보면, 독립적으로 보았을 때는 결코 가시화되지 않는 정신의 형태, 20세기 초두의 서양 정신의 구조가 떠오른다.

의문을 오래 유지한다

반복하지만 의문을 선명하게 갖는 것이 압도적으로 중요하다. 답을 찾는 것보다 물음을 찾는 데에 사고의 어려움이 있다.

세상은 알기 쉬운 설명으로 가득하다. 물론 훌륭한 연구에 기반을 둔 설명도 많고 전부 틀린 것만 있는 것도 아니다. 그러나 알기 쉬운 것에 안주하면 더 이상의 발견은 없다. 정말 흥미로운 발견은 할 수 없다. 그러니 의문을 되도록 오래 유지하는 것이 굉장히 중요하다.

나는 이런 이미지를 떠올린다. 스키 점프를 상상해보라. 점프해서 하늘을 날고 있다. 비거리를 늘리기 위해서는 착지의 유혹에 맞서며 최대한 인내를 해야 한다. 빨리 지면에 착지하고 싶은 것을 참고 참아서 최대한 멀리까지 가고자 한다. 사고도 이와 비슷하다. 답을 내고 싶은 유혹에 맞서서 의문을 최대한 오래 유지할 필요가 있다.

비약하는 동시에 착실하게

의문을 가능한 한 오래 유지한다. 그러기 위해서 내 사고는 자주 우회로를 택한다. 곧장 나아가고 싶긴 하다. 하지만 서둘러 답을 내는 게 진정한 목적은 아니다. 진정한 답을 찾기 위해서는 얼핏 우회로처럼 보이는 먼 길을 가야 할 때도 있다.

그러자면 역설도 많아진다. '역설을 구사해야겠다'고 생각하는 것은 물론 아니다. 그러나 이것저것 철저히 따져 생각하다보면 논리가 거꾸로 뒤집히는 순간에 봉착하는 것이다. 그 역설이야말로 논리적 필연이다.

게다가 '다들 이렇게 생각할지 모르지만, (나는) 납득할 수 없다. 사실 답은 정반대에 있다'는 식의 논리이다보니, 일반적인 시점에서 봤을 때 역설로 보이기도 할 것이다.

잘된 논문은 비약하는 느낌과 착실한 느낌 둘 다를 갖출 필요가 있다. 'A이면 B이다'라는 말에 확실한 설득력이 있다. 하지만 A에서 B로 무언가 무척 의외적으로 비약했다는 인상을 줄 필요가 있다. 분명 그저 한 걸음일 뿐인데도 비약한 듯한 느낌이 드는 양면성을 갖췄을 때 특히 성공한 논문이 된다. 그 한 걸음이 비약적이었다는 것이다.

착실한 보조로 쓸 뿐이라면 소박한 논문이 되고, 반대로 비약만 거듭하면 어지러운 글이 되어버린다. 그 둘 다를 갖추려면 어떻게 해야 할까?

아마도 이렇다. 우선 자기 안에서 약간 비약하는 느낌을 받는다. 그것에 스스로 놀라워한다. 이때 놀라움에는 분명 무언가 이유가 있는 법이라고 강력히 전제하고서 사고해야 한다. 처음에는 자신도 그 이유를 모르지만, 거기에 명석한 언어를 부여할 수 있게 되었을 때, 그것은 '비약'한 착실함이라는 결과를 낳는다.

감정은 논리적이다

앞서 말한 바에 한 가지를 덧붙여두자. '감정은 논리적이지 않아서……' 운운하는 사람들이 있다. 그러나 그렇지 않다. 인간이 놀라거나 슬퍼하거나 기뻐하거나 실망하거나 하는 그 감정은, 당시에는 이유를 알 수 없을지라도 실은 지극히 논리적이다.

왜 자기가 충격을 받았는지, 나중에 정신을 차리고 보면 거기에는 지극히 분명한 논리가 있다. 어중간하게 의식화된 이유보다 감정이 훨씬 더 논리적이다.

아무렇지도 않게 나오는 말들이란 종종 충격을 얼버무리려 지어낸 구실에 지나지 않기 때문에 진정한 논리성은 갖고 있지 않다. 오히려 자기가 처음 품었던 감정을 소중히 할 필요가 있다. 그 감정에 값하는 논리인지 여부가 중요하다. 논리가 충분히 감정과 길항하고 있는지 음미하면서 사고를 진행시켜나가야 한다.

왜
사 고 하 는 가

사고는 자기 안에서 솟아나는 것이 아니다

다시 강조하건대 사고라는 것이 자기 안에서 솟아나는 것이라고
생각하면 엄청난 착각이다. 자기 혼자 사고하는 게 고상하다고
여겨질지도 모른다. 그러나 구체성을 가진 타자에게 말을 통해
납득시키는 것이 지극히 중요한 과정이다. 예컨대 그것이 책이
되어 불특정 다수의 독자를 납득시키기 위해서라도 말이다.

자기 나름으로 사고했다, 자기 나름으로 납득했다, 그 납득한
내용을 다른 사람에게 설명할 수 있는가. 이것들은 각각 분리된
과정이 아니다. 남을 설득하는 과정과 사고하는 과정이 일체화
된다고 생각하는 게 좋다.

논쟁하라

대학생이나 대학원생이라면 연구회나 독서회를 소중히 여기는 게 좋다. 내 경우 대학원생 시절에 하시즈메 다이사부로 씨와 우치다 류조 씨, 미야다이 신지 씨가 있던 연구회에 참가했고, 그것이 내 학문적 성장에 특히 큰 의미가 있었다. 이 연구회는 격주 금요일 오후 1시부터 7시에 걸쳐 착실히 이루어졌다. 거기서 의견을 나누었던 것이 사고를 단련하는 훈련이 되었고, 현재 내 학자로서의 토대가 된 것 같다.

되돌아보면 나는 이중으로 이단이었다. 우선 그 연구회 자체가 당시 사회학의 중심적인 이론 경향에서 보자면 꽤나 이단적이었고 또 전위적이었다. 게다가 나는 스스로 그 연구회에서도 주류를 벗어난 이단자라고 느꼈다.

내가 뭔가를 발언하거나 연구 보고를 하면, 예컨대 나랑 나이가 거의 같았던 미야다이 씨가 반론을 했다. 미야다이 씨가 뭔가 말하면 나도 반론했다. 서로 굉장히 솔직했다. 나도 미야다이 씨도 '상대가 하는 말이 이해는 가는데 납득은 못하겠다'라는 마음이었던 것 같다. 매번 격렬한 논쟁이 되었지만, 물론 어느 쪽도 상대에게 굴복하는 일은 없었다.

이런 논쟁에서 가장 중요한 것은 상대를 설득하는 것이 아니다. 지적 성장에서 특히 중요한 것은, 내가 말하는 것 가운데 어느 부분에서 상대가 납득을 못하는지 선명해진다는 점이다. 논쟁을 하다보면 '아, 남들이 여기서 걸리는구나' 하는 것을 알게 된다. 이것이 지극히 중요한 점이다.

젊을 때는 상대가 어디서 납득을 못하는지에 대한 감이 그렇게 좋지 않은 법이다. 토론 경험을 쌓아나가다보면 점점 '아무래도 이 부분이 납득하기 어려운 모양이다' '이 부분을 치밀하게 설명해야겠다' 하는 것들을 파악하게 된다. 생각해볼 지점을 발견할 수 있게 되는 것이다.

어느 정도 나이가 차면 자기 안의 가상적 타자가 실제 타자와 꽤나 가까워지지만, 20대 무렵에는 상대가 어떤 사람인지를 파악하지 못한다. '좀처럼 남들이 이해해주지 않는다'는 기분도 들지만 거기서 삐대는 건 탐구에 하등 도움이 안 된다. 이해받지 못한다는 마음은 아마도 평생 사라지지 않는다. 그러나 그것을 견디며 어떻게든 극복하려 노력을 거듭하지 않으면 사고에 깊이가 생기지 않는다.

요즘은 '남에게 상처 주기 싫다'라는 이유로, 의문이 생기거나 이상하다는 생각이 들어도 말을 안 하는 사람이 많은 것 같다. 만약 사고하는 것을 업으로 삼는다면, 그런 태도는 피차 좋지 않다. 지적 탐구를 위해서는 그런 것은 부차적 문제로 두어야 한다. 특히 나이가 비슷하다면 아무런 권력관계도 없지 않나. 그걸로 미움받는다면 그 사람과는 인연이 없었다고 생각하는 게 좋다. 그렇게까지 하면서 사고하고 싶은 것이 있는지가 더 중요하지만 말이다.

타자와의 조우야말로 사고의 기회다

분명히 말하자면, 인간이 특별히 생각하는 동물은 아니다. 오히려 어느 정도 이상으로는 생각하려 하지 않는 동물이다. 또 그 어느 정도 이상을 생각할 때라고 해서 '그래, 이제부터 힘내자' 하고서 생각하는 것은 아니다.

그럼 어떻게 해야 생각을 하나. 타자가 주는 충격impact이 있어야 한다. 그런 충격이 없으면 인간은 생각을 하게 되지 않는다.

생각한다는 것은 불안한 것이다. 불안하기에 생각하는 것이라고 해도 좋다. 그 불안은 어디서 오는가. 역시 넓은 의미에서의 타자와 조우하는 데에서 온다. 그것에 대해 얼마나 민감한가에 따라 사고의 깊이가 결정되는 면이 있다.

아무것도 생각하지 않는 것은 닫힌 세계 가운데서 안심하고 있기 때문이다. 놀라거나 감동하거나 하는 것은 자기 안에 서 있는 세계로 수렴되지 않는 무언가를 감지했을 때이다.

그때 사고가 시작되지만, 거기서 정신 바짝 차리고 생각하지 않았다가는 원래의 세계로 돌아가버리는 것이 인간이다. 생각한다는 것의 최종 산물은 언어이기 때문에, 그것을 언어화하지 않으면 자신이 느낀 감정은 그 순간 그대로 사라져버린다.

살아가는 동안 각양각색의 체험을 한다. 긍정적일까 부정적일까. 그 체험이 유의미하게 인생에 오래 영향을 주기 위해서는, 사고를 언어화하는 작업이 필요하다. 무언가에 굉장히 감동해 '이

걸로 내 인생은 좀 변할지도 몰라'라고 생각했다가도, '결국 안 변하네'인 경우가 종종 있다. 그 감동이 조금이라도 어떤 의미를 갖기 위해서는, 역시 사고를 언어화할 필요가 있는 것이다. 언어는 감동을 준 '그것'을 영속화하는 작용을 하기 때문이다.

언어를 통해서나 그 외의 방법으로 표현된 감동은 자기만의 것이 아니게 된다. 우리는 왜 책을 읽고 감동하는가. 책에 쓰여 있는 건 내 일이 아니다. 그런데도 어떻게 마치 같은 체험을 한 것처럼 감동할 수 있는 것일까. 글쓴이가 깊이 생각한 끝에 언어화한 것이기 때문이다.

무언가에 충격을 받았다. 그것을 인생 내내 지속시키고 싶다. 혹은 타인에게도 전해졌으면 한다. 그러기 위해서는 충분히 깊이 생각해 언어화하는 수밖에 없다. 언어화되어 나오도록 깊이 생각한다면, 그것은 하나의 의미 있는 체험이 된다.

미래의 타자를 향해서 생각한다

무함마드(마호메트)는 메카에서 신에게 계시를 받고 그 일을 주위 사람들에게 말했다. 메카에서 박해를 받아 메디나로 이주하기까지 약 12년 동안 얻은 신자 수는 겨우 70여 명이었다고 한다. 오늘날 이슬람교도는 세계적으로 십수억 명. 겨우 70명의 사람들에게 먼저 말을 전했던 것이 이런 결과가 되었다.

말로 한 것은 남는다. 적어도 그럴 가능성이 있다. 책이라면 더더욱 그렇다. 자기가 만난 적도 없는 사람이 그 책을 읽는다. 만난 적이 없는 정도가 아니라 아직 이 세계에 태어나지도 않은 누군가가 읽게 될지도 모른다. 그런 독자 또한 사고 안에 포함할 수 있다.

우리가 정말 좋은 책이라고 생각하는 책은 벌써 수백 년 전 것인 게 많다. 그렇게 살아남은 책은 극히 한 줌에 지나지 않을 뿐이지만 그것을 목표로 하고 싶다.

3월 11일의 사건(2011년 후쿠시마 원전 사고를 말한다 — 옮긴이) 이래, 우리는 윤리적인 과제로서 미래의 타자와 마주하게 되었다. 나 역시 그 일을 정면에서 사고하게 되었다. 그렇게 사고한 것이 아직 태어나지 않은 미래의 타자가 읽기에 값하는 것이기를 바란다. 그것이 사고의 궁극적 목적이다.

보론

사상의 불법침입자

인간이 꼭 철저한 탐구를 좋아하는 것은 아니다. 인간에게 생각하고자 하는 욕망이나 한없이 알고 싶어하는 호기심이 태어날 때부터 갖춰져 있다는 듯이 말하기도 하지만 그것은 오류다. 내가 보기에 인간은 일정 수준을 넘어서서는 생각하거나 알려 하지 않는다. 오히려 인간은 때로 사고를 적극적으로 거부하기까지 한다. 사고·사상을 향한 갈망은 인간의 본래적 욕망에 포함되지 않은 것이다. 이 사실은 자크 라캉이나 질 들뢰즈가 이미 지적한 바다. 들뢰즈는 인간이 굳이 생각하게 만들려면 외부에서 오는 쇼크가 필요하다고 말하면서 그 쇼크를 '불법침입'에 비유했다.

이러한 통찰은 사상(사) 연구자라면 누구나 직관하고 있을 어떤 사실, 보기에 따라서는 스캔들적이라고도 말할 수 있을 사실,

적어도 계몽주의 이래의 이념에서 보자면 꽤나 불편한 사실을 설명해준다. 일찍이 학문이란 거의가 정전正典화된 권위 있는 텍스트의 해석이었다. 진리는 권위 있는 텍스트에 쓰여 있다고 간주되었던 것이다. 그러나 계몽주의는 진리를 이러한 권위 있는 텍스트의 질곡에서 해방시켰다. 진리를 목표로 하는 사고의 자유와 무조건의 권위는 양립하지 않는다. 이것이 계몽주의가 믿는 바였다. 그러나 계몽의 시대 이후라 해도 '권위는 사고의 자유를 가로막는다'라는 명제가 반드시 타당한 것은 아니다.

이를테면 마르크스 이래의 경제학과 사회과학, 프로이트 이래의 심리학과 정신의학, 혹은 소쉬르 이래의 언어학과 언어 사상을 떠올려보면 되겠다. 마르크스, 프로이트, 소쉬르 등의 텍스트는 때로 비판을 초월한 권위로 간주된다. 마르크스의 《자본론》이나 《경제학·철학 수고》를 읽음으로써 자본주의나 인간의 사회적인 존재 방식에 관한 진실이 탐구되어왔다. 프로이트의 《꿈의 해석》이나 《모세와 일신교》의 해석을 매개로 해 인간 심리의 진상이 고찰되어왔다. 또 소쉬르의 《일반 언어학 강의》의 해석은 그대로 언어나 인간 정신의 존재 방식을 탐구하는 것으로 간주되어왔다. 이러한 연구들에서 마르크스나 프로이트나 소쉬르의 텍스트를 대하는 태도는 실로 권위주의적이며, 그들 텍스트는 진리의 기준 그 자체를 부여하는 것처럼 취급된다. 예컨대 정신분석에서 프로이트의 텍스트를 다른 이들의 논문이나 저작, 즉 제자나 추종자들의 텍스트와 동격으로 다룰 수는 없다. 후자에 사실과 반하거나 조리가 맞지 않는 것이 쓰여 있다면 '오류'라고 비판하면 된다. 하지만 프로이트의 텍스트 안에서 논리가 맞지 않거나 사실을 오인한 사항을 발견했다고 해도 그것을 그저 반박하고 물리칠 수는 없다. 그런 때에는 프로이트 자신이 비판하게 할 수밖에 없다. 이를테면 뒷날의 '죽음 충동^{death drive}' 발견에 동반된 인식론적 단절에 의해 그 부분이 극복되었다거나 하는 등으로 말이다. 마르크스나 프로이트나 소쉬르의 텍스트는 실로 과거의 종교적 정전과 유사한 권위를 지니는 것이다.

이는 계몽주의의 관점에서 보자면 굉장히 부적절한 상황이다. 마르크스의 텍스트에 속박되지 않고 자유롭게 자본주의 메커니즘을 분석해야 한다. 소쉬르의 강의에 집착하지 않고 선입견 없이 언어의 실상을 살펴야 한다. 이것이 계몽주의가 권장하는 바이며, 실제로 그러한 연구도 많이 이루어져왔다. 하지만 진짜 문제는 그보다 한 걸음 더 나아간 곳에 있다. 계몽주의적 입장에서 보자면 완전히 오산이라고 말할 수밖에 없게도, 그러한 자유로운 연구가 꼭 깊이 결실을 맺어 풍성한 결과를 가져다주는 것은 아니다. 오히려 그 반대로 자유로웠을 연구가 종종 권위에 구속된 탐구보다도 훨씬 얄팍한 명제밖에 이끌어내지 못한다. 예컨대 프로이트의 텍스트를 반증 가능한 가설의 하나로밖에 보지 않는 실증주의적 심리학은, 프로이트에게 교조주의적으로 얽매인 연구보다 훨씬 빈곤한 주장을 내놓을 뿐이다. 이 점을 납득하기 위해서는 프로이트의 텍스트에 집착했던 자크 라캉이 인간에 대해 얼마나 깊이 있는 발견을 해냈는가를 떠올려보는 것으로 충분하다. 덧붙여 말해두자면, 이제는 라캉의 텍스트가 프로이트와 함께 동격에 서는 권위가 되었다. 이 관계는 바울의 서간이 그리스도의 복음에 필적하는 권위를 가지게 된 것과 마찬가지다.

어째서 이렇게 되는 것일까. 연구자들에게 마르크스나 프로이트, 소쉬르의 텍스트가 불법침입하는 타자로서 나타나기 때문이 아닐까. 불법침입이 없을 때 사고는, 말하자면 줄기 중간이 꺾여 도중에 시들어버린다. 그러나 불법침입이 있을 때는 다르다. 불법침입해온 타자(마르크스, 프로이트, 소쉬르)는 연구자에게 진리를 알고 있을 초월적 타자로서 나타난다. 연구자는 그 '진리'를 자기 것으로 하지 못하는 한, 타자의 침입이 동반하는 불쾌함, 위화감, 충격을 극복할 수 없다. 탐구는 타자 속 어딘가의 '진리'에 도달했다고 실감할 때까지 절대로 끝나지 않는다. 권위에서 자유로운 사고, 따라서 불법침입에 처하지 않은 사고가 권위에 구속된 사고에 비해 때로 훨씬 얄팍하기도 한 것은 이러한 이유가 아닐까.

●

자, 그렇다고 한다면 사고를 한층 심화하는 방법, 사고의 보폭을 한층 더 넓히는 방법이 있다. 중요한 것은 타자의 현전, 즉 불법침입으로 느껴지는 타자가 나타나는 것이다. 그러나 타자가 소유한 진리에 도달했다고 직관한 지점에서 사고는 걸음을 멈춘다. 이때 사고를 촉진하던 불법침입자는 무해한 손님으로 전환된 것이다. 이렇게 되면 사고는 더 이상 심화되지 않는다. 이러한 정지를 무효화하고 사고를 더 이어나갈 수는 없을까. 그럴 수 있다. 나는 그것이야말로 소크라테스의 방식, 소크라테스의 문답법이었다고 생각한다.

소크라테스는 아테네의 광장에 나가 거기서 만난 시민을 차례로 도발적인 문답에 끌어들였다. 소크라테스는 자신을 시민 한 사람 한 사람에 붙어 맴도는 등에에 비유했다. 그야말로 불법침입자다. 다만 소크라테스의 문답은 매우 별난 것이었다. 그는 진리에 관한 자신의 견해를 주장하거나 하지 않았다. 소크라테스가 행한 것, 그것은 우선 상대의 명제를 전적으로 긍정한 다음 그 상대와 대화를 주고받음으로써 상대가 생각하게 하고 그 결과로 상대가 원래 자신이 제시한 명제를 스스로 부정하는 반대 명제를 이끌어내게 하는 것이었다. 이러한 문답을 통해 소크라테스의 대화 상대는 자신이 최초에 진리라고 여겼던 명제가 진리가 아니었음을 납득하게 된다.

그런데 소크라테스는 왜 곧장 진리를 설파하지 않고 이런 방법을 썼을까. 소크라테스 자신도 무엇이 진리인지 몰랐기 때문이다. 그가 남들보다 뛰어났던 것은 단지 자신도 진리를 모른다는 것을 알고 있었다는 데까지다. 이 방법은 대화 상대가 사고를 간단히 멈추게 놔두지 않는다. 소크라테스가 만약 진리를 알고 있었다면 상대는 그 진리에 도달한 시점에서 사고를 종결시킬 수 있지만, 소크라테스 자신도 진리를 모른다고 하면 소크라테스의 영역에 도달해도 탐구는 끝나지 않는다. 소크라테스는 어디까지나 상대방의 사고에 촉매가 되고자 했다. 그렇기 때문에 그는 자신의 문답법을 산파술에 비유했다. 결국 대화 상대는 스스로 자신의 오류를 자각하는 데 이르는 것이니, 방치해두면 그가 자연히 같은 결론에 이르게 될까? 절대 그럴 리는 없을 것이다. 소크라테스라는 불법침입자=산파가 없어서는 안 되었던 것이다.

그렇지만 소크라테스의 문답법에서는 — 소크라테스도 상대처럼 진리를 미리 알고 있지 못하지만 — 여전히 진리의 존재가 전제된다. 그 점에서 이 문답법은, 실은 처음부터 잠재되어 있었지만 망각되었던 진리의 '상기想起'라는 형식을 취하게 된다. 상기가 완료되면 사고는 안주하고 탐구는 끝을 맞이한다.

그렇다면 소크라테스보다도 더 철저한 불법침입자, 순수한 불법침입자는 예수 그리스도라고 해야 하지 않을까. 예수 그리스도는 아무리 지나도 안전한 손님으로 전환되지 않는 불법침입자가 아닐까. 어떤 의미에서? 기독교, 즉 '그리스도의 신앙キリストの信仰'이라는 말의 양의성에 주목해보자. 그리스도의 신앙이란 한편으로는 그리스도라는 신을 (신자가) 신앙하는 것이지만, 다른 한편으로는 인간 그리스도가 (신을) 신앙하는 것이기도 하다. 후자처럼 해석했을 때, 즉 '의(の)'를 주격으로 보았을 때 그리스도

는 인간에게 신앙의 롤모델이다. 인간은 그리스도가 신을 신앙하듯 신을 신앙하려 하는 것이다. 그리스도는 순수한 신앙에서 신=진리를 아는 자이고, 인간은 그 신앙에 점점 가까워지려 한다.

그러나 끝에 가서 놀랄 만한 역설이 기다리고 있다. 그리스도가 십자가 위에서 죽음 직전의 단말마의 외침으로 아버지인 신을 향해 불신을 표명하는 것이다! 이상적인 신앙을 체현할 터인 그리스도 자신에게 믿음이 없다. 즉 그 순간, 신 스스로가 자신을 믿지 않는 것이다. 최초에 그리스도는 신을 믿고 진리를 아는 자로서 사람들의 앞에 나타난다. 인간은 그리스도를 매개로 해서 신앙하고, 사색하고, 또 진리를 얻으려 한다. 그러나 최후에 그리스도가 보여주는 것은 신=진리의 존재에 대한 회의이다. 인간은 그리스도가 소유하고 있을 진리를 목표했으나, 그것은 〈무〉일지도 모른다. 그렇다면 사고는 영원히 목표지에 도달하지 못하고 끝없이 회의를 둘러싼 순환을 반복할 수밖에 없다. 그러므로 그리스도는 인간의 사고에서, 소크라테스 이상으로 성가신 불법침입자, 끝내 환대받는 손님이 되지 않는 불법침입자다.

●

내게 서양의 사상·사고는 어쩔 수 없이 그리스도의 이 결코 사라지지 않는 회의를 무의식중에 계승하고 있는 것처럼 보인다. 이를테면 중세의 신학자, 철학자 들이 집착한 '신 존재 증명'이 그렇다. 신 존재 증명은 저 보편 논쟁과도 깊이 관련된 주제이자 인식론, 존재론, 언어론이라는 이후 철학의 거의 전 영역을 뒤덮는 논의의 원형이 되었다. 그러나 신의 존재가 정말로 자명하다면, 어째서 그 존재를 증명할 필요 따위가 있는 걸까. 물론 존재 증명을 시도한 신학자들, 안셀무스이건 토마스 아퀴나스이건 간에 그들이 신의 존재를 의심했을 리는 없다. 그들은 신의 부재라는 결론을 낸 것이 아니라 신의 존재가 당연하다는 결론을 도출했다. 그런데도 신 존재를 일단 괄호에 넣고서 굳이 증명해보는 행위 그 자체가, 그들의 의식적인 자기 인정에 반하여 신의 존재에 대한 은밀한 회의를 의미한다고 말하지 않을 수 없다.

그리스도의 회의는 사상의 내용뿐 아니라 사회제도에도 반영되어 있다. 예컨대 대학이 그렇다. 중세 후반(12세기경), 유럽 주요 도시에 대학이 생겼다. 가장 오래된 대학은 1088년에 설립된 볼로냐 대학이라고 한다. 나는 예전부터 유럽에서 대학이라는 제도가 어째서 그렇게 중요한 것인가 하는 의문을 갖고 있었다. 대학은 예컨대 국민국가 등속보다 훨씬 오래전부터 있었고, 오늘날까지 이어지고 있다. 사상이나 교육이 행해지는 장의 관점에서 중세사를 본다면, 기독교 교회가 우위를 점하던 단계에서 대학이 우위가 되는 단계로 이행한 것으로 묘사될 수 있다.

대학은 어디까지나 세속의 제도이다. 대학에서 기독교를 부정하는 것과 같은 내용들을 가르친 것이 아니다. 오히려 반대로 대학에서야말로 기독교를 지지하는 신학 등의 학설을 가르쳐왔다.

그렇다면 어째서 교회에서 완전히 독립한 대학이라는 장에서 교육이 행해져야만 했던 것일까. 어째서 사람들은 교회와 관계없이 자기 학설을 펼치는 대학 교수의 이야기를 듣기 위해 모여든 것일까. 실은 기독교 교회 또한 대학에 대해 경계심을 갖고 있었다. 방금 말했듯 중세의 대학에서 반그리스도적인 것을 가르치는 일은 절대 있을 수 없었지만, 교회의 관점에서는 교수들이 이단적인 학설이나 신앙을 위태롭게 할 견해를 가르치지 않을까 하는 두려움이 있었다. 교회는 대학의 수업 내용을 조사하는 전문 위원회까지 만들어, 때로는 못마땅한 이단설의 교육을 금지하는 명령을 내리기까지 했다. 나는 교회와 대학의 관계는 신과 신 존재 증명의 관계와도 같다고 생각한다. 대학은 유럽의 사고가 무의식중에 계승한 그리스도의 회의가 제도적 표현으로 나타난 것이 아닐까.

* 이 글은 《시소우思想》, 2012년 제2호에 처음 실린 것이다.

사 회 과 학 ,
어 떻 게 읽 고
생 각 할 까 ?

테마는, 시간

마키 유스케의 《기류가 울리는 소리氣流の鳴る音》(1977, ちくま
學芸文庫)의 사실상 결론에 해당하는 장, 즉 4장 '뜻이 있는
길'의 도입부에서 한 미국 노인의 이야기가 소개된다.《기류
가 울리는 소리》는 인류학자 카스타네다가 야키족Yaqui(멕시
코 북부에 사는 아메리카 원주민) 장로 돈 후안의 세계를 소개한
네 권의 책을 마키 유스케가 독자적으로 독해해 거기에서 합
리적이고 현대적인 함의를 이끌어낸 저작이다. 읽기를 통해
자기 자신의 현실적인 문제를 사고하는 가장 좋은 실례라고
볼 수 있다.

자, 문제는 그 노인 이야기다. 노인은 엄청난 부호이자 보수
적인 변호사이며 강한 신념의 소유자였다고 한다. 그는 1930
년대 초엽 뉴딜 정책의 출현과 함께 나타난 정치적 변화가 국
가에 유해하다는 절대적 확신을 갖는다. 그래서 자기 삶의 방
식에 대한 애착과 자신이 옳다는 신념으로 자신이 정치적인
'악'으로 간주한 것과 전쟁을 할 것임을 맹세한다. 하지만 제
2차 세계대전이 시작되면서 그의 노력은 모두 수포로 돌아간
다. 그 좌절은 그에게 큰 고통을 주었다. 그는 25년간 스스로
방랑자로 살았다. 카스타네다가 그를 만났을 때 그는 이미 84
세였다고 한다. 노인은 후회 속에서 만년을 보냈다. 카스타네
다와 마지막으로 만났을 때, 노인은 다음과 같은 말로 대화의

매듭을 지었다. "분명 난 생애의 수년을 있지도 않은 것을 좇으며 낭비한 것이겠지. 지나고 보니 난 뭔가 어처구니없는 것을 신봉했구나 싶더군. 그건 아무런 가치도 없는 것이었어. 이제야 그걸 알겠어. 하지만 잃어버린 40년은 메울 수가 없네."

인간은 자신이 의미가 있다고 인정하는 목적을 설정하고서 그것을 위해 살아간다. 하지만 그 목적이 실현되지 않았다고 해보자. 이때 삶은 무의미하다. 카스타네다에게 고백한 노 변호사는 이렇게 말한다. 그가 "있지도 않은 것"을 좇는 데 인생을 낭비했다고 하는 것은, 결과적으로 실현되지 않을 목적을 위해 인생의 시간을 많이 썼다는 것을 의미한다. 그가 말하는 바는 실로 논리적이다. 그렇게 들린다.

하지만 만약 이 노인이 말하는 바가 옳고 반박의 여지 없이 필연적이라면, 그의 인생뿐만 아니라 누구의 인생이나 모두 허무하다는 말이 된다. 이 변호사는 어쩌다가 정치투쟁에서 패배해 허무한 인생을 산 것이 아니다. 모든 인생이 허무한 것이다. 누구나 살아온 햇수만큼 헛되이 산 것이 된다. 왜냐하면 누구나 언젠가는 죽기 때문이다. 즉 인생은 유한하기 때문이다.

조금 더 이야기의 조리를 분명히 해두자. 산다는 것의 의미는 그 삶의 결과가 되는 목적에 의해 결정된다고 한다. 그렇다면 그 목적 자체의 의미는 무엇에 의해 결정되는가. 같은 전제를 유지한다면, 즉 의미는 결과=목적에 의해 결정된다는 전제라면, 목적 또한 그것을 수단으로 삼는 더 포괄적·보편적인 목적의 실현에 얼마나 공헌했는지에 따라 그 의미가 결정된다고 봐야 한다. 목적 자체가 장래의 더 큰 목적과의 관계에서는 하나의 수단인 것이다. 어떤 목적이든 이후의 목적에 대해 수단으로서 공헌했는지에 따라 의미의 유무가 결정된다. 하지만 어떤 인생이든 죽음에 의해 끝이 난다. 즉 어느 단계에선가 반드시 실현되지 않은 목적을 남긴 채 인생이 끝나는 것이다. 이 사실을 고려하자면 모든 인생은 실패이다. 목적을 실현하지 못했을 때는 허무하기 때문에 헛되이 산 셈이라는 전제에서 출발한다면, 모든 인생은 무의미하다는 니힐리즘은 불가피한 결론이다.

하지만 여기서 멈춰 서서 생각해보자. 니힐리즘을 도출한 이 추론은 '시간'에 대한 특정한 개념·태도를 전제하고 있다. 하지만 그러한 개념·태도가 필연적인 것인지 물을 필요가 있다.

●

그래서 이 장에서는 시간이라는 개념이나 의식의 다양성과 가능성에 대해 고찰하는 사회학과 그 주변 여러 분야의 문헌을 독해해볼 것이다. 〈시간〉에 대한 고찰은, 앞서 시사했듯 산다는 것의 의미라는 실존적이고 절실한 물음과 결부되어 있다.

하지만 사회학이나 사회과학에서 시간이 주제가 되는 일은 그리 많지 않다. 사회과학에서 시간은 대체로 여건이지 고찰의 대상이 아닌 것이다. 그렇지만 시간을 논한 사회학적인 연구도 물론 있다. 예컨대 에밀 뒤르켐은 《종교생활의 원초 형태》(1912, 일역은 岩波文庫)에서 공간이나 시간 같은 인식의 기본 범주가 사회적 구축물임을 증명하려 했다. 비슷한 문제의식은 소로킨에게서도 찾아볼 수 있다. 또 귀르비치는 사회생활에는 다양한 층이 있으며, 경제의 층, 정치의 층…… 등등에서 제각각 다른 패턴의 시간이 존재한다는 비전을 제시한다. 노베르트 엘리아스는 시간 의식이 숱한 세대의 지식이나 실천적 필요의 축적 가운데 태어남을 보이려 했다.

시간을 다루는 얼마 안 되는 사회학적 연구 가운데 이론적으로 가장 깊이 원리적 수준까지 거슬러 올라간 것이 니클라스 루만의 사회체계론이다. 루만은 행위 선택이라고 하는 〈일어난 일/사건Ereignis〉이 〈시간〉을 생성하는 까닭을 설명하고자 했다. 루만의 이 이론은 아마도 후기 하이데거의 시간론을 염두에 둔 것이다(2장 문학 편을 참조). 나아가 사회생활의 시간 의식 수준에 물리적인 시간, 생물학적인 시간 등을 더해 시간의 종합 이론을 목표한 것이 바바라 아담의 《시간과 사회 이론》(1990)이다.

하지만 루만의 이론은 일반성에 대한 지향이 강하고 너무 추상적이어서, 구체적인 체험에 의거한 '시간'의 다양성을 파악해보자는 우리의 주제에는 적합하지 않다.[1] 또 바바라 아담의 연구는 다양한 시간의 층을 병치해 보여주기는 하지만 그것들을 통합하는 이론에는 이르지 못했다.

이 장에서는 이들과는 다른 5개의 문헌을 예로 들 것이다. 그 가운데에는 직접적으로 시간을 주제로 삼아 논하는 책이 있는가 하면, 간접적 주제로 다루는 책도 있다. 달리 말하자면, 전체를 〈시간〉의 고찰에 온전히 바친 책도 있지만, 〈시간〉이라는 주제를 다른 주제의 부분으로 편입해 다루는 책도 있다. 후자와 같은 종류의 책이라고 해서 〈시간〉이 부차적이고 중요도가 낮은 것은 아니다. 오히려 그 반대이다. 다른 주제를 탐구하는 가운데 〈시간〉이 중요한 주제로 떠올랐다는 사실은, '시간'이 얼마나 넓은 문제계인지 알고 보면 한층 흥미롭다.

1 루만의 시간론에 대한 내 생각은 다음을 참조하라.《增補新版 行為の代数学》, 青土社.

마키 유스케의
《시간의 비교사회학》을
읽다

시간의 니힐리즘

먼저《기류가 울리는 소리》의 저자이기도 한 마키 유스케의《시간의 비교사회학時間の比較社会学》을 집어들어보자. 인생은 허무하다고 한 저 노변호사에 대한, 또 그 변호사에 공감한 인류학자 카스타네다에 대한 학문적·사회학적 응답으로 해석할 수 있는 책이기 때문이다.《시간의 비교사회학》은 1981년에 이와나미쇼텐岩波書店(현재는 이와나미현대문고)에서 간행되었다(한글 번역본은 최정옥 옮김, 소명출판, 2004).

이 책 서장의 첫머리에서는, 죽음의 공포에 대해 말한 파스칼의 경구("이 세상의 삶은 한순간에 지나지 않고, 죽음은 그것이 어떤 성질의 것이든 영원하다. 여기엔 의심의 여지가 없다"─옮긴이)에 이어 보부아르의 다음과 같은 말이 인용된다.

어느 누구도 인류는 소멸하리라는 따위의 단언을 용납하지 않습니다. 인간 개개인은 죽지만 인류는 그렇지 않다는 것을 우리는 알고 있습니다.

물론 보부아르가 요청하고 있는 것, 즉 '인류는 죽지 않는다'라는 명제에는 어떠한 실증적 근거도 없다. 오히려 '인간 개개인'만이 아니라 '인류'도 언젠가는 죽는다고 예상하는 편이 경험과 학적으로는 타당할 것이다. 그럼에도 보부아르는 어째서 이처럼 주장했을까. 그 이유는 이 장의 첫머리에서 전개한 논리, 니힐리즘의 불가피성을 도출한 논리에 비추어봤을 때 분명해진다.

"인간 개개인은 죽지만"이라는 유보는, 사실 보부아르는 '인간 개개인'에 대해서조차 가급적 '죽어서는 안 된다'고 주장하고 싶었다는 것을 시사해준다. 개인의 죽음을 불가피한 전제로 인정하는 순간, 앞서 말한 것과 같이 인생은 허무하고 의미 없다는 결론이 일직선으로 도출되기 때문이다. 그렇다고 '인간 개개인은 죽기 마련인 것이 아니다'라고 전제할 수도 없다. 예컨대 기독교인이라면 하느님의 나라神國에서의 영생을 믿을 수 있을지도 모르지만, 특정 신앙에서 해방된 지식인인 보부아르는 그런 전제를 무조건적으로 채용할 수 없었다.

그래서 보부아르는 다음과 같이 생각했다. 개개인이 삶을 영위하는 것이 인류 전체의 협동 작업 가운데 일부라면 어떨까. 특정 개인은 그 목적을 달성하지 못한 채, 말하자면 원통함 속에서 죽어갈 것이다. 그러나 후속 세대가 같은 목적을 계승해 그것을 실현하기 위한 작업을 계속해준다면 어떨까. 그 경우에는 목적 실현을 위한 협동에 참가한 각 개인의 삶에도 의미가 있었다는 뜻이 될 터이다. 이렇게 목적 실현을 향해 활동하는 주체를 개인에서 인류로 전환하면, 개인은 필시 죽음이라는 숙명에서 오는 니힐리즘을 극복할 수 있다.

그러나 이러한 논리 구성이 성립하기 위해서는 한 가지 조건이 충족되어야 한다. 주체를 개인에서 인류로 치환함으로써 곤란을 회피하기 위해서는, 이번에는 인류 자체가 불사不死여야만 한다. 인류 또한 죽는 것이 필연이라면, 니힐리즘은 인류의 수준에서 재현되기 때문이다. 이렇게 해서 보부아르의 요청이 도출된다. 우리가 지금 영위하고 있는 삶의 온갖 의미가 허무 가운데로 함몰되는 것을 막으려면, (적어도) 인류가 불멸이어야만 한다.

되풀이하자면, 보부아르의 주장의 배경에는 가능하다면 개인 또한 죽어서는 안 된다는 감각이 있다. 즉 그녀의 주장은, 〈나〉의 죽음을 기본적 공포로 하는 정신을 전제한다. 그 공포를 극복—내지는 적어도 완화—하기 위해, 〈나〉의 죽음을 넘어 살아가는 '인류'가 소환되는 것이다. 그러나 사실 〈인류〉도 사멸할 가능성이 있는 이상, 이것은 진정한 해결책이 못 된다.[2]

●

그러나 개인이 되었건 인류가 되었건 언젠가는 사멸하므로 삶이
나 역사는 허무하다는 실감은 이성의 관점에서 불가피한 진리인
것일까. 바꿔 말해, 이런 니힐리즘을 회피하기 위해서는 이성에
의해 증명될 수 없는 가정('영혼의 불사'나 '인류의 불멸' 등)을 독단
적으로 믿을 수밖에 없는 것일까. 이런 물음을 던지는 데서부터
마키 유스케의《시간의 비교사회학》은 탐구를 시작한다.

마키에 따르면, 이러한 실감을 지탱하는 명제는 모두 다음의
두 가지 기초적 감각을 전제로 한다. 첫째, 미래를 구체적으로 완
결되는 것이 아니라 추상적으로 무한화된 것으로서 관심 대상으
로 삼는 감각이다. 즉, 시간을 공간과 마찬가지로 미래와 과거를
향해 무한히 연장된 제4의 차원으로 떠올리는 것이다. 둘째, 시
간을 귀무歸無하는 불가역성으로 보는 이해이다. 즉, 시간은 (거스
를 수 없다는 의미에서 — 옮긴이) 불가역일 뿐만 아니라, '소멸해간
다' '지나가버린다'라는 형식을 취한다는 점에서도 불가역적이
라고 이해하는 것이다. 첫 번째 감각이 시간의 공간화라고 한다

---

2 '인류' 대신에 '생명'이나 '이기적 유전자' 따위에 호소하는 이론이 바로 떠오른다.
  우생학이 사실 그러한 주장이라고 볼 수 있다. '생명 일반'이나 '유전자'를 주체로
  사고해본들 그것이 '인간'으로서 삶의 의미를 구출해줄 수 없음은 자명하므로 여
  기서는 검토하지 않는다.

1장 사회과학, 어떻게 읽고 생각할까?

면, 두 번째 감각은 시간의 반反공간화이다.

사멸하기에 삶이나 역사는 허무하다는 감각을 〈시간의 니힐리즘〉이라고 부르기로 하자. 〈시간의 니힐리즘〉은 이상의 두 가지 감각을 전제로 내린 결론이다. 삶의 목적이 끝없이 미래로 미뤄지는 것은, 시간이 수직선數直線처럼 추상적으로 무한하기 때문이다. 혹은 최종 결과에만 의미가 있다고 여겨지는 것은, 차례차례 과거가 되는 '현재'는 소멸해가는 것으로 관념화되고 그것이 남긴 결과의 가치만이 인정되기 때문이다.

〈시간의 니힐리즘〉의 근거가 되는 두 가지 시간 감각은, 그러나 결코 절대적 진리가 아니다. 즉 유한한 시간이나 귀무하지 않는 시간도 충분히 있을 수 있는 것이다.

하지만 다른 한편으로, 이러한 시간 감각에는 어떤 필연적 근거도 없다고 설득한들 인간이 〈시간의 니힐리즘〉에서 해방되는 것은 아니다. 시간 감각은 이를 행위 사실적으로 귀결시키는 특정한 관계 구조에 내재하는 한 결국 피할 길 없는 것으로서, 즉 하나의 필연으로서 감수感受되기 때문이다. 즉 각각의 감각에 관해 사람들이 '이것이야말로 진실이다'라고 생각하게 만드는 사회적 관계 구조가 있어서, 그러한 구조 가운데서 살고 있는 사람에게 이 감각은 필연으로, 즉 달리 선택할 수 없는 것으로 받아들여지는 것이다.

그럼 각각의 시간 감각을 초래하는 관계 구조는 무엇일까. 그것을 해명하는 것이 《시간의 비교사회학》의 과제이다.

하이데거가 말하는 '죽음으로의 선구'

《시간의 비교사회학》의 내용을 따라가기에 앞서 다소 응용적인 문제를 처리해두자. 여기서 고찰해보려는 것은, 하이데거가 《존재와 시간》(1927, 번역은 이와나미문고 외)에서 논했던 것이다.

하이데거에 따르면, 현존재(인간 주체)는 그 본래적인 존재 방식에서 '죽음으로의 선구'라는 형태를 취한다. 죽음으로의 선구란, 죽음이 자기 자신의 확실한 가능성이라는 것을 직시한다는 것이다. 현존재는 언젠가 죽음이 도래할 것이 확실하다는 각오 아래에서 미래를 선취하는 가운데 결의하고 행동하는 것이다.

자, 그럼 여기서 의문이 든다. 보부아르는 죽음의 가능성을 부인하려 했다. 개인이 죽을 수 있다는 가능성은 과연 무시할 수 없었지만 그조차도 소극적인 용인이었다. 그에 반해 하이데거는 죽음의 확실성을 적극적으로 자각하기를 추구한다. 양자는 대조적이다. 하이데거의 철학 안에 〈시간의 니힐리즘〉을 극복할 계기가 함의되어 있을지, 우선 이것을 묻고 싶다.

하이데거가 어떤 논리를 거쳐 죽음으로의 선구가 필요하다고 보게 되었는지 더듬어가보자. 먼저 현존재에게 양심Gewissen이 '부름'으로서 나타난다. 양심의 소리에 응함으로써 현존재는 익명적 세상 사람das Man에서 몸을 빼내어 본래적인 것이 될 수 있다. 양심이 현존재에 대해 드러내는 것, 현존재에게 자각시키는 것, 그것은 하이데거에 따르면 현존재가 '아님非, nicht'에 의해 특징지어지는 성질을 갖는다는 것, 즉 현존재 자신이 근본적으로 '비력非力'하다는 것이다. 현존재가 마땅히 그러해야 할 모습에, 규범적으로 요구되는 모습에 도달해 있지 않다는 것, 그런 의미에서 결여되어 있다는 것, 이것이 양심이 알려오는 바이다.

그러므로 현존재가 '양심을 갖자'고 결의하는 것은, 결여를 극복하기 위해 자기를 넘어서자는 결의, 즉 초월 의지로 이어지게 된다. 현존재는 스스로의 규범적인 결여를 극복하려고 미래의 시점을 선취하면서 — 즉 목적을 조정(정립)하면서 — 그곳으로 자신을 던져넣는다(기투企投한다). 그러나 현존재의 규범적 결여 — 현존재가 이상적인 상태에 아직 미달한다는 사실 — 는 본질적인 것이어서 끝내 돌이켜지지 않는다. 거듭 더 뒤의 미래 시점에 목적이 설정되고, 그것을 향해 자신을 넘어서는 무한한 과정이 출현한다. 이리하여 규범적인 이상성을 추구하는 현존재의 운동은 시간의 무한한 길이를 필연적으로 요청하게 될 것이다.

이렇게 시간이 무한성을 요청하는 것은, 반작용으로서 현재의 자신을 끊임없이 넘어서려는 과정이 사실상 미완인 채로 종결되어버릴 가능성을 현존재에게 자각시키고, 그러한 가능성을 피치 못할 숙명으로 인수하도록 강제한다. 자신을 넘어서려는 운동이 언젠가 '죽음'에 의해 종결되고 좌절된다. 이것을 현존재는 자각하지 않을 수 없고, 또한 자각하지 않아서는 안 된다. 자신의 결여를 자각하고 그것을 끝까지 극복하려 하기에, 오히려 '죽음'에 의한 좌절의 가능성이 등골 서늘하게 육박해오며 자각되는 것이다. 이것이 바로 하이데거가 말하는 '죽음으로의 선구'이다.

그렇기 때문에 하이데거는 '죽음'을 '가장 극한의 미완'이라고 부른다. 그가 사용하는 '과일의 비유'가 사정의 실태를 잘 보여준다는 점에서 흥미롭다. 현존재의 존재 방식을 과일에 비유한 뒤, 하이데거는 양자가 '끝'까지 일치하는 것은 아니라고 말한다. 과일은 성숙과 함께 미숙을 반납하고 자신을 완성한다. 그와 달리 현존재는 죽음에 이르러서도 결코 자신을 완성할 수 없다. 현존재에게 개시되는 근원적 시간은 유한하다고 하이데거는 말한다. 그러나 지금까지 논한 바에서 분명해졌듯, 시간의 유한성이 새삼 자각되는 것은 '시간은 무한하다(/무한해야 한다)'라는 암묵적 요청이 또 하나의 전제가 되기 때문이다.

하이데거의 《존재와 시간》은 〈시간의 니힐리즘〉을 극복했을까. 여기서 아주 간단한 검토가 함의하는 대답은, '아니다'이다. 하이데거의 논의는 〈시간의 니힐리즘〉을 극복하지 못했다. 오히려 그 반대다. 그것은 〈시간의 니힐리즘〉을 자각적으로 긍정하고 있는 것이다. 보부아르가 '인류의 불사성'을 가정함으로써 도망치려 했던 '그곳'을 하이데거는 정면에서 마주하려 한다. 그런 의미에서 하이데거에게는 기만이 없다. 그러나 하이데거는 〈시간의 니힐리즘〉을 극복한 것이 아니다. 피치 못할 운명으로 받아들인 것이다.

앞서 시간을 둘러싼 두 가지 기초적 감각의 전제를 들었는데, 이것은 하이데거의 '시간'에도 타당하다. 첫째로, 하이데거가 현존재의 시간이 유한하다고 보는 것은 방금 말했듯 그 배후에 구체적으로 완결되지 않고 끝까지 무한화하는 시간이 전제돼 있기 때문이다. 하이데거에게는 죽음조차 '미완'이며 단순한 끝이 아니다(즉 '더 뒤'의 시간이 존재한다고 암시된다). 둘째로, 현존재의 '끊임없이 자신을 극복한다'라는 구조, 즉 탈자脫自의 구조는, 시간이 과거를 내버려두고 나아가는 불가역적인 흐름으로서 파악된다는 것을 보여준다.

이 두 가지 시간의 감각(무한성, 귀무하는 불가역성)은, 앞에서도 말했듯이 자명한 진리가 아니다. 그것들에는 운명으로서 인수되어야만 할 필연성이 없다. 각각의 감각을 조건 짓는 사회적 관계 구조를 추출하는 것, 그것이 《시간의 비교사회학》의 탐구 목적이 된다.

원시공동체의 시간: 현존하는 과거

시간에 관한 두 가지 감각이 필연적인 것이 아니라는 점 — 즉 우연히 갖추어진 것이라는 점은 우선 가장 단순한 사회, 즉 원시공동체의 시간 의식을 기준에 놓아보면 자연히 밝혀진다.

《시간의 비교사회학》에서 마키 유스케가 언어 체계에 관한 벤자민 워프의 조사에 기반을 두고 주장하는 바에 따르면, 북아메리카 선주민 호피족Hopi에게 과거는 귀무하지 않고 계속 현존한다. 예를 들어 영어로 '열흘간'이 'ten days'라는 복수형이 되는 것은, 어제와 오늘과 내일이 그와 나와 당신이 그렇듯 개별적이기 때문이다. 호피족에게도 영어처럼 복수형 표현이 있어서 '10명'은 복수라고 보지만, '열흘간'은 복수로 보지 않는다. 어제와 오늘과 내일은 '같은 하루'의 반복이기 때문이다. 근대인에게 어제 있었고 오늘 없는 일은 '없는 일'의 범주에 속하지만, 호피족에게는 전날 있었던 일은 같은 하루의 재현으로서 오늘 안에 축적되어 있는 것이다.

또한 에드먼드 리치는 가장 원시적인 시간에 대한 표상은 '진동하는 반복'이라고 말한다. 진동의 양 끝을 이루는 대립항은 〈성스러운 시간〉과 〈속된 시간〉이다. 그러나 이 대립하는 항 사이의 진동이라는 표상은 '원환'이라는 표상과는 구별되어야 한다며, 마키는 리치와 더불어 주의를 촉구한다. 원환은 전체를 꿰뚫는 추상적 동일성의 차원을 상정하지만, 진동에서는 그러한 동일성이 가정되지 않기 때문이다. 그렇기 때문에 대립하는 항 사이의 이행은 결정적 초월로서, 즉 일종의 위기로서 수용될 수밖에 없다.

한편 중요한 것은 진동 양극의 비대칭성이다. 〈성스러운 시간〉은 항상적인 구조와도 같은 것이며 〈시간 부재의 시간〉임을 본질로 한다. 주기마다 반복되는 〈성스러운 시간〉은, 동일한 순간이 되찾아오는 것이자 신화적 시간의 현재화로 간주된다. 레비-스트로스가 분석한 토템은 이러한 항상성의 차원이며, 그는 이것을 원계열이라고 부르고 〈속된 시간〉에 대응하는 파생 계열과 대조시켰다. 이러한 시간 의식에는 인생을 허무하게 느끼는 감수성이 존재하지 않는다. 〈성스러운 시간〉이 항상성의 차원으로서 통상적인 시간의 흐름에 평행해 임재함으로써, 일어난 일/사건에 의미를 부여하는 작용을 하기 때문이다. 즉 허무는, 이 평행하는 시간에 의해 처음부터 극복되어 있는 것이다.

마키는 이러한 시간 의식의 뿌리는 원시공동체가 자연과 맺는 관계 안에 있으리라고 추측한다. 인류학자 테드 스트레로의 오스트리아 원주민에 관한 다음과 같은 증언이 인용된다.

원주민에게 산이나 시내나 샘이나 연못은 단순히 아름다운 풍경이나 흥미로운 경관에 머무르지 않는다. …… 그것들은 모두 그의 선조 누군가가 만들어낸 것이기 때문이다. 자신을 에워싸는 경관 가운데서, 그는 경애하는 불멸의 존재(선조─오사와)의 공적을 읽어낸다.

자연은 물적으로 현재화한 신화시대이며, 원계열을 시간에 잇는 유대에 불과하다. 마키에 따르면, 시간 속에서 허무를 느끼지 않는 심성은 자연(존재)과 인간을 대립시키는 원적 구별을 모르는 세계에서 발견되는 것이다.

원시공동체의 시간: 구상적 시간

마키가 소개하는 음비티의 말에 따르면, 아프리카인의 의식 안에는 사실상 미래가 존재하지 않는다. 음비티는 케냐의 캄바족Kamba 농촌에서 나고 자라 영미로 유학해 박사학위를 딴 후 기독교 목사가 된 인물이다. 워프도 아메리카 원주민에 관해 그와 같이 말한다.

그러나 그렇다면 그들은 어떻게 내일에 관해 말하는가. 어떻게 내일 일을 약속하는가. 사실 이것은 그들이 내일이나 모레의 실재를 믿지 않는다는 말이 아니다. 그들도 또한 '우리' 관점에서 봤을 때의 미래에 관한 관념을 갖고 있으며, 미래에 관해 생각하거나 말하거나 할 수 있다. 그러기 위한 어휘나 문법도 있다. 그들의 〈미래〉는 현재의 연장선상의 미래, 현재의 활동과 구체적으로 이어져 있는 미래이며, 그들의 관점에서 보면 그것은 현재의 일부인 것이다. 그들에게 없는 것은 현재에서 멀리 떨어져 있고, 현재와는 관계없는 추상적인 의미의 미래이다.

이는 미래에 대해서만이 아니라 시간 일반에 관해서도 마찬가지로 타당하다. 워프에 따르면 호피족에게는 '동시성'의 관념이 없다. 나아가 에번스-프리처드에 따르면 누에르족Nuer이나 카친족Kachin에게는 '시간'에 상응하는 말이 없다. 그렇다고 그들이 협동 작업에서 동시에 이루어지는 행동을 조정하는 데 곤란을 겪는 것은 아니다. 다만 그들은 추상적으로 관념화된 동시성, 예를 들어 자기 마을에서 일어난 일과 멀리 떨어진 마을에서 일어난 일이 동시에 일어났다고 할 때와 같은 뜻의 동시성 관념은 갖고 있지 않은 것이다. 또한 어제와 내일이나 자신들의 선조에 대해서 말할 수 있기 때문에, 시간에 대한 단순한 관념이 없는 것은 아니다.

이상의 사실은, 원시공동체에서는 '시간'이 사람들의 구체적인 활동에서 추상되어, 실체화된 물상物象처럼 감각되지는 않는다는 것을 보여준다. 따라서 시간은 낭비하거나 절약하거나 하는 대상으로서의 양상을 갖지 않는다. 혹은 그들은 당면한 일상적 실천에서의 직접적인 전망을 넘어서 추상적으로 무한화된 미래의 관념을 갖지 않는다. 혹은 통상적인 공동 작업의 필요를 넘어선 관념적 동시성을 문제 삼지 않는다.

●

마키는 특히 누에르족의 우시계牛時計를 이용한 시각 표시에 주목한다. 누에르족 사람들은 그들이 영위하는 목축 작업 과정에 빗대어 시각을 표시한다. 예를 들어 우사에서 울타리로 소를 데려나오는 시간, 착유 시간 등등으로 말하는 것이다. 그럼 좀 더 긴 사정거리의 시간에 관해 말해야 할 때는 어떻게 할까. 그럴 때 시간은 사회구조 안의 위치를 조준점으로 해서 표시된다. 이를테면 어떤 '연령조' 성인식 등의 시기나 계보상의 거리를 언급함으로써 시간이 표시된다. 어느 경우든 시간은 구상적인 조응에 의해서만 표시되고, 사정권이 원리적으로 유한하며, 무한한 저 너머의 미래는 없다.

이러한 구상적인 시간은 내포적으로 일정한 동질성을 지니며 외연적으로 일정한 유계성^{有界性}을 지니는 단일 공동체에서만 존재할 수 있다. 구상적 시간은 한 집단 내에서 체험되는 〈공시성〉의 직접적 표현이기 때문이다. 마키는 이와 같은 사실에서 반대로 추상적 시간은 서로 다른 공동 시간성을 갖는 집단과 만났을 때, 즉 복수의 시간성을 고차적인 일반성 아래로 포섭해야만 할 때 발생한다고 추정한다.

이처럼 원시공동체에는 〈시간의 니힐리즘〉을 초래하는 두 개의 시간 감각이 모두 존재하지 않는다. 추상적으로 무한화된 시간도 없고, 과거는 귀무하지 않는다. 마키가 다양한 논자의 논의를 자료로 삼아 입증하는 바에 따르면, 이 부재를 지탱하는 것은 이러한 공동체에서 유지되는 자연과 인간의 관계, 그리고 인간들 간의 관계이다. 반대로 이 두 관계가 변용됨에 따라 근대인이 자명하다고 받아들이는 시간 감각의 어떤 유형이 출현한다. 이러한 변용은 서구 문명의 두 원류, 즉 헬레니즘과 헤브라이즘에서 전형적인 모습으로 나타난다.

헬레니즘의 시간: 추상적인 무한화

헬레니즘에서는 추상적 원환의 시간 표상이 지배적이다. 무엇보다 그리스 사상에서도 애초에 '시간' 관념이 추상적이었던 것은 아니다(호메로스의 서사시나 헤시오도스의《노동과 나날》에 나타난 것처럼). 원환의 시간이라는 이미지는 밀레토스 학파의 아낙시만드로스에게서 처음 등장했고, 피타고라스 학파의 엠페도클레스가 완성했다.

마키는 이 사상사적 사실을 사회구조에 관한 다음과 같은 사실을 통해 이해할 것을 당부한다. 밀레토스는 지역 간 무역과 관련한 상업 중심지였으며 밀레토스 학파 철학자의 다수도 상업민 출신이었다는 점(또한 피타고라스가 살았던 사모스나 크로톤도 상업 도시였다), 동시대의 아테네는 민주혁명(솔론의 개혁 등)의 시기였고 시민사회적 질서의 초기 형태가 발생하고 있었다는 점(나아가 밀레토스를 포함한 이오니아의 도시들은 더 일찍부터 민주혁명이 추진 중이었다), 그리고 밀레토스 학파를 낳은 이오니아야말로 역사상 주화 유통이 두드러지게 발달했던 지역이라는 점을 말이다.

마키의 논리에 따르면, 화폐는 복수의 공동태(게마인샤프트)들이 맺는 집합태(게젤샤프트)적 관계를 하나의 시스템으로 존립하게 하는 보편적 매개체로서, 또 개인들 간의 집렬集列적 관계를 매개하는 보편성으로서 분석되어 나온다. 화폐는 만물에 추상적이고 등질적인 양적 규정성을 부여하는 〈보편화하는 힘〉으로서 현상하게 된다. 화폐의 이러한 본성은 밀레토스 학파의 철학적 탐구가 지향하는 바와 합치한다. 밀레토스 학파의 탐구는 우주의 다양성을 환원시킬 수 있을 만한 공통성을 추구하는 데서 시작한다. 아낙시만드로스는 그러한 공통성을 상이한 질료로 구성된 형상들을 관통하는 일반성인 시간에서 찾았다. 여기서 모든 물상에 대한 시간의 관계는 모든 상품에 대한 화폐의 관계에 가까울 것이다. 나아가 아낙시메네스는 세계의 다양성을 공통 원소인 '공기'의 농도로, 즉 추상적 양으로 해석하려 했다.

마키가 시사하는 것은 결국, 추상적 시간이 화폐와 동형적인 기제를 밑바탕으로 존립한다는 것이다. 공동태들 사이의 집합태적인 관계는, 혹은 풍화되어 집합태화한 (원)공동태 내의 개인 및 집단의 상호의존 관계는, 각각 독자적으로 체험된 세계를 구성하는 다양한 활동을 외적으로 조정하는 매개로서 일반화되고 추상화된 척도인 '시간', 즉 〈체험되는 공시성〉에 대응하는 〈알려지는 동시성〉을 도출하지 않을 수 없을 것이기 때문이다.

헤브라이즘의 시간: 귀무하는 불가역성

헤브라이즘의 불가역적이고 직진하는 시간에 대한 의식은 종말론을 기원으로 한다. 그러나 모든 종말론이 시간을 직선으로 표상하는 것은 아니고, 실제로 헤브라이즘조차도 초기에는 회귀하는 시간의 표상을 기본으로 두었다. 마키는 불트만에 근거해, 불가역성으로서의 시간이라는 관념은 묵시 문학에서 비로소 완성되었다고 지적한다. 또 마키에 따르면 불가역적인 시간이라는 관념에서 기초가 되는 종말론의 맹아는 〈이사야서〉나 〈예레미아서〉와 같은 '후예언자'의 서에서 발견된다.

이 불가역적 시간의 관념을 산출한 문헌들은 모두 고난 많던 유대 민족의 역사 가운데서도 특히 수난과 절망의 시기(의 산물)가 낳은 것이었다는 점이 주목받는다. 이를테면 예레미아의 활동기는 바빌론 남왕국 유다가 멸망하고 바빌론 유수가 있었던 시대(BC 6세기)이다. 묵시 문학의 하나인 〈다니엘서〉는, 시리아 왕 안티오코스 에피파네스에 의한 유대교 탄압기(BC 2세기)에 쓰여진 것으로 추정된다.

이 사실을 기초로, 마키는 불가역성으로서의 종말론이 형성되도록 촉진한 내적 기제를 다음과 같이 추정한다. 불행 가운데 있을 때는 그저 희망만이, 즉 눈앞에 없는 것을 향한 신앙만이, 인간에게 인생을 견딜힘을 줄 것이다. 희망은 처음에는 과거 행복한 시대의 재래에 구체적인 이미지를 결부시킬지도 모르지만, 절망이 충분히 깊을 때 이에 대항하는 희망은 더 순수한 유토피아 지향으로 정련될 것이다. 유토피아는 순수화될수록 현실에 존재했던 것에서 구체적 이미지를 가탁假託하기 어려워지므로, 결국 아직 존재하지 않는 것, 즉 회귀를 부정한 미래에 속하는 것으로서 구축될 수밖에 없다. 이리하여 반복을 적극적으로 부정하는 시간의 형태, 즉 직진하는 불가역적 시간이 요청되게 된다.

더 나아가 마키는 유대 민족이 산출한 반자연주의적 문화가, 현실의 존재를 부정성으로 받아들임으로써 미래를 지향하는 의식과 불가역적 시각에 관한 관념을 길러내는 모태가 되었다고 지적한다. 리치에 따르면, 불가역성 체험은 자연의 순환성과는 구별되는 인생의 일회성이다. 후기 유대교는 삶의 영역을 자연과는 다른 독자 영역으로서 발견함과 동시에, 더 나아가 인간의 운명 그 자체를 세계의 운명과 등치한 것이다.

근대사회의 시간

헬레니즘과 헤브라이즘이 교차하는 지점에서 근대사회가 발생한다. 여기서 말하는 근대사회는 종교개혁 이래의 사회를 가리킨다. 근대사회의 시간 의식의 구체적인 모습에 대해《시간의 비교사회학》은 문학, 종교, 철학 등도 설명 대상으로 삼아 공들여 논하고 있다. 하지만 근대사회의 시간의 실체는 이 장에서 앞으로 언급할 다른 책에서도 다루기 때문에, 여기서는 결론만을 소개할까 한다.

마키에 따르면, 결국 근대인을 계속해서 덮쳐오는 허무감은 이중의 소외 위에서 성립한다. 첫째로 지상의 것을 악으로 여기는 반자연주의에 의해 공소空疏화한 삶의 현재가 삶의 '의미

meaning'를 과거 혹은 미래에서 찾음으로써 비로소 삶이 〈의미sense〉를 갖게 되는 문명이 기초에 놓인다. 그 '의미'의 원천은, 처음에는 이상화된 '과거'이지만 이내 '미래'가 우위에 서게 된다. 그 바탕에는 현재에 대한 사랑의 결여가 있지만, 현재(현실)를 부정하기 위한 요소로서 '과거'보다도 '미래'가 더 알맞기 때문이다. 둘째로 구원의 실감(리얼리티)을 지탱하는 공동 세계가 게젤샤프트(이익사회)화에 의해 붕괴할 때의 공포가 시간 해체의 위기감으로 나타난다. 이 위기감, 이 붕괴 감각에 맞서기 위한 방법으로 신을 향한 신앙(프로테스탄트), 사유(데카르트), 자연과 타자를 향한 공감(낭만주의), 기억(흄, 프루스트) 등이 활용되어왔다. 첫 번째 소외는 〈시간을 향한 소외〉, 두 번째 소외는 〈시간으로부터의 소외〉라고 명명된다.

시간, 근대적 시간은 — 마키에 따르면 — 삶의 허무의 연원이다. 다음 절에서 마르크스의 《자본론》을 독해하며 다시 한 번 확인할 텐데, 화폐와 시간은 표리일체 관계를 이룬다. 일반적 등가 형태로서의 화폐를 향한 욕망인 한, 인간의 욕망은 완결되어 충족될 수 있는 구조를 상실하고 무한화한다. 마찬가지로 〈체험되는 시간〉의 구상성·고유성에서 해방된 '시간' 관념은, 인간의 관심을 무한의 저편으로 길게 뻗어나가게 한다. 그런데 공동태 및 자연에서 해방된 근대인은 그저 개인만을 절대화해 그것에 집착할 수밖에 없을 것이다. 그렇다면 여기에 심각한 모순이 있다. 무한한 시간에 대한 관심과 죽을 수밖에 없는 유한한 존재(자아)를 절대화하는 것 사이의 모순 말이다. 죽음의 공포와 삶의 허무는 이 모순의 표현이다.

과거의 타자와 미래의 타자

지금까지《시간의 비교사회학》의 논리의 골격을 따라가보았다. 앞으로의 고찰을 위해 여기에서 다음과 같은 교훈을 이끌어내 보자.

시간은 이러저러한 의미에서 '부재'의 양상을 갖는 타자와의 관계다. 존재의 가장 확실한 상이 현전(현재)이라고 한다면, '이미(없다)'나 '아직(없다)'이라는 양상을 가진 타자들 자체를 존재로서 받아들일 때 시간이 출현한다. 여기서 과거나 미래를 '타자'로 보는 것은, 엄밀히 말해 〈나〉는 '현재' '지금'에 한정되기 때문이다. 과거의 나도 미래의 나도 지금의 〈나〉에게는 이미 타자다. 일반적으로 현재의 〈나〉가 가장 확실히 존재한다고 여겨지고 또 실감된다.《시간의 비교사회학》에서 논의되었듯, 근대의 주요 사상가들이 시간의 해체라는 위기를 감지하고서 다양한 양태의 '현재의 〈나〉'에 의거해 이 위기에 맞서려 한 것은 이 때문이다. 그 대표가 '나는 생각한다'(데카르트)인데, 마키가 말하듯 '나는 믿는다'(프로테스탄트) '나는 느낀다'(낭만주의) 등은 모두 현재의 〈나〉의 변주라고 해석할 수 있다. 이처럼 현재의 〈나〉가 과거나 미래라는 양상을 가진 타자들과 맞부딪치듯 관계할 때, 시간이 출현하는 것이다.

《시간의 비교사회학》은 다음과 같은 것을 보여주었다고 할 수 있으리라. 현재의 우리는 '과거'라는 양상을 가진 타자들과 강한 공감을 동반하는 깊은 연대 관계를 쌓을 수 있다. 즉 과거의 타자들은 〈체험된 공시성〉에 참여할 수 있다. 원시공동체의 '성스러운 시간'이나 '원계열'(레비-스트로스)은 현재와 공존하고 연대하는 관계에 들어선 과거인 것이다. 음비티에 따르면, 아프리카의 캄바족은 그러한 과거를 — '사사Sasa'(광의의 현재)에 대비되는 — '쟈마니Zamani'라고 부른다고 한다.

그러나 미래, 먼 미래와의 사이에서 그러한 연대 관계를 쌓기란 어려운 일이다. 미래의 타자(아직 없는 타자)는 과거의 타자(이제는 없는=예전에는 있었던 타자)처럼 쉽게 존재화되지 않는다. 잘라 말해 그들은 부재한다. 근대적 시간 의식의 예가 보여주듯, 먼 미래의 타자를 억지로 존재화해 현재의 우리가 그들과 관계하려 했을 때 나타나는 것은, '공감'이 아니라 '소외'의 감각이다. 그들은 현재 우리 삶의 충실함을 빼앗아가는 소원한 타자로서 나타난다(이것이 〈시간을 향한 소외〉다). 미래는 〈체험된 공시성〉에 편입되지 않는 것이다. 미래는 생생하게 실감되지 않고 추상적으로 이해될 뿐이기 때문이다.

2

카를 마르크스의
《자본론》을
읽다

추상적 인간노동

이어서 카를 마르크스의 《자본론》을 '시간의 사회과학'의 고전 중 하나로서 읽어보자. 《자본론》은 두말할 나위 없는 마르크스의 주저로서, 전체 3부로 이루어진 대작이다(이와나미문고판 전 9권. 한글 번역본은 강신준 옮김, 길, 2008~2010; 김수행 옮김, 비봉, 2001). 1부는 1867년에 간행되었고, 2부와 3부는 각각 1885년, 1894년에 간행되었다. 마르크스의 생전에 간행된 것은 1부뿐으로, 2부와 3부는 마르크스의 유고를 토대로 절친한 벗 프리드리히 엥겔스가 편집하여 어렵게 간행해냈다. 여기서 《자본론》을 드는 이유는, 이 책에 근대사회에서 시간의 가장 중요한 측면이 그려져 있기 때문이다. 열쇠가 되는 개념은 '추상적 인간 노동시간'이다.

《자본론》은 상품이 사용가치인 동시에 교환가치라는 이중성을 갖는다는 사실을 지적하면서 시작된다(엄밀하게는 '교환가치'로서 표현되는 기질基質을 '가치'라고 하여 '가치/교환가치'를 구분했지만, 여기서는 번거로움을 피하기 위해 '교환가치'로 통일해 설명한다). 이러한 상품의 이중성은 노동의 이중성에 대응한다. 상품은 사용가치로서는 특정한 구체적 유용노동의 생산물이며, 교환가치로서는 추상적 인간노동의 객관화(외화)이다.

구체적 유용노동은 물론 건축 노동, 방적 노동, 편집 노동, 판매 노동 등 구체적인 형태의 유용노동이다. 하지만 상품의 교환가치는 사용가치와는 다르며 모든 상품에 공통되므로, 상품마다 다른 구체적 유용노동에 의한 것이라고 해석할 수는 없다. 상품의 교환가치와 대응되는 것은, 그것이 구체적으로는 무엇이건 간에 인간노동이 그 생산을 위해 지출되었다는 사실이다. 노동의 그러한 측면을 추상적 인간노동이라고 부른다. 상품가치는 추상적 인간노동으로 측정되는 시간의 길이에 대응된다.

상품의 두 가지 차원에 대응하는 노동의 이중성, 특히 추상적 인간노동이야말로 후기 마르크스 해석의 열쇠이자 자본주의 사회 시스템(근대사회)의 구조와 동태를 설명하는 논리의 기점이 된다. 모이세 포스톤의 《시간·노동·지배: 마르크스 이론의 신지평》[3]은 이러한 착상에 기반을 두고 쓴 책이다. 따라서 우리는 포스톤의 논의를 매개로 해서, 즉 포스톤의 이 책을 비판적으로 독해함으로써 사안의 본질에 육박해 들어갈 수 있다.

도대체 추상적 인간노동이란 무엇일까. 우선 누구나 품을 만한 협의는, 분류의 편의를 위해 수립된 개념으로서 실재와는 무관한 것 아니냐는 것이다. 말도 개도 사람도 모두 다 '포유류'인 것처럼, 다양한 노동을 일괄해서 포착하는 추상 개념으로서 '추상적 인간노동'이 있는 것이라면, 이 개념은 명목적인 것이라는 말이 된다. 하지만 추상적 인간노동은 이러한 의미에서 나온 추상 개념이 아니다.

추상적 인간노동에서 '추상'은 외부 관찰자에 의한 이론적 추상이 아니라 생산자들이 날마다 겪는 현실 속에서 행해지는 추상, 당사자들의 노동에 의거한 추상이다. 이 점을 이해하기 위한 첫걸음으로, 자본주의 사회에서 노동은 추상적 인간노동이라는 자격을 통해 사회적 매개체가 된다는 포스톤의 주장을 보자.

상품 생산의 본성은 무엇인가. 상품이 생산물의 일반적 형태라는 것, 즉 대부분의 생산물이 상품이라는 것(교환가치를 갖는 것을 목적으로 한다는 것)은, 인간이 스스로 생산한 것을 소비하지 않는다는 말이다. 인간은 타자들이 소비할 물품만을 생산하고, 타자가 생산한 물품을 획득하기 위해 생산한다. 따라서 그들의 노동은 개개의 구체적인 유용성에 관해 의미가 있는 것이 아니라, 그 노동의 산물이 다른 임의의 노동 생산물과 교환될 수 있다는

---

3 Moishe Postone, Time, Labor, and Social Domination: A Reinterpretation of Marx's Critical Theory, New York: Cambridge University Press, 1993.《時間·労働·支配: マルクス理論の新地平》, 白井聡·野尻英一 訳, 筑摩書房, 2012.

추상성을 갖는 한에서 의미가 있는 셈이다. 추상화가 일상생활에서 이루어진다는 것은, 이처럼 상품으로서 물품이 생산된다는 사실에 대응된다.

추상적 인간노동을 측정하는 시간은, 《시간의 비교사회학》에서 적출된 근대적 시간 의식을 구성하는 두 개의 계기 모두를 갖는다. 첫째로 그것은 당연히 개개의 구체적 노동의 다양성을 사상捨象한 추상적 시간으로서 무한히 연장 가능하다. 둘째로 귀무하는 불가역성 또한 특징으로 한다. 후자의 특징에 대해서는, 노동시간의 지출이 어떻게 해서 '가치'로 승인되는지를 생각해보면 이해할 수 있으리라. 지출된 시간은 목적(생산물)을 위해 희생된 것으로 간주되는 것이다. 지출된 시간은 더 이상 돌이킬 수 없는 형태로 사용된 것, 즉 귀무한 것이다.

고독한 노동인가? 아니면……

타자들의 소비를 위해 노동한다는 것이 노동에 '추상적 인간노동'의 성격을 부여한다고 했다. 그러나 이런 의미의 사회적 지향성이 자본주의 노동만의 특징은 아닌 것 같다. 어떤 사회에서든 일한다는 것은 사회적 지향성을 띠는 게 아닐까. 물론 그렇다. 비자본주의 사회에서도 노동은 사회적 지향성을 띤다. 인간은 타자를 위해, 타자의 수요를 충족시키기 위해 일해왔다. 그렇다면 추상적 인간노동은 어떤 사회의 어떤 노동에도 들어맞는 규정이라고 할 수 있을까. 달리 말해 자본주의 사회의 노동에는 하등의 특별한 성질도 없는 것일까.

그렇지 않다. 그 사회성이 무엇을 지향하는지를 놓고 봤을 때 비자본주의 사회와 자본주의 사회 간에는 결정적 차이가 있다. 그 차이로 인해 자본주의 사회의 노동은 두드러지게 '추상적'인 성격을 띠게 된다. 비자본주의 사회에서 노동은, 인격을 가진 구체적 타자를 향할 때 사회적이다. 그 노동이 노동하는 주체에게 친밀한 타자를 향할 때 '사회적'이다. 포스톤은 이 상태를, 지향되는 사회관계가 'overt'(자명, 분명)하다고 표현한다. 대신 그 노동이 지향할 수 있는 사회관계의 범위는 특수하게 한정될 수밖에 없다. 가족이나 친족, 혹은 촌락 등 작은 공동체의 범위로 말이다.

자본주의 사회에서 이런 관계는 뒤집히게 된다. 생산자는 자기가 어떤 구체적 타자를 위해 노동한다는 의식을 가질 수 없다. 자기 노동의 이타적 성격을 의식하지 못하는 것이다. 생산자의 주관적 의식에서 자기 노동은 두말할 나위 없이 순수하게 이기적인 것일 뿐이다. 그는 자기 자신을 위해, 자기 이익을 위해서만 노동한다. 그런 의미에서 자본주의의 생산자는 고독하다. 하지만 객관적 시점에서 바라보면, 자본주의 사회의 노동 생산물은 그 이전 어느 사회보다도 폭넓게 타자에 대해 열려 있으며, 그것이 지향하는 사회관계의 범위는 원리적으로 무제한적이다. 즉 상품으로서 객관화된 생산물에 누구나 접근할 수 있으며 정당한 대가만 치른다면 손에 넣을 수 있다.

정리하자면 다음과 같은 뒤틀림이 있는 것이다. 비자본주의 사회에서 노동은 자명한 사회관계를 향하지만 그 관계의 범위는 한정적이다. 자본주의 사회에서 추상적 노동은, 주관적으로는 이기적인 행위로서 이루어지지만 객관적으로는 무제한적으로 열린 사회적 매개로 작용하게 된다. 이러한 뒤틀림을 초래하는 요소가 무엇일까. 그것이 다음으로 고찰할 주제이다.

그전에 먼저 앞 절에서 다뤘던《시간의 비교사회학》과 관련지어 다음 사항을 확인해보도록 하자. 마키 유스케는 무한화된 추상적 시간은 집합태적 관계 속에서 출현한다는 테제를 제기했다. 이 테제는 추상적 노동은 주관적으로는 고독하고 이기적인 작업으로 수행되는 것이라고 지적한 우리의 구성과 잘 부합한다.

노동의 '추상성'은 어떻게 생겨나는가

추상적 노동의 능력이 인간에게 태어날 때부터 갖추어진 것은 아니다. 마르크스가 곧잘 "생리적 에너지의 지출"(한글 번역본에는 "생리학적 의미에서의 인간노동력의 지출" 등으로 되어 있다 — 옮긴이)처럼 오해를 부를 만한 표현을 쓰기도 하지만, 추상적 인간노동은 사회적 구성물이다. 그렇다면 자본주의 사회에서 무엇이 노동에

'추상적' 성격을 부여하는 것일까? 이러한 물음을 던짐으로써 우리는 포스톤의 서술을 벗어날 수 있게 된다. 포스톤도 물론 추상적 인간노동을 사회적 산물로 보기는 하지만, 그것은 자본주의 사회를 논리적으로 설명하는 데 제1의 공리적 전제일 뿐, 그것이 산출되는 기제를 따져묻지는 않기 때문이다.

포스톤과는 갈라지지만, 그저 《자본론》의 서술로 돌아가보는 것만으로도 이 물음에 대답하기 위한 가장 중요한 단서를 얻을 수 있다. 다음 문장이 반복해서 인용되어왔다.

사람들이 그들의 노동생산물을 서로 가치로서 관계시키는 것은, 이것들이 그들에게 똑같은 인간노동의 단순한 물상적 외피로 인정되기 때문이 아니다. 그 반대다. 그들은 자신들의 이종적인 여러 가지 생산물을 서로 교환하면서 가치로 등치함으로써, 자신들의 갖가지 상이한 노동을 인간노동(추상적 인간노동 — 오사와)으로 서로 등치하는 것이다.[4]

추상적 인간노동의 양이 같기 때문에 교환되는 것이 아니라, 반대로 교환적으로 등치하는 행위가 (먼저) 있고 그 결과로서 노동의 동등함이 파생되는 순서이다. 일반적인 노동가치설과는 순

---

4 사키사카 이쓰로의 《자본론》 번역 등을 바탕으로 일부 수정. (1장 4절 '상품의 물신적 성격과 그 비밀'에 해당하는 부분이다. — 옮긴이)

서가 반대인 것이다. 이 마르크스의 서술이 이미 가장 중요한 사실을 말해준다.

처음에 추상적 노동은 교환가치인 한에서 상품으로 대상화된다고 말했다. 이렇게 말하면, 추상적 노동이 먼저 있고 그것이 생산물에 투입되는 것처럼 여겨지지만, 순서는 그 반대라는 게 마르크스의 진의이다. 상품이 교환가치 성격을 띠는 것은, 그것이 시장에서 살 수 있는 것이기 때문이다. 달리 말해, 상품은 화폐와의 교환 가능성이 있기 때문에 비로소 사용가치임을 넘어 교환가치이기도 한 것이다. 화폐란 무엇인가. 마르크스의 생각으로는 화폐도 일종의 상품이지만, 특권적인 상품이다. 화폐는 시장에서 임의의 상품과 교환 가능한 상품이며, 시장에서 행해지는 교환의 일반적 매체인 것이다. 화폐로는 어떤 상품이든 살 수 있지만, 상품으로 화폐를 살 수는 없다. 화폐는 (어떤 특정한 상품=사용가치에 대한 욕망으로 실현될 수 있다는 의미에서) 욕망의 추상적인 일반성을 대표한다.

추상적 노동이라는 관점에서 파악할 때, 인간은 자신의 생산물을 소비하는 것이 아니라 타자가 생산한 상품을 획득하기 위해 생산한다고 했는데, 이는 직접적으로는 화폐를 얻기 위해 생산한다는 말이다. 화폐와 교환될 수 있는 물건(상품)을 생산했을 때, 인간은 타자에 대해 어떠한 구체적 이미지나 어떠한 인격적 관계가 없더라도, 결과적으로는 타자들의 수요를 충족시키기 위해 노동한 셈이 된다. 곧 여기서 주관적인 이기성과 객관적인 사회적 매개의 작용이 결부된다.

이제 다음과 같은 테제를 이끌어낼 수 있지 않을까. 추상적 노동이란 그 노동과 화폐 간의 관계, 노동생산물과 화폐 간의 교환 가능성을 노동에 내부화했을 때 도출되는 계기라고 말이다. 그 노동에 의해 대상화된 사물이 화폐와의 교환 가능성을 가질 때, 그 노동은 '추상적 인간노동'으로 간주되는 것이다. 추상적 노동에 의해 구성된 시스템이 한 사회적 영역에 대해 전체성을 갖는 것은, 화폐가 대표하는 욕망에 그 사회적 영역 전체에 통용되는 일반성이 있기 때문이다. 추상적 노동은 화폐가 일반적으로 침투한 사회, 노동력조차 상품이 될 정도로 부의 일반적 형태가 화폐와의 교환 가능성에 의해 규정되는 사회에서 출현한다. 여기서《시간의 비교사회학》이 짚어냈던 화폐와 추상적 시간 간의 병행성이 다시 한 번 확인된다.

가치형태론

지금까지의 전개로 보아《자본론》에서 '가치형태론'의 중요성이 다시 새롭게 떠오른다. 가치형태론은《자본론》에서도 가장 잘 알려진 부분이며, 여기서 소개한 것과 같은 상품의 이중성, 노동의 이중성을 논한 후 바로 다음에 배치되어 있다. 마르크스는 네 가지 가치형태를 차례대로 논하며, 등식 형태로 표현해놓았다.

1. 단순한 가치형태

a량의 상품 A = b량의 상품 B

2. 총체적인 가치형태

a량의 상품 A	=	b량의 상품 B
		c량의 상품 C
		d량의 상품 D ……

3. 일반적 가치형태

b량의 상품 B	=	a량의 상품 A
c량의 상품 C		
d량의 상품 D ……		

4. 화폐형태

위 등식에서 'a량의 상품 A' 대신 'x량의 금'이 들어간다.

이 4단계는 단순한 산발적 물물교환에서 시작해 마침내 그것이 확대되고, 또한 드디어 화폐에 상당하는 특별한 상품이 분석되어 나오기까지의 역사적 단계를 쫓는 듯이 보인다. 하지만 그렇지 않다. 제3형태에서 제4형태로 전환되는 것을 별개로 하면, 즉 제1형태에서 제3형태까지의 관계는 이미 많은 논자가 지적해왔듯, 특히 일본에서는 우노 고조 학파가 강조해왔듯, 논리적이다. 어떤 의미에서 논리적일까.

나는 제1형태에서 제3형태까지의 단계를 밟는 것이 더 깊은 논리적 전제로 거슬러 오르는 과정이라고 해석한다. 첫 번째 단계인 단순한 가치형태는 대등한 물물교환으로 기술되지 않았다. 단순한 가치형태에는 비대칭성이 잉태되어 있는 것이다. 등식의 두 개 항 중 좌변 A는 상대적 가치형태, 우변 B는 등가형태라고 불린다. 이 등식(교환)은 상대적 가치형태 A의 입장에서 기술되었다. 상대적 가치형태 A는 다른 하나의 상품, 등가형태로 간주되는 상품 B로 표현됨으로써 자신의 가치를 실현할 수 있다. 즉 하나의 상품(상대적 가치형태)은 타자(등가형태)에게 승인받지 않으면 가치로서 실현될 수 없다는 의미에서, 타자의 우위에 복종하는 것이다.

이 우위의 논리적 근거는 무엇인가. 그것을 찾으려 거슬러 올라가면 세 번째 단계(일반적 가치형태)의 일반적 등가형태가, 즉 사실상의 화폐형태가 발견된다. 따라서 다음과 같이 결론 내릴 수 있다. 그 논리적 기원까지 거슬러 오르면, 추상적 노동은 상대적 가치형태와 등가형태의 교환과 유사한 비대칭적 관계에 도달하는 것이 아닐까. 이 관계를 상대적 가치형태 쪽에서 내부화했을 때, 상대적 가치형태에 대응하는 상품 생산자의 노동이 추상적 노동으로서 의미를 갖게 된다. 이처럼 가치형태론은 가치를 산출하는 노동으로서 추상적 노동의 비밀을 해명하는 논리라고 해석하는 것이 가능하지 않을까.

그러면 '가격'과 '(교환)가치'는 어떤 관계가 있을까. 둘을 어떻게 관련지을 것인가의 문제는 마르크스주의 경제학에서 전통적으로 '전형 문제'로 불리며 많은 논쟁을 불러왔으나 여기서 그 세부를 다루지는 않을 것이다. '가격'과 '(교환)가치' 간의 관계는 현상과 본질의 관계라고 생각하면 된다. 화폐와의 교환은 물론 가격 편에서 직접적으로 표현된다. 그렇다면 화폐를 현상으로 하는 본질이 규정되어야 한다. (마르크스가 쓴 표현은 아니지만) 여기서는 그것을 일반적인 욕망을 대표하는 ─ 어떤 특정한 타자도 아닌 ─〈추상적 타자〉라고 해두겠다. 화폐는 그〈추상적 타자〉의 현상형태이다. 자본주의 사회에서 생산의 목적은, 이〈추상적 타자〉에게 승인받을 수 있는 대상을 가져오는 데 있다. 승인받은 생산물이 '상품'(교환가치로서 상품)이다.〈추상적 타자〉의 '추상성'이 노동에 투사되었을 때, 그 노동은 '추상적' 노동의 성격을 띠게 된다고 해석할 수 있다.

서구에서 추상적 시간은 어떻게 탄생했는가

추상적 인간노동의 시간상 길이가 상품의 교환가치의 크기와 대응한다는 관념이 성립하기 위해서는, 활동이나 사건에서 독립해 균질적으로 진행하는 추상적 시간의 개념이 필요해진다. 여기서 마르크스의 서술에서 조금 비껴나가, 추상적 시간의 성립에 관계된 사회사적 연구를 간단히 살펴보도록 하자.

G. J. 휘트로의 《시간의 성질》(1972, 法政大学出版局 訳, 한글 번역본은 《시간의 문화사》, 이종인 옮김, 영림카디널, 1998) 등에 따르면, 시계나 달력으로 측정할 수 있는 직진하는 시간이 유럽에서 일반적으로 정착된 것은 17~18세기라고 한다. 3장에서 과학 관련 도서들을 다룰 때 이 점을 다시 논할 텐데, 이는 과학사 연구자들이 '과학혁명'이라고 부르는 시기, 근대과학의 성립기에 대응한다.

과학사의 태두, 특히 중국 과학사의 권위자인 조지프 니덤에 따르면, 시간을 독립변수로 하고 현상을 종속변수로 하는 함수라는 아이디어는 근대 서구 이외에서는 독자적으로 나타나지 않았다. 예컨대 어떤 가속도가 붙은 물체의 t초 후의 속도 v를 'v=f(t)'라는 함수로 계산할 수 있기는 하지만, 이렇게 현상을 규정하는 독립변수 중 하나로서 시간이라는 개념은 근대 서구 이외의 지역이나 문화에서는 발명되지 않았다.

루이스 멈퍼드는 시계가 시간을 인간적 사상事象에서 분리했다고 말한다. 멈퍼드는 시간의 추상화가 시계와 관련이 있다고 생각했다. 여기서 언급된 '시계'는 해시계나 물시계 같은 자연현상을 그대로 이용한 시계가 아니라 기계장치로 된 시계다. 서구에서 기계 장치로 된 시계가 만들어지기 시작한 것은 13세기 말, 혹은 14세기 초라고 한다. 기계장치 시계의 새로운 기원은 17세기에 크리스티안 하위헌스가 발명한 진자시계에 의해 이루어졌다.

이러한 기계장치 시계를 발명한 것도 서구뿐이었다. 니덤에 따르면 여러 기술에서 중세 유럽보다 훨씬 우월했던 같은 시기 중국에서도, 균등하게 시간을 조각내어 사회생활을 규제하는 것을 첫째 목적으로 하는 기계장치 시계는 개발되지 않았다. 중국은 기원전 2세기에 벌써 '두 시간'을 단위로 하는 등분 시간 체계가 마련되어 있었다. 그럼에도 기계장치 시계를 만들지 못한 것은 놀라운 일이다. 지식이나 기술이 있다고 무언가가 발명되거나 활용되는 것이 아니라는 것을 여기서 알 수 있다. 송대에 해당하는 11세기 말에, 수력을 활용한 정밀한 시계탑이 설계되었다 (아마 천체의 움직임을 관측하기 위해서였으리라). 하지만 이것이 사람들의 생활에 영향을 준 흔적은 전혀 없다. 사회생활에서 그것이 요청되지 않는 한, 기계장치 시계는 발명되지도 않고 보급될 일도 없다.

우리는 시간이라는 것이 현상이나 인간의 활동과는 독립하여 일정하게 진행한다고 여긴다. 자고 있건 일을 하고 있건 시간은 일정하게 나아간다고 말이다. 하지만 앞서 누에르족의 '우시계'에 대해 말했는데, 그런 시계로 측정되는 시간은 인간과 소 사이의 상호작용이나 계절·날씨 따위에 따라 진행 방식이 달라진다. 과거에는 이런 가변적인 시간 쪽이 주류였다.

그렇다면 유럽에서 가변적 시간이 일정한 시간으로 이행한 것은 어느 무렵의 일일까. 이 점에 대해서는 르 고프 등의 중세사 연구를 참고할 수 있다. 중세 수도원에서는 생활이 시간에 따라 엄격히 관리되었다. 하지만 그 시간은 가변적인 시간이었다. 즉

기도, 식사, 수면, 그 외 여러 가지 작업은 상황이나 계절 등에 따라 가변적인 시간에 의해 이루어졌던 것이다. 일정하게 진행하는 시간은, 중세 후기에 자치도시의 중심부에서 처음으로 채택되었다고 한다. 서유럽의 자치도시는 앞선 수세기를 통해 경제적으로 확대되고 거대해졌다. 거기서 여러 활동의 조정을 위해 시각을 알리는 종이 사용되기 시작한다. 시장의 시작과 끝, 노동의 시작과 끝, 집회의 개시, 야간 외출 금지, 이후로 술 판매를 금지하는 시각 등을 종을 울려서 공지했다. 그때의 시간은 일정하게 진행하는 시간이었다. 일정하게 진행하는, 진정 추상적인 시간이 수도원이 아니라 도시에서 발생했다는 사실은 자본주의론에서 흥미로운 일이다.

특히 14세기 직물을 생산하는 도시에서 도입·보급되었던 '노동의 종'이 미친 영향이 컸던 것 같다. 직물 상인은 생산자를 노동자로 고용하고 있었다. 이는 극히 초기의 자본-임노동 관계이다. 임금이 일당으로 지급되었기 때문에, 노동의 길이를 엄밀히 정의할 것이 요구되었다. 그것을 먼저 요청한 것은 노동자 쪽이었지만, 고용주인 상인 쪽도 그렇게 하는 편이 융통성이 있다는 걸 즉각 이해했다. 이전에는 해가 나고 지는 것에 따라 노동시간이 규정되었기 때문에 노동시간은 계절마다 달랐다. 그러한 '자연'의 시간과 분리된 일정한 시간이 노동시간을 측정하기 위해 사용되기 시작한 것이다. 그야말로 노동과 결부된 추상적 시간의 탄생이라고 불러야 할 것이다.

현재 우리가 사용하는 달력에서 새로운 하루는 한밤중에 시작된다. 대부분의 사람들이 자고 있는 시각에 새로운 하루가 이행된다는 사실은, 시간이 인간적인 사상事象에서 독립된 추상적인 것으로 정착되었다는 걸 잘 보여준다. 날짜를 세는 법은 지역이나 문화에 따라 매우 다양했지만, 해가 나는 때 혹은 지는 때를 하루의 시작으로 삼는 경우가 주류였다. 한밤중에 하루의 시작을 설정하는 방식은 언제 정착된 것일까. 그건 곳에 따라 달라서 일반적으로 말할 수 없다. 어쨌든 여기서는 파리의 팔레 루아얄에 24시간을 표시하는 기계장치 시계가 설치된 것이 1370년이었다는 사실만을 짚어둔다. 14세기 서구 도시에서 생긴 이 변화는 굉장히 중요했다.

이러한 역사적 사실이 추상적 인간노동에 관한 마르크스의 이론을 보강해준다고 할 수 있을 것이다. 다음으로는 근대의 시간 성립에 관한 역사사회학 저작을 검토해보자.

3

베네딕트 앤더슨의
《상상의 공동체》를
읽다

소설의 시공간

베네딕트 앤더슨의 《상상의 공동체: 내셔널리즘의 기원과 유행》은 네이션(국민)이라는 상상된 정치공동체가 어떻게 형성되고 또 보급되었는지를 고찰한 명저이다. 1983년에 출판된 이래, 1991년, 2006년에 증보판이 출판되었다(《想像の共同体: ナショナリズムの起源と流行》, 白石隆・白石さや 訳, 書籍工房早山, 한글 번역본은 나남출판, 2003). 여기서 이 저서의 근간을 이루는 내셔널리즘론을 검토하려는 것은 아니다. 이 책 안에서 앤더슨은, 소설이라는 문학 형식의 탄생을 논한다. 이 부분이 '시간론'의 관점에서 무척 흥미롭다.

소설을 이야기 일반과 동일시해서는 안 된다. 소설을 소설답게 해주는 것은 어떤 종류의 '리얼리즘'(진짜 같음)이다. 그러한 리얼리즘을 갖춘 소설다운 소설은 서유럽에서 태어났다. 그 시기는 17세기 말부터 18세기 전반에 걸쳐 있다. 프랑스 최초의 소설로 여겨지는 라파예트 부인의 《클레브 공작부인》이 (익명으로) 발표된 것은 1678년으로 상당히 이른 편이다. 영국의 가장 초창기 소설가들, 즉 리처드슨(《패멀라》, 《클라리사》), 디포(《로빈슨 크루소》), 필딩(《톰 존스》)이 활약한 시대는 18세기 초엽이었다.

소설적인 리얼리즘을 가능하게 해준 것은 어떤 종류의 문체이다. 그 문체를 떠받치는 중핵은, 앤더슨에 따르면 '그동안meanwhile'이라는 말이다. 앤더슨은 소설이 "'그동안'이라는 말에 대한 복잡한 주석"이라고까지 단언한다. 예컨대 여자 A는 남편 B가 있는데 C와 불륜 관계이고, 그 C는 다른 여자 D를 사랑하고 있다고 해보자. 소설에서는 'A와 B가 말다툼을 하고 있었다. 그동안 C와 D는 정사를 하고 있었다'나 'A는 C에게 전화를 걸었다. 그동안 B는 방에서 편지를 쓰고 있었다. 그동안 D는 장을 보고 있었다' 등으로 쓴다. 이처럼 '그동안'을 종횡무진으로 구사할 수 있는 스타일, 이것이 소설이다.[5]

'그동안'의 어떤 점이 혁신적이었던 것일까. '그동안'은 추상적인 동시성을 표현한다. 예컨대 'A와 B가 말다툼하고 있'을 때,

---

5 이제는 현대소설 가운데 '그동안'의 어법을 거부하는 작품 유형도 나온다. 그러나 그런 유형의 소설에서도 '그동안'의 어법은 가능하다. 그것이 표준임을 의식하고서 구태여 거부하는 것이지, 그 또한 "'그동안'이라는 말에 대한 복잡한 주석"의 하나임에는 변함이 없다.

그들의 바로 근처, 그들의 눈에 들어올 만한 곳에서 'C와 D가 정사를 하고 있었다'는 것이 아니다. 'A와 B' 조와 'C와 D' 조는 멀리 떨어져 있어, 자기들이 말다툼을 하거나 정사를 하거나 할 때 상대편은 무엇을 하고 있는지 모른다. 그럼에도 두 가지 사건(말다툼과 정사)은 동시적이며 서로 관련성이 있다. 그러한 동시성을 나타낼 때 '그동안'이 쓰인다. 이 동시성은 등장인물들에게는 지각되거나 의식되지 않는다는 의미에서 추상적이다. 《시간의 비교사회학》을 고찰하면서 아프리카인에게는 '동시성'의 관념이 없다고 한 아프리카 출신 학자 음비티의 논의를 언급한 바 있다. 이때의 '동시성'은 '그동안'으로 표현되는 것과 같은 추상적 동시성이다.

'그동안'이라는 말은, 다양한 국소적 공간을 부분으로 편입시킨, 균질적이고 추상적이며 극도로 거대한 ─ 이념적으로는 무한한 ─ 공간을 전제한다. 이를테면 'A와 B가 말다툼을 벌인 방'과 'C와 D가 정사를 벌인 방'은 멀리 떨어져 있지만, 추상적인 균질 공간에 속한다는 의미에서 일단 서로 관계하는 것이다. 따라서 '그동안' 같은 말을 자연스럽고 자유롭게 사용하기 위해서는 작가나 이야기꾼의 시점이, 따라서 독자의 시점이 그 추상적 균질 공간을 단번에 파악할 수 있는 초월적인 장소 ─ 균질 공간 외부의 장소 ─ 에 설정되어야만 한다. 이러한 초월적 시점에 대해 실재성을 감지할 수 있는 사회적 컨텍스트 안에서 비로소 소설이 성립하는 것이다.

국민의 공동성

네이션 및 내셔널리즘의 탄생을 다룬 책에서 왜 '소설'이라는 문학 양식의 탄생에 관해 논하는 것일까? 우선 국민(네이션)과 소설이 거의 동시에 출현했다는 단적인 사실을 확인해두어야 한다. 초기 소설의 등장 시기는 서구에서 초기 네이션 의식이 움트기 시작한 시기와 거의 포개어진다. 또 세계 어디에서나 네이션이라는 사회적 실체와 내셔널리즘이라는 의식이 성립함과 거의 동시에 소설이라는 문학 양식이 도입되어, 그야말로 국민적이라고 형용할 수 있을 위대한 소설가가 등장한다. 이러한 네이션과 소설 간의 동시성은 우연의 산물이 아니다, 여기에는 명확한 이유가 있다는 것이 앤더슨의 가설이다.

그러나 이것이 국민 의식을 고취하는 소설이 많이 나왔다는 뜻은 아니다. 물론 그런 소설도 있으리라. 그러나 국민 의식이나 내셔널리즘이 소설의 유일한 주제는 아니다. 소설과 네이션 간의 연관성은 소설의 내용에서 유래하는 것이 아니다. 소설을 가능케 한 스타일이, 네이션을 지지하는 태도의 그것과 같은 형식적 구조를 공유하는 것이다.

국민(네이션)은 그 이전의 공동체와 어떻게 다른 것일까. 국민을 학문적으로 정의하는 것은 무척 어려운 일이다. 어떻게 보아도 국민에는 그 이전의 공동체에는 없었던 도저한 특징이 있다. 아무리 작은 나라의 국민이라고 해도, 국민을 구성하는 개개인의 태반은 서로 직접 만나본 적도 없고 평생 간접적으로조차 알게 될 일이 없다. 이는 국민 이전의 공동체, 적어도 구성원의 생활과 의식을 총체적으로 규정하는 공동체에서는 찾아볼 수 없었던 것이다.

국민 이전의, 강한 결속력의 공동체는 구성원 간 직접적 관계의 네트워크에 의해 성립했다. 그러한 공동체에서, 구성원들은 서로 잘 알고 친밀하기에 서로를 동료로 간주하고, 그 동료 혹은 공동체를 위해 헌신적인 태도를 보이곤 했다. 그러한 공동체에서 구성원들은 서로 직접적으로 친구 내지 친척이거나, 충분히 의식할 수 있을 만큼 가까운 간접적인 친구나 친척(친구의 친구, 친척의 친척, 친척의 친구) 등이다.

그러나 국민(네이션)의 연대는 이러한 관계, 직접적인 상호 인지 관계에 밑바탕을 둔 것이 아니다. 그렇다면 그 연대는 어떻게 유지되는 것일까. 네이션에서 구성원이 서로를 동료로 의식하고 또 동일 공동체에 속한다고 인식할 때, 그 감각은 소설에 '그동안'이라는 어법을 초래했던 구조와 같은 유형의 태도에 의해 뒷받침되는 것이다. 소설에서 가령 '말다툼하는 A와 B'와 '정사 중인 C와 D'는 서로 직접적으로는 인지하지 못하며, 어쩌면 A와 D는 소설 전체를 통틀어 서로 만나거나 상대의 존재를 알지도 못할지 모르지만, 동일한 균일 공간에 속하기에 '그동안'으로 관련지을 수 있는 것이다. 이와 마찬가지로 국민 공동체에서 개개인은 서로 상대를 잘 모르고 직접적으로 교류할 일도 없지만, 동일

한 균질 공간에 속해 있는 것만 같은 감각을 공유하는 것이다.[6]

'그동안'이라는 말을 쓰기 위해서는, 독자와 작자의 시점을 등장인물이 소속된 공간의 외부에 있는 초월적 장소에 설정해야만 했다. 네이션이 사회적 실체로서 마디지기 위해서는 이와 유사한 초월적 시점을 필요로 한다. 다시 말해, 네이션과 같은 공동체가 정착하고 때로 누군가가 그것을 위해서라면 목숨을 바쳐도 좋다고 생각할 만큼의 충성심을 끌어낼 수 있었다는 것, 이 사실이 이러한 초월적 시점이 사회적으로 실재하며 기능하고 있다는 증거가 되기도 하는 것이다. 여기서 마르크스가 말하는 '추상적 인간노동'과 관련되는 〈추상적 타자〉를 떠올려도 좋으리라.

역사의식의 탄생

네이션을 가능케 하는 조건 중 하나는, 이처럼 추상적 동시성의 관념을 허용하는 추상적 시간이다. 이는 《시간의 비교사회학》에서 근대적 시간의 구성 계기로 거론되었던 두 가지 감각 중 하나에 대응된다. 또 하나의 계기, 불가역적으로 직진하는 시간이라는 요소 또한 네이션과 깊이 관련된다. 게다가 그것은 전자(추상

---

6 앤더슨의 이 책의 의의에 대해서는 다음의 저작에서 더 상세히 논했다. 大澤真幸, 《ナショナリズムの由来》, 講談社, 2007.

적 동시성)와는 반대로, 공동체로서 네이션의 구상성에 관여한다.

네이션은 스스로의 역사성에 대해 역설적인 감각을 내보인다. 그것은 '(객관적으로는) 새롭지만 (주관적으로는) 오래된'이라는 감각이다. 역사가나 사회과학자의 객관적 시선으로 보자면 네이션이나 내셔널리즘은 근대의 산물이다. 200년 역사라면 네이션으로서는 꽤 오래된 편에 속한다. 중세나 고대의 공동체나 집단 가운데서 현재적 의미로서 네이션(국민·민족)으로 간주할 수 있는 것은 단 하나도 없다. 중세의 왕국이나 고대 제국, 혹은 일본의 막부 체제 등은 네이션이 아니다. 네이션에 대응되는 라틴어는 고대부터 있어왔지만, 그 지시 대상도 의미도 우리가 말하는 네이션과는 완전히 다르다. 내셔널리즘이라는 말이 탄생한 것은 19세기 후반이다. 요컨대 네이션은 객관적으로 보자면 틀림없이 근대에 들어서 탄생한 것이다.

그러나 네이션의 구성원이나 내셔널리스트는, 네이션의 기원을 실제보다 훨씬 오래된 곳에서 찾으려 한다. 그들은 가능만 하다면 네이션의 기원을 고대에서 찾으려 한다. 예컨대 '일본'의 기원을 야마타이국邪馬台国이나 조몬縄文 시대 등속에서 찾는 것이다. 이처럼 네이션에는 오래된 것에 대한 애착, 스스로의 역사적 깊이에 대한 강한 집착이 있다. 그것은 네이션의 객관적인 현실을 훨씬 넘어선다.

역사학이나 고고학과 같은 학문의 권위가 갑작스럽게 신장된 것은, 아마도 네이션의 성립과 관계가 있다. 유럽의 학문, 유럽의 대학에서 원래 '역사'는 중요한 위치를 점하고 있지 않았다(자유칠과 Seven Liberal Arts [로마 시대부터 중세에 걸쳐 주로 중등교육 이상에서 가르치던 과목. 문법, 수사학, 변증법, 산술, 기하, 음악, 천문 — 옮긴이]에 '역사'는 포함되지 않았고, '역사'를 가르치는 전문 학부도 없었다). 그러나 근대(19세기)에 들어서 갑자기 역사학은 핵심 학문 분야의 하나로 격상되었다. 주요 대학에 역사학 강의가 개설되고 학회가 형성되거나 전문지가 발행되기 시작한 것이다. 그리고 랑케나 미슐레 같은 위대한 역사학자가 19세기 중엽에 속속 등장했다. 서구에서 역사학의 지위가 급상승하던 시기는 프랑스혁명 이후에 해당하며, 각국에서 내셔널리즘의 폭풍이 몰아닥치던 시대와 거의 포개어진다. 역사학은 고대를 향한 네이션의 애착을 학문적으로 세련화해 계승한 것이라고 해석해도 되지 않을까.

●

그렇지만 어째서 네이션은 스스로의 객관적인 실태를 훨씬 넘어선 오래됨에 애착을 드러내는 것일까. 그 이유를 설명하는 것은 그리 간단한 일이 아니며, 앤더슨도 이 점에 관해서 어떠한 가설도 제공해주지 않는다. 여기서는 최종 답안은 아니지만 탐구를 위한 단서로 다음과 같은 메커니즘만이라도 지적해두자. 그것은 개념 이해에서 구체적인 '이미지'가 하는 역할이라는 것이다.

예를 들어 '새'라는 개념을 이해할 때를 생각해보자. '새'는

'새'의 집합을 필요충분적으로 정의하는 조건의 다발(束)로 정의할 수 있다. '부리를 가진 난생 척추동물로서, 일반적으로는 몸의 표면이 깃털로 덮여 있는 항온 동물이며, 앞다리는 날개가 되고……' 하는 식으로. 그러나 이 조건을 머릿속에 주입시켜두어도 '새'가 무엇인지 확실히 알았다는 기분은 들지 않는다. '새'를 이해하기 위해서는, 전형적인 새에 관한 구체적 이미지가 필요하다. 어떤 이미지가 떠오를지는 사람들마다 제각각이겠지만, 비둘기나 독수리 같은 새가 하늘을 나는 모습이나 나뭇가지에 앉아 있는 모습일 경우가 많을 것이다. "'새' 그림을 하나 그려보세요"라는 말을 듣고 펭귄이나 타조를 그리는 사람은 드물다. 어쨌든 '새'라는 개념을 이해하기 위해서는 전형적인 새 이미지를 떠올리는 것이 반드시 필요하다. 그러나 그 이미지는 동시에 '새'의 개념을 왜곡해 표현하는 것이기도 하다. 원리적으로는 어떤 종의 새든 평등하게 '새' 개념 아래 속할 텐데도, 전형적인 새의 이미지를 중심에 둘 경우 그 이미지에 유사한 '새'의 대표처럼 보이는 종이 있는가 하면 전형에서 멀리 떨어진 주변적인 종으로 보이는 것도 나온다. 나아가 개념상으로는 조류의 일종일 텐데도 새라는 카테고리 바깥으로 튕겨나오는 새도 나타난다('펭귄은 하늘을 날지 못하니까 새가 아니다'). 그렇다고 하더라도 '새'라는 개념을 정말로 납득하기 위해서 인간에게는 '새'의 전형적 이미지가 필요하다.

네이션이라는 공동성이 결정화하려면 이와 유비적인 메커니즘이 필요하다. 네이션은 앞서 말했듯 서로를 잘 알지 못하는 시민들의 추상적인 집합이다. 그러나 그 집합에 내적 결속력이 있기 위해서는, 개념의 전형적 이미지에 대응하는 기능을 담당할 요소가 필요하다. 즉 사람들이 '그것'에 자신을 투영함으로써 (때로는 세대를 넘어선) 서로 간의 유기적 연결성을 실감할 수 있게 해주는 전형적 이미지가 보완되지 않으면, 시민의 집합은 운명 공동체인 네이션(국민)으로 전환되지 않는다. 그 이미지를 내셔널리즘 연구가들은 '에스니ethnie'(민족)라고 부른다. '피'나 '토지'에 의해 운명적으로 이어진 공동성으로서의 에스니인 것이다.

역사의 필요성은 여기에서 출현한다. 에스니에서 중요한 것은 자신들을 타자들과 구분해주는 구체적 특징이다. 그 특징은 타자들과 자신들을 더욱 명확히 나눌 수 있을수록 바람직하다. 그러한 구체성을 확신하기 위한 단서가 되는 것이 역사, 자신들의 내력을 표현하는 이야기이다. 역사는 이렇게 해서 네이션에게 불가결한 의장意匠이 되는 것이다. 네이션은 이리하여 추상적 시간과 병행해 구체적인 이야기에 의해 충실해진 직진하는 시간을 필요로 하게 된다.

4

에른스트 칸토로비치의
《왕의 두 신체》를
읽다

법인으로서의 왕

칸토로비치의 《왕의 두 신체》는 서구 중세의 정치신학에 관한 대작으로서, 1957년에 발표되었다(《王の二つの身体》, 小林公 訳, ち く ま学芸文庫). 서구 왕권은 왕 안에 두 개의 신체가 통합되어 있다는 아이디어를 형성했다. 두 개의 신체란 자연적 신체와 정치적 신체다. '두 개의 신체'론이 최종적으로 완성된 것은 절대왕정기였다. 그러나 그것은 하룻밤에 만들어진 것이 아니다. 서구 왕권은 중세의 거의 전 기간에 걸쳐 '두 개의 신체'론을 형성했다. 이 책은 그것을 형성하기 위한 고투를 공들여 추적했다. 여기서 이 대작 전체를 다룰 생각은 없다. 이 책에는 '시간 의식의 역사학'으로서 굉장히 흥미로운 논점이 포함되어 있다. 여기서는 그 논점만을 검토해보도록 하자.

왕에게 누구에게나 있는 자연적 신체 외에 정치적 신체가 있다는 것은, 왕 자신이 단독 법인法人이 되었음을 함의한다. '두 개의 신체'론은 왕과 왕국이 '법인'의 위격을 갖췄을 때 완성된다. 그런데 왕과 왕국은 가장 초기의 법인(가운데 두 가지)이기도 하다. 따라서 칸토로비치의 이 저작은 법인 개념의 생성 과정을 다룬 역사서로 해석될 수도 있다.

나는 법인으로서 왕국이 네이션의 선구 형태라고 생각한다. 그것은 아직 네이션은 아니다. 네이션의 알, 네이션 이전의 네이션이다. 이런 의미에서 이 책은 《상상의 공동체》에 접속하는 작업이기도 하다.[7]

어쨌든 여기서 중요한 것은 '시간'이다. '두 개의 신체'라는 주제와 '시간'이라는 테마는 어떻게 관련되는 것일까. '법인'이 성립하기 위해서는 시간의 개념에 큰 전환이 필요했다. 시간 속에서 '연속성'이라는 것을 인정받지 못하면 '법인'은 있을 수 없었던 것이다. 어떤 조직이 법인일 경우, 그 법인으로서 동일성은 구성원이 교체되거나 죽어도 변치 않고 지속되어야만 하기 때문이다. 왕의 정치적 신체도 법인이기에, 자연적 신체가 죽더라도 지속되어 왕국의 동일성을 뒷받침해왔다.

그러나 이 '연속성'이라는 관념이 간단히 인정받은 것은 아니다. 칸토로비치는 그 사정을 주의 깊게 소개하고 있다. '연속성'

---

7 大澤真幸, 《ナショナリズムの由来》 참조.

관념을 확립하는 데 결정타가 되었던 것은 무엇이었을까.

천사의 시간

유럽의 중세 기독교 세계에서 시간tempus은 기본적으로 덧없음의
대명사였다. 지상에서 가장 오래 유지되는 사물이라고 해도, 그
존속 기간은 신에 의한 창조일에서부터 최후의 심판일까지의 시
간 폭을 넘지 못한다. 중세인들의 관점에서 보았을 때 창조는 그
리 심원한 과거의 일이 아니다. 하물며 심판의 날은 임박한 것으
로 느껴졌음에 틀림없다. 모든 것은 창조에서 심판까지의 시간
보다도 짧은 기간 동안 생성하고 소멸해야만 했다.

그러나 아리스토텔레스 철학의 영향을 받은 아베로에스주의
자Averroist들은 이런 '시간' 교설에 반하는 관념을 제기했다. 세계
는 창조된 것이 아니고 무한히 연속된다는 설을 제기한 것이다.
이는 기독교 신앙의 기본 설정을 부정하는 설이었으므로, 교회
당국은 이에 대항해 '단죄 유설謬說' 목록을 작성했다. 교회는 다
음과 같은 주장은 오류라고 선언했다. '운동에는 시작도 끝도 없
다, 천체는 창조된 것이 아니다, 인류 최초의 개인은 존재하지 않
는다, 인류 최후의 개인은 존재하지 않을 것이다……' 이 장대한
목록을 읽어보면, 교회가 덧없음의 상징으로서 '시간'에 얼마나
철저히 구애받고 있었는지를 잘 알 수 있다.

원래 중세 초기부터 — 아우구스티누스 이래 — '영원 aeternitas' 관념은 있었다. 그러나 이것은 무시간적인 영원, 신의 존재에 대응한 영원이다. '신의 나라에서는 영원한 생을 얻는다'라고 할 때의 '영원'은 여기에 대응되며, '영원'을 표현하기에는 '정지시킨 현재'라는 말이 알맞다. 이러한 무시간적인 영원은 당연히 '법인'의 기초가 될 수 없다.

여기서 잠시 칸토로비치의 서술에서 벗어나, 단서가 될 만한 것을 하나 말해두겠다. 방금 말했듯 중세에는 시간 내의 온갖 존재자는 덧없으며 결국 소멸한다고 여겨졌지만, 이 장의 첫머리에서 소개한 것처럼 보부아르가 말한 의미의 니힐리즘으로 사람들이 고통받을 일은 절대로 없었다. 마지막에 준비된 신과 신의 나라의 '영원'이 삶에 의미를 부여해주었기 때문이다. 보부아르의 곤란은 이러한 '영원'을 잃었을 때, 그 상실을 어떻게 보상할 것인가 하는 문제였다고 말할 수 있다.

칸토로비치의 논의, 즉 서구 중세로 돌아가보자. 지금까지 말한 것처럼 중세 기독교 세계는 '시간/영원'의 이항 대립을 우주론 cosmology의 기본 축으로 하며, 전자인 '시간'은 무상성이나 덧없음을 대표했다. 그러나 중세 후반 — 12세기 이래 — 에 들어서면서, 스콜라 철학자나 신학자들 가운데서 '시간/영원'의 이항 대립을 재검토하는 이들이 나타났다. 그러한 사색들 가운데서 마침내 '영속 aevum'이라는 제3의 범주가 중요한 관념으로 부상했다. 영속이야말로 시간 속의 지속성, 무한의 시간을 함의하는 관념이다. 게다가 영속은 아베로에스주의자가 주장한 무한의 시간, 창조와 종말을 부정하는 영원한 순환을 의미하는 개념이 아니라, 기독교 신앙과 양립하는 관념으로 받아들여졌다.

여기서 칸토로비치는 대단히 흥미로운 사항을 덧붙인다. 단순히 영속이라는 제3의 범주를 도입할 수는 없다. 무시간적 영원은 신과 마주해 나타난다. 즉 그것은 신에 귀속된다. 그와 달리 유한의 덧없는 시간은 인간 같은 피조물에 귀속된다. 신과 인간의 대조뿐이라면 영원도 시간도 아닌 시간적 관념이 생겨날 리가 없다. 영속이라는 관념이 생겨나기 위해서는 그것의 귀속처가 될, 신도 인간도 아닌 무엇인가가 필요하다. 칸토로비치에 따르면, 그 역할을 맡은 것은 천사였다. 천사 또한 피조물이지만, 인간과는 상당히 다르다. 천사는 육체가 없는 불가시적 존재이자 최후의 심판을 넘어 살아남는 존재이다. 영속은 천사에 귀속하는 시간, 천사에 대응해 나타나는 시간의 양상이다.

정리해보자. 우선 신의 입장에 귀속하는 영원과 인간의 입장에 귀속하는 유한한 시간의 대립이 있었다. 나아가 신과 인간의 중간에 위치하는 천사에게 적극적인 역할을 부여함으로써, 시간에 내재하면서 무한히 지속하는 실체에 명시적인 신분을 부여할 수 있었다. 이것이 '법인'이라는 개념을 가능하게 하는 조건 중 하나라는 걸 쉽게 이해할 수 있을 것이다.

시간에 내재하면서 지속적으로 동일성을 지니는 존재라는 주제는 물론 중세 철학 최대의 쟁점과 직결된다. '보편'이나 '유類'

는 실재하는 것인가, 아니면 명목적인 것에 지나지 않는가. '보편'이나 '유'도 생멸을 넘어서 지속적으로 실재한다. 실제로 토마스 아퀴나스가 천사들이 각각 한 '유'를 표현한다는 설을 주창했다. '유'나 '보편'은 천사의 시점과 관련되어 등장한 것이다. 여기서 한 걸음 더 나아가 다음과 같이 생각해볼 수는 없을까. 앞 절에서 《상상의 공동체》를 따라가면서, 네이션은 소설의 독자=작자의 시점과 유비되는 초월적 위치에 대응된다고 했다. (그렇다면) 이 소설의 독자=작자의 시점은 중세의 천사가 세속화된 후손이 아닐까.

이슬람에서는 어째서?

하지만 이와 같은 이론적·철학적인 변화만으로는 '영속' 개념이 일반적으로 보급되기에 이를 수 없고, 더군다나 '법인'과 같은 제도가 성립하지도 않는다. 영속, 즉 시간에 내재하는 무한의 지속성이라는 것이 보급되기 위해서는 그 개념을 요청하는 사회적 원인, 사람들의 실천에 의한 요인이 필요하다. 칸토로비치는 이 점에 대해서도 매우 흥미로운 논의를 보여주지만, 여기서는 소개를 생략하고 진행할 수밖에 없겠다.

다만 칸토로비치에게서 벗어나 한 가지 의문을 제기해두고 싶다. 이슬람과 대비했을 때 생기는 의문이다. 어째서 이슬람 세계에서는 자본주의가 독자적으로 탄생하지 않았을까. 어째서 이슬람 세계는 현재까지도 자본주의가 충분히 발달하지 않는 것일까. 이는 누차 제기되어온 물음이다. 이 물음에 대한 가장 유력한 대답의 하나로, 이슬람교 아래서는 법인에 해당하는 제도가 허용되고 정착하는 일이 없었기 때문이라는 설명이 있다. 이슬람법은 인간 이외의 것에, 개인의 집합에 의제적인 주체성을 부여하는 것을 도저히 용납할 수 없었던 것이다. 법인이라는 주체는 죽지 않는다. 예배 등의 종교적인 의무를 다할 수 없다면, 법인의 종교적인 신분을 어떻게 해석할지도 문제다. 법인은 이슬람교에서 굉장히 껄끄러운 발상이었다.

하지만 기독교 세계에서는 법인이라는 제도가 발명되어, 오늘날처럼 널리 보급되지 않았는가. 어째서 같은 일신교인데 이런 차이가 생기는 것일까. 《왕의 두 신체》는 기독교 세계에서도 법인은 그리 간단히 탄생하지 않았으며 무척 난산이었다고 말한다. 그러나 어쨌든 태어났다. 그때 중대한 결정 요인이 된 것이 '천사'였다고 칸토로비치는 시사한다.

그렇다고 하면 의문은 한층 더 깊어진다. 이슬람교에도 천사가 있기 때문이다. 아니, '천사'에 관해서는 기독교보다 이슬람교 쪽이 훨씬 명료한 신분을 부여한다. 기독교의 성서에 천사가 등장하니 신의 피조물 가운데 천사가 있었다는 건 확실한 듯하지만, 언제 어떤 단계에 신이 천사를 창조했는지는 분명하지 않다. 기독교에서는 신과 천사 간의 관계도 분명하게 규정되지 않는다. 그러나 이슬람교는 그렇지 않다. 가장 중요한 여섯 개 신앙 대상 가운데 알라, 사도(무함마드) 등과 함께 천사가 처음부터 포함되어 있기 때문이다. 이슬람교에서 피조물로서 천사는 지극히 분명한 위치를 갖는다.

그렇다면 어째서 이슬람교 아래서는 법인이 탄생하지 않았던 것일까. 여기서 한 가지 가설을 제기해두자. 기독교에서는 천사의 배후에서 무언가 또 다른 요인이 작용하고 있었다고 말이다. 그것은 이슬람교에는 없는 것이며, 그 요인에 의해 원래 종교적으로는 애매한 지위에 있던 천사가 중세에 절대적인 힘을 발휘했던 것은 아닐까. 그 요인이란 무엇일까. 천사가 신과 인간을 매개하는 중간적 존재임을 떠올리면 자연히 알게 될 것이다. 그렇다. 그 요인이란 신이면서 인간이기도 한 그리스도다. 법인을 초래한 궁극의 요인은 그리스도였던 것이 아닐까.

이리하여 우리는 자본주의라는 주제로 회귀한다. 기독교라는 주제도 동반한 채로. 이제 이어서 읽을 책은 사회학의 고전 중에서도 고전인 막스 베버의 《프로테스탄티즘의 윤리와 자본주의 정신》이다.

5

막스 베버의
《프로테스탄티즘의 윤리와
자본주의 정신》을
읽다

칼뱅과 간다타

《프로테스탄티즘의 윤리와 자본주의 정신》(이하《프로테스탄트 윤리》)은 1904~1905년에 걸쳐 잡지에 처음 발표되었고, 오쓰카 히사오에 의해 훌륭하게 번역된 바 있다(岩波文庫, 한글 번역본은 문예출판사, 1996; 길, 2010). 이 책은 근대사회의 본질적인 구성 요소인 '자본주의 정신'의 기원에 프로테스탄티즘에서 유래하는 생활 태도(에토스), 특히 칼뱅파의 교설에 규정된 윤리적 생활 태도가 있음을 증명한 고전적 명저다. 이 저작은 '세계종교의 경제 윤리'라고 이름 붙여진 초대형 비교사회학 연구 프로그램의 일부로 자리매김된다. 이 책《프로테스탄트 윤리》를 시간을 둘러싼 사회학으로 읽어낼 수 있다. 자본주의 정신의 형성에서 더없이 중요한 의의가 있었던 칼뱅파의 예정설은, 시간에 관해 굉장히 특이한 태도를 전제하기 때문이다.

이 점을 논하기 전에, 마키 유스케의 《시간의 비교사회학》으로 잠시 돌아가보자. 마키 유스케는 근대사회의 시간 의식을 분석하는 가운데, 칼뱅이 한 다음 말에 이후 근대의 다양한 사상가나 문학자의 감수성을 자리매김시키기 위한 원점과도 같은 의의를 부여한다.

나는 자신이 쉼 없이 멈추지 않고 떠내려가는 것을 본다. 한시도 자신이 당장에라도 집어삼켜질 것만 같은 광경을 보지 않는 순간이 없다. 그러나 신은 그 선택된 사람들을, 그들이 결코 물에 가라앉지 않게 떠받쳐주시기에, 나는 굳게 믿는다. 무수히 다가오는 폭풍우에도 불구하고 내가 의연히 남아 있을 것임을.

우선 여기에는 이인증depersonalization, 離人症과도 유사한 자아와 시간이 붕괴하는 감각이 드러난다. 그러나 그 붕괴 감각은 신의 존재를 가정함으로써, 신의 존재를 확신하는 것을 통해 극복된다. 이 이인증적 감각의 원인은 타자에 대한 개인의 비의존성·자립성을 권장하는 집합태(시민사회)의 사회구조에 있다는 것이 마키 유스케의 분석이다.

여기서 칼뱅이 묘사하고 있는 이미지를, 아쿠타가와 류노스케의 소설 〈거미줄蜘蛛の糸〉에 나오는 간다타와 비교해보면 좋겠다. 양자가 그리는 상황은 유사하다. 신이 지옥에 떨어지지 않게

'나'를 떠받쳐주거나 매달아놓거나 하는 것이다. 하지만 그다음에 차이가 있다. 〈거미줄〉은 자기만 살려 하던 간다타의 비열함을 비난하고 있다. 그와 대조적으로 칼뱅은 자기만 살아남을 것이라는 강한 확신이 있으며 그에 대해 아무런 가책도 느끼지 않는다.

그러나 여기서는 《프로테스탄트 윤리》를 활용해서 이와는 다른 측면을, 칼뱅파의 논리와 윤리에서 이끌어내보자.

자본주의 정신의 원형

'자본주의 정신'이라는 말은 비대화된 욕망을 충족시켜 쾌락을 추구하는 인간 유형을 연상시킨다. 그러나 베버의 '자본주의 정신'은 그러한 태도를 가리키는 것이 아니다. 자본주의 정신이란, '자본'의 증가를 의무로 받아들이는 생활 태도이다. 영리는 물질적인 욕망을 채우기 위한 수단이 아니라 그 자체로 삶의 목적이다. 인간은 온갖 행복이나 쾌락을 내버리고 화폐의 획득과 증식에 힘써야만 한다. 그러므로 자본주의 정신은 통념과는 반대로 철저한 금욕, 이른바 '세속 내 금욕'을 요구한다. 즉 '기도하고 일하라'라는 수도원의 금욕적 생활(세속 외 금욕)을 일상 한가운데서 실천할 것을 요구하는 것이다. 이것이 자본주의 정신의 '원형'이다. 머지않아 그것은 타락하여 변질되고 말지만, 우선 '자본주의 정신'이 이러한 상태를 지향한다는 것을 이해해두어야만 한다.

베버에 따르면, 세속 내 금욕을 중핵에 둔 자본주의 정신은 프로테스탄트의 생활 태도에서 출현한다. 프로테스탄트의 교설 가운데서도 베버가 특히 중요하다고 보는 것은 칼뱅파의 예정설이다. 예정설이란, 전지적 신이 누구를 구원하고 누구를 저주할지를 이미 결정해두었으며 인간의 행위에 의해 이를 변경하는 것은 불가능하다고 하는 교설이다. 게다가 인간으로서는 이 신이 예정한 내용을, 즉 누가 구원받고 누가 저주받는 것인지를 알 수 없다. '구원받는다'는 것은 최후의 심판에서 '합격' 판결을 받아 신의 나라에 들어서서 영원한 생을 누린다는 것이고, '저주받는다'는 것은 최후의 심판에서 '불합격'되어 영원한 업화에 고통받는다는 것(혹은 영원한 사멸)이다. 개별적 신자의 입장에서 보면, 자신이 구원받는지 저주받는지는 이미 결정되어 있지만 어느 쪽으로 결정됐는지는 알 수 없고, 어느 쪽이 되었건 간에 무얼 해도 그 결정을 바꿀 수는 없다는 말이 된다.

그런데 이 예정설이 어떻게 자본주의 정신에 이어지는 것일까. 세속 내 금욕이 예정설에서 나온 것이라면, 이는 어처구니없는 역설이 아닌가. 예컨대 교사가 그 학기 수업에 앞서 학생들에게 이렇게 선언했다고 해보자. "자네들의 합격·불합격 판정은 이미 끝났네. 자네들이 무엇을 어떻게 하건 ― 즉 공부를 하건 농땡이를 피우건― 그 결과를 바꿀 수는 없네." 학생들은 이 선언에 어떻게 반응할까. 열심히 공부를 할까. 절대 그럴 리 없다. 학생

태반이 농땡이를 피울 것임에 틀림없다. 그러나 예정설에서 세속 내 금욕이 나온다는 것은, 신이 이 교사처럼 선언했는데도 학생들이 열심히 공부를 하는 경우에 해당한다. 이는 실로 기묘한 일이다.

학생들을 공부하게 하려면, 교사는 반–예정설의 메시지를 전해야만 한다. 즉 교사는 학생들에게 열심히 공부하면 합격한다 ― 내지는 적어도 합격 확률이 올라간다 ― 고 말해야만 한다. 실제로 대개 이런 반–예정설의 통고가 효력을 발휘하며, 학생들은 (어느 정도) 공부에 힘을 쏟게 된다.

그러나 세속 내 금욕이 예정설에서 나온다는 것은, 이에 정면으로 반하는 상황을 가리킨다. 즉 아무리 노력한들 결코 보상은 따르지 않는다고 교사가 선언했는데도, 왜인지 모르게 학생들이 각고로 공부하는 상황 말이다. 이는 이해하기 어려운 역설이다. 실제로 《프로테스탄트 윤리》의 이 내용은 1905년 처음 발표된 이래 오늘에 이르기까지 엄청난 비판을 받았는데, 이 역설이 전혀 이해되지 않는다는 데서 유래한 비판이 태반이었다.

의문을 하나 더 덧붙여보자. 당신이 무엇을 한들, 이를테면 도덕적으로 행위하건 열심히 성서를 읽건 간에, 당신의 구원에는 조금도 영향을 주지 않는다고 하는 무자비한 신을 사람들은 어째서 믿고 받드는 것일까. 실제로 영국 시인 밀턴은 지옥에 떨어질지언정 그러한 신은 도저히 존경할 수 없다고 언명한 바 있다. 기독교인으로서도 예정설의 신을 수용하는 데 상당한 저항이 있었

던 것이다. 그럼에도 상당한 수의 사람들이 이 예정설의 신을 신
앙했다. 베버에 따르면, 근대사회에서 가장 중요한 한 걸음을 내
딛고 결과적으로 글로벌한 사회 전체를 변화시킨 사람들이 바로
예정설을 믿은 프로테스탄트였다. 그 정도로 영향력을 가졌던 사
람들이 예정설을 받아들였다는 말이 된다. 이상한 일 아닌가.

예정설은 어떤 논리로 세속 내 금욕으로 이어지는 것일까. 이
제부터는 베버의 논의를 벗어나, 그와는 조금 다른 방법으로 이
점을 설명해보자.

뉴컴의 패러독스

예정설과 세속 내 금욕의 관계는 윌리엄 뉴컴이라는 수수께끼의
양자역학자가 발견한 패러독스와 같은 구조를 띤다.[8] 이 점을 눈
치챈 것은 정치철학자인 장-피에르 뒤피이다.[9]

뉴컴의 패러독스는 독특한 게임 상황에서 도출된다. 지금 눈

---

8 윌리엄 뉴컴이 누구인지는 알 수 없다. 애초에 그런 인물은 실재하지 않았는지도
모른다. 사실 '윌리엄 뉴컴'은 정치철학자 로버트 노직의 가명일 가능성이 높다.
뉴컴의 패러독스를 처음으로 쓴 이가 노직이며, 그때 그는 '출전'으로 허구의 문헌
을 들었기 때문이다. 노직은 원래 유명한 과학철학자 카를 구스타프 헴펠에게 사
사받아 양자론 철학을 연구했다. 양자역학에 관해서는 이 책의 3장을 참조하라.

9 《경제의 미래(L'Avenir de l'Économie)》, Paris: Flammarion, 2012; 《経済の未来》, 森元
庸介 訳, 以文社, 2013.

앞에 두 개의 상자가 놓여 있다고 하자. 투명하고 안이 보이는 상자와 불투명한 블랙박스이다. 투명한 상자 A에는 1,000만 엔의 돈다발이 들어 있는 것을 바깥에서 확인할 수 있다. 불투명한 상자 B는 텅 비었거나 혹은 10억 엔이 들어 있거나 둘 중 하나라고 한다.

A 투명한 상자	1,000만 엔
B 불투명한 상자	0엔 혹은 10억 엔

여기서 행위자에게 선택지가 주어진다. 'A와 B 중 하나를 고르시오'라고 하면, 이 게임은 별 대단한 함의가 없는 시시한 것이 된다. 이 경우 A를 고르는 사람도 있을 테고 B를 고르는 사람도 있을 것이다. 그 차이는 행위자의 성격에 따라 다를 것이다. 진중한 사람은 A를 고를 테고 대담한 사람은 B를 고를 것이다. 단지 그뿐이다.

뉴컴이 고안한 게임에서는 행위자에게 제시되는 선택지가 'A냐 B냐'가 아니라 다음 두 가지다. B만을 취할 것인가, 혹은 A와 B 둘 다 취할 것인가.

H_1	불투명한 상자 B
H_2	투명한 상자 A + 불투명한 상자 B

행위자는 H_1과 H_2 중 어느 하나를 골라야만 한다. 이 게임은 'A냐 B냐'보다 한층 더 시시한 것처럼 보일 것이다. 이 경우 행위자가 취해야 할 선택지는 H_2일 것이 당연하기 때문이다. 어느 쪽이든 불투명한 상자 B는 얻을 수 있다. 상자 B가 비었을 경우 혹은 10억 엔이 들어 있을 경우 어느 쪽이든 H_2 쪽이 이득이다. H_2를 고르면 최악의 경우에도 1,000만 엔은 얻을 수 있다. 합리적인 행위자라면 100퍼센트 H_2를 선택할 것이다. 그런데 뉴컴은 이 게임을 한 번 더 꼬아놓는다.

그 발상을 설명하기 전에, 이 게임이 예정설이나 세속 내 금욕과 어떻게 대응되는지를 분명히 해두자. 내기의 요소는 물론 불투명한 상자에 무엇이 들었느냐 하는 점이다. B가 비었을 경우가 최후의 심판에서 부정적인 판결을 받고 저주받는 상황에 대응된다(영원한 죽음). B 안에 10억 엔이 들었을 경우는 최후의 심판에 합격하여 구원받는 상황에 대응된다(영원한 삶). 그렇다면 H_1과 H_2라는 두 가지 행위 선택지의 의미는 무엇일까. H_1은 세속 내 금욕의 원리에 의해 근면히 일하는 것에 대응된다. 그리고 H_2는 근면히 일하지 않는 것(게으름 피우는 것)에 대응된다. H_1과 H_2의 차이는 눈앞에 보이는 1,000만 엔을 취할까 취하지 않을까에 있다. A 상자를 취하지 않는 H_1은 손닿을 곳의 쾌락을 단념한다는 것을 의미하며, H_2는 단념치 않고 그 쾌락에 곧장 뛰어드는 것을 의미한다. 그렇게 생각하면 H_1이 세속 내 금욕과 닮아 있다는 걸 알 수 있으리라. 정리하면 다음과 같다.

불투명한 상자 B에   0엔 : 영원한 죽음

10억 엔 : 영원한 삶(구원)

H_1 : 세계 내 금욕 H_2 : 금욕하지 않는다

자, 이대로라면 백이면 백 이 게임에서 H_2를 고른다. 합리적 행위자가 굳이 H_1을 고를 이유는 단 하나도 없다.

그런데 뉴컴은 이 게임에 한 가지 조건을 부가한다. '예견자'를 도입하는 것이다. 이 예견자는 불투명한 상자 B에 무엇을 넣을지를 결정하는 권한이 있다. 예견자가 B를 비워둘지 아니면 10억 엔을 넣어둘지를 정하는 것이다.

그는 어떻게 0엔인지 10억 엔인지를 결정하는 것일까. 예견자는 '행위 주체가 H_1을 선택할 것이다'라고 예상했을 경우에는 B에 10억 엔을 넣는다. 예견자는 행위 주체의 선택에 앞서, 행위 주체가 H_1을 고를지 H_2를 고를지를 예상한다. H_1을 고를 거라 예상되면 B에 10억 엔을 넣고, H_2를 고를 거라 예상되는 경우에는 B에 아무것도 넣지 않는다. 행위 주체는 물론 예견자가 무엇을 예상했는지 알 수 없다. 단 '예견자가 H_1을 예상했을 때에만 B에 10억 엔을 넣는다'라는 것은 행위 주체도 안다(그리고 선택을 마치고 상자를 열었을 때 비로소 그는 예견자가 무엇을 예상했는지 알게 된다). 바로 알 수 있듯, 이 예견자야말로 신에 대응된다.

그럼 이렇게 설정된 게임에서 행위 주체는 어느 쪽을 선택할 것인가. H_1과 H_2 중 어느 선택지가 행위 주체에게 합리적인 선택

지일까.

순간 행위 주체가 H_1을 선택할 것이라고 말하고 싶어지기도 하지만, 잘 생각해보면 이 경우에도 예견자가 없을 때와 마찬가지로 H_2가 합리적이다. 게임이론 전문가라면 모두 H_2 쪽을 지지하리라. H_2는 게임이론에서 말하는 '지배 전략'이다. 지배 전략이란, 상대(이 경우에는 예견자)가 둘 수를 고려했을 때의 최적 전략(선택지)을 뜻한다. 다음처럼 생각해보면 H_2가 지배 전략이라는 말을 확인할 수 있다. 자신이 행위 주체라고 상정하고 추론해보자. 우선 '나'의 선택에 관한 예견자의 예상은 H_1이나 H_2 중 하나이다.

1. 예견자의 예상이 H_1이었을 경우.

상자 B에는 10억 엔이 들어 있다.

내(행위 주체)가 H_1(B만)을 선택하면, 나는 '10억 엔'을 얻는다.

내가 H_2(A와 B)를 선택하면, 나는 '10억 엔+1000만 엔'을 얻는다.

따라서 H_2를 고르는 편이 내게 유리하다.

2. 예견자의 예상이 H_2였을 경우.

상자 B에는 아무것도 들어 있지 않다.

내가 H_1(B)을 선택할 경우, 나는 1엔도 얻지 못한다.

내가 H_2(A와 B)를 선택할 경우, 나는 '1,000만 엔'을 얻는다.

따라서 H_2를 고르는 편이 내게 유리하다.

이렇게 예견자가 있든 없든 행위자의 합리적 선택은 H_2가 된다. 그러나 예견자가 있는 게임에서는, 바보가 아닌데도 H_1을 선택하는 사람이 있는 것이다! 이것이 뉴컴의 패러독스다. 이 H_1(세속 내 금욕)을 선택하는 사람이 바로 예정설을 신봉하는 칼뱅파 신자다. 베버가 《프로테스탄트 윤리》에 기술한 테제에 담긴 역설의 본질을 게임이론으로 형식화하면 이와 같이 된다.

어째서 행위자 일부는 제정신으로 H_1을 선택하는 것일까. 그 이유를 알면 베버의 테제를 이해할 수 있을 것이다. 지금부터 앞서 정식화한 게임에 의거해 — 즉 베버의 논술을 마냥 뒤쫓는 것이 아니라 — 이 게임을 해명해보겠다. 이를 통해 우리는 드디어 예정설의 생각지 못한 함의를, 베버의 테제가 의미하던 바를 넘어서는 함의를 이끌어내게 되리라. 즉 예정설 안에 시사된 태도를 철저하게 지켰을 때, 실제 칼뱅파 신자가 행한 바를 넘어서는 어떤 것, 현실에서 취한 행동과는 다른 어떤 것이 이끌려나오는 것이다. 더 분명히 말하자면, 예정설에서 예정설의 부정이 도출되는 것이다.

칼뱅파의 무의식적 추론

H_1을 선택하는 행위 주체의 무의식적 추론을 그 행위 주체의 입장에서 재현해보자. 이때 절대로 잊어서는 안 될 사항은 다음과

같다. 굳이 지배 전략인 H_2가 아닌 H_1을 선택하는 패러독스는 예견자가 있을 경우에만 생겨난다. 그저 결과를 예상할 뿐인 인물이 왜 그런 효과를 낳는 것일까, 왜 예상이 현실에 영향을 주는 것일까. 그 점을 철저히 숙고하는 것이 중요하다.

행위 주체인 '나'는 무의식중에 이렇게 추론한다. 예견자=신은 내가 무엇을 선택할지 처음부터 알고 있다…… 이것이 행위 주체=나의 대전제이다. 이 전제는, 바꿔 말하면 예견자가 미리(내가 선택하기 이전에) 사후의 시점(내가 선택한 이후에 속하는 시점)을 갖는다는 것이기도 하다. 이 전제에 따르면, 예견자는 원래라면 내가 선택을 한 다음에야 알 수 있을 일을 처음부터 알고 있었다는 말이 되기 때문이다. 행위 주체인 나는 예견자에게 귀속시키는 형태로 사후 시점의 존재를 상정하고 있는 것이다(뒤집어 말하면, 예견자가 존재하지 않는다면 사후의 시점을 상정할 수 없다). 이 전제 아래서라면 추론은 어떻게 전개될까.

내가 H_1을 선택했다고 해보자. 그것은 예견자인 신이 과거에 내가 취할 행위로서 H_1을 예상했음을 의미한다. 반대로 H_2를 예상했다면 어떨까. 물론 이때에는 예견자=신이 과거에 H_2를 예상했다는 말이 된다. 내가 10억 엔을 얻는(구원받는) 것은, 예견자=신이 H_1(세속 내 금욕)을 예상했을 때뿐이다. 그렇다면 나는 '예견자=신이 내 장래의 행위로 H_1을 예상했다'는 것이 되도록 실제로 H_1(세속 내 금욕)을 선택하자…… 이것이 행위자의 무의식적 추론이다.

이리하여 지배 전략 H_2에 등 돌리는 뉴컴의 패러독스가 도출된다. 혹은 예정설 아래에서 신자의 세속 내 금욕이 나타난다.

꿰뚫린 예정설

이상은 베버가 《프로테스탄트 윤리》에서 말하고자 했던 이론적 핵심을 게임이론 형식으로 옮겨 적은 것이다. 우리는 이 정식을 빌려 한 걸음 더 앞으로 나아갈 수 있다.

나라는 행위 주체가 H_1을 선택하기까지의 무의식적 추론을 다시 한 번 돌아보자. 이 추론대로라면, 어떤 의미에서 '나'는 과거(의 조건)를 변화시킬 자유를 지닌다는 말이 된다. 내가 무엇을 선택하는지에 따라 (미래의 모든 것을 예정=예상하는 권능이 있는) 예견자=신이 무엇을 예정했는지가 결정되기 때문이다. 그렇다면 그 함의가 또한 극히 역설적이다.

예정설은 운명론적인 결정론이다. 신이 세계의 운행을 이미 예정해두었으며 모든 것은 실로 그렇게 전개된다. 그러나 방금 확인한 사실은, 예정설의 잠재력potential을 철저히 이끌어낸다면, 예정설 그 자체가 근본부터 부정된다는 것이다. 왜냐하면 행위 주체는 어떤 의미에서 과거조차도 고쳐 쓰고 결정할 수 있다는 말이 되기 때문이다.

보통 과거는 이미 결정되어 있으며 미래에는 여러 열린 가능성이 있다고 여겨진다. 예정설은 그 위에서, 미래조차 사실은 열려 있지 않으며 신이 예정해두었다고 가르친다. 그러나 그 예정설을 철저히 밀고나가보면, 미래만이 아니라 과거조차도 현재의 선택에 의해 부단히 고쳐 쓰이고 있다는 결론을 받아들일 수밖에 없게 된다. 본래 운명론이었던 예정설에서, 역으로 경이적인 자유가 이끌려나오게 되는 것이다. 이처럼 자기 부정에까지 이르게 된 예정설을 〈꿰뚫린 예정설〉이라고 부르도록 하자. 혹은 통상적 예정설과 구별해 〈예정설〉이라고 표기하도록 하자.

〈꿰뚫린 예정설〉의 의미를 좀 더 자세히 살펴보자. 그것이 함의하는 '자유'는 지금까지 이야기해온 것보다 한층 거대하다. 지금까지의 '자유'는 아직 전지적 예견자의 예상을 확인하거나 고쳐 쓰는 자유에 그친다. 그러나 예견자가 예상(예정)했던 운명을 부정할 자유조차도 〈예정설〉에서 이끌어낼 수 있는 것이다. 논리를 더 멀리까지 쫓아가보자.

사후 시점의 두 가지 효과

다시 한 번 뉴컴의 게임으로 돌아가보겠다. 지배 전략을 취하는 행위자와 칼뱅파 행위자 사이 어디에 근본적인 상위相違가 있어서 다른 선택이 도출되는 것일까. 전자는 예견자의 예상이 불확실하며, 적중할지도 모르지만 빗나갈 수도 있다고 생각한다. 후자는 그렇지 않다. 그는 미래에, 즉 사후에 밝혀질 일을 예견자는 '이미 (처음부터) 알고 있다'고 확신하는 것이다. 이 예견자의 시점의 위치를, 프랑스어 문법 용어를 사용해 정확히 말한다면, 전미래형(미래완료형)이라고 할 수 있으리라. 미래에 '이미 끝났다'라는 형식으로 나타날 일을, 예견자는 이미 알고 있다는 말이 되기 때문이다. 전미래형으로 기술되는 미래의 타자의 존재를 생생하게 실감할 수 있을 때, 예정설은 〈예정설〉로 전회한다. 이 사정의 귀추를 좀 더 살펴보자.

여기서 우리는 '사후의 시점', 즉 결정적인 사건이 일어나버린 후의 시점의 독특한 성격에 주목해야만 한다. 사후에 돌아봤을 때, 우리는 그 결정적인 사건까지의 과정이 실로 필연이었고, 그럴 만해서 이렇게 된 것임을 확인하게 된다. 사전에는 그런 사건은 일어날 것 같지도 않고 일어날 리도 없다고 생각했다. 그러나 사후에 보면 오히려 그 사건은 필연처럼 일어난 것이며 운명이었던 것처럼 느껴진다.

예를 들어 현대의 일본인은 3·11 원자력 발전소 사고를 기준으로 했을 때, 사후를 살고 있다. 원자력 발전소 사고 전, 대부분의 일본인은 대규모 사고 같은 것은 일어날 리도 없고 일어날 수도 없다고 느끼고 있었다. 하나의 논리적 가능성으로서 원자력 발전소 사고가 있을 수 있다는 것은 알고 있었지만, 그것은 탁상에서 하는 계산에서 나온 공소한 가능성이지, 사고가 일어날 현실적이고 절박한 가능성을 실감했던 것은 아니다. 하지만 사후에 돌아보면 사태의 양상이 전혀 다르게 보이기 시작한다. 현실에서는 일어날 것 같지 않은 공소한 가능성이 아니라, 오히려 일어날 수밖에 없어서 일어난 것이며 거의 필연적 결과라고 느끼게 되는 것이다. 그 사고가 일어나지 않고 지나간다는 편이 오히려 도저히 있을 수 없는 일이었다고 말이다. 일본인들은 원폭 피폭국 국민이면서도 핵무기나 그것과 연관된 기술을 폐절하려고 진지하게 고심한 적이 없다는 점, 굳이 지진 빈발 지역에 원자력 발전소를 계속해서 건설한 점, 쓰나미의 가능성을 충분히 고려하지 않은 점, 노후화한 원자로를 계속 사용한 점…… 이런 점들이 연속되어 있었으니 사고가 일어나지 않는 게 신기하지 않나, 그렇게 보이는 것이다.

이렇듯 사후에 돌아보면 그 결정적 사건까지의 과정이 숙명이자 필연이었던 것으로 보이게 된다. 여기서 이렇게 생각해보면 좋겠다. 이 사후의 시점에서 보이는 것을 처음부터 알고 있다면, 그야말로 (예정설의) 신이라고 말이다.

그러나 사후의 시점에는 또 다른 한 가지 효과, 또 다른 측면이 있다. 결정적 사건까지의 과정은 필연이었다는 인상과는 반대로, 아니 오히려 그렇게 보이기에 더욱 그 사건을 피할 수도 있었다, 그 사건이 일어나지 않게 할 수도 있었다, 이렇게도 보이기 시작하는 것이다. 사후에 회고하면 결정적 사건에 이르기까지 과정의 모든 지점에서, 그 사건을 결과적으로 회피하게 되는 또 다른 선택지나 가능성이 사실은 있었다는 것이 또렷이 보이기 시작한다. 그 또 다른 선택지나 가능성들은, 실제로는 현실화되는 데 실패했다. 그러나 사후에 봤을 때 그것들은 '충분히 가능했던 또 다른 길'로 떠올라오게 된다. 그러나 (사태의) 와중에는, 즉 사전에는 그 또 다른 선택지나 가능성들이, 이를테면 일부 사람들의 머릿속을 스치기는 하지만 결국 진지하게 채택되지 못하거나, 극히 일부 사람들만이 추진했다가 결국은 결과를 남기지 못하고 좌절하는 등 정말 현실성 있는 길로 여겨지지 않은 것이다. 그것이 충분히 현실적인 길로 떠올라오는 건 사후가 되어서이다.

다시 3·11 사고를 예로 들어 설명하겠다. 사고 후 시점에서 바라보는 우리는 이렇게 느낄 터이다. 예를 들면, '지나치게 낡은 원자로를 폐로시키는 결단을 할 수 있었다면 이런 일은 일어나지 않았을 것이다. 그런 결단은 지금 보니 불가능한 일이 아니었다. 혹은 열도가 지진 빈발 지역이라는 사실의 의미를 더 심각하게 받아들여 이 땅에 여러 기의 원자로를 짓는 것이 적절한지를 잘 논의했어야 했다. 사실 그런 문제 제기가 실제로 있었는데 말이다. 나아가서는 피폭국 국민으로서 일본인의 간절한 바람에 더 충실히 따라 행동했어야 했다' 등등. 이중 어느 하나라도 조금 더 철저히 추구되었더라면 이만한 참사가 되지는 않았을 것이다.

이처럼 사후 시점에서 파악할 때, 사건까지의 과정은 필연(운명)처럼 보이는 것과 동시에, 그 필연을 회피할 자유가 과정 속 모든 시점마다 배태되어 있었다는 게 명확해진다. 나아가 이런 느낌을 받을 것이다. 그 후자의 실현되지 못한 자유가 과거에 행사되었더라면, 현재의 자신은 있을 수 없다고 말이다.

미래와 현재 사이의 〈체험된 공시성〉

자, 이상의 인식과 더불어 예정설로 되돌아가보자. 예정설에서는 현재의 '우리'를 회고적으로 돌아보는 전미래형 사후의 시점(예견자=신의 시점)이 상정되어 있었다. 그 전미래형 시점에서 보면 현재의 '우리'는 과거에 속한다. 그 전미래형 시점이 추상적이고 논리적인 가능성으로서가 아니라 이곳에 실재하는 타자로서 감수될 때, 예정설이 실효성 있게 사람들의 행동을 규정한다.

그런데 앞서 말한 것처럼, 사후의 시점은 과거에서 운명(필연적인 과정)을 깨뜨릴 수 있었던 또 다른 가능성을 본다. 현재의 '우리'를 과거로서 돌아보는 전미래의 시점도 마찬가지일 것이다. 즉 저 전미래의 시점은 스스로에게 과거에 해당하는 '우리'에 관해, '우리' 자신의 즉자적인 관점에는 완전히 비현실적인 것으로 보일 또 다른 가능성이나 선택지를 충분히 현실적actual인 길로 보게 될 것이다. 이때 예정설은 스스로를 부정하고 〈예정설〉로 전회한 것이다. 왜일까? 더 이상 그 '사후'에 이르기까지 과정의 운명적인 기정성을 확인하는 교설이 아니라, 반대로 그 운명을 변경할 수 있다는 걸, 그 운명과는 다른 선택을 할 자유가 있다는 걸 자각시키는 태도로 변질되어버렸기 때문이다.

앞에서 소개한 뉴컴의 게임에 입각해 말하자면 이렇다. 통상적인 게임이론의 합리성을 따르는 행위자에게는, 지배 전략(H_2) 외에 실질적인 선택지는 없는 것이나 마찬가지다. 이어서, 보통의 예정설 아래에서 행위자는 H_1만을 사실상 취할 수 있는 유일한 선택지로 간주할 것이다. 어느 행위자에게도 진정한 자유는 없다(어느 쪽도 실질적으로는 선택지가 하나이므로). 그러나 〈꿰뚫린 예정설〉에서 처음으로 행위자는 자신이 H_1, H_2 어느 쪽도 선택할 수 있음을 자각한다. 진실한 자유는 여기에만 있다.

●

나아가 다음처럼 논리를 진전시킬 수 있다. 예정설은, 당연한 말이지만 우리 외부에 있는 초월적인 신의 존재를 전제로 한다. 신은 미래에서, 즉 최후의 심판(결정적인 사건) 뒤에서 우리를 기다리는 것이다. 예정설에서는 신이 우리를 앞질러 역사의 종점에서 우리를 기다리는 것이다.

이와 반대로 〈예정설〉은 이런 초월적인 신을 부정한다. 이미 정해진 운명을 바꾸는 또 다른 선택지를 취하는 것은, 우리 운명을 예정하고 '최후의 심판' 사후에서 우리를 기다리는 '신'을 거부하고 그 존재 자체를 부정하는 것이기 때문이다. 앞서 사후의 입장에서 과거를 돌아봤을 때 '우리' 스스로가 과거 속에서 찾아낸, 실제로는 현실화되지 않은 또 다른 선택지가 채택되었더라면 '우리'는 존재하지 않았을 거라고 느낀다고 했다. 〈예정설〉의 '신'도 마찬가지로 느낄 것이다. 현재의 '우리'에 의해 거부되어, 그 존재를 부정당할 수 있다고 말이다.

〈예정설〉에서 우리는 신의 존재를 긍정할 수도 부정할 수도 있다. 이 말은 곧 전미래형으로서 현재의 우리를 소급해 돌아보는 그 신은, 우리 외부에 자존하는 초월적 타자가 아니라는 것을 의미한다. 미래에서 우리를 기다리는 그 '신'이 무엇인지는 결국 전면적으로 현재의 우리의 선택에 의존하는 것이며, 그런 의미에서 '신'은 우리 자신의 투영 이외의 무엇도 아니다.

여기에 이르러, 우리의 탐구는 미래(의 타자)와의 공존 가능성이라는 물음에 하나의 대답을 제기한 셈이 된다. 우리는 마키 유스케의 《시간의 비교사회학》에 기초해, 원시공동체에서 확인되는 〈과거의 현재〉라는 감수성을 적출해내는 데서 출발했다. 현재(의 우리)는 과거를 〈체험된 공시성〉의 관계에서 체험할 수 있다. 즉 현재는 과거의 타자를 현존하는 동료와 마찬가지로 친밀한 타자로 느낌으로써 과거의 타자와 공존함을 실감할 수 있는 것이다. 그에 반해 현재와 미래 간에는 그런 생생한 〈공시성〉의 관계를 구축하기가 어렵다고 했다.

그러나 스스로를 부정하는 데 이를 만큼 전회된 예정설, 즉 〈꿰뚫린 예정설〉에서는, 미래에서 우리가 오는 것을 기다리고 있는 타자가 (우리에게서) 외적으로 독립한 타자가 아니라 현재 우리의 또 다른 모습으로 나타난다. 이는 과거의 타자만이 아니라 미래의 타자 또한 현재와 〈체험된 공시성〉의 관계에 들어와 있음을 의미한다. 그렇다면 이 글의 결론으로는《시간의 비교사회학》에서도 수차례 언급된 북미 선주민 호피족의 옛 속담이 어울릴 것이다. "우리는 우리 자신을 기다린다 We are the ones we've been waiting for." 미래에 우리를 기다리고 있는 자와 우리 자신 사이의 동일성(공시성)이 이 속담의 함의다.

문학 ,
어떻게 읽고
생각할까 ?

테마는, 죄

문학작품은 종종 학술적인 논문이나 저서보다 강하고 격렬하게 사람을 사고하도록 이끈다. 왜일까? 보론에서 사고는 '불법침입'의 충격에서 시작된다고 했다. 각각의 문학작품의 구체성이나 특이성이 자주 작품을 강렬한 불법침입자로 만든다. 뛰어난 문학작품에 마음이 뒤흔들리는 일이 없는 사람은 애초에 사고를 개시하는 일조차 없을 것이다. 문학작품은 가장 풍부한 사고의 원천이다.

이 장에서는 몇 개의 문학작품(소설)을 통해, 윤리적 행위란 무엇인지에 대해 고찰한다. 윤리적 행위는 죄의 감각과 표리일체를 이룬다. 죄를 범했다거나 범할 수 있다는 의식 없이는 윤리적 행위의 동기가 발생하지 않는다. 죄를 넘어서는 것이 윤리적 행위다. 인간에게 죄란 무엇인가. 윤리적 행위란 무엇인가. 인간의 죄는 속량될 수 있는가.

나쓰메 소세키의
《마음》을
읽다

'선생님'은 그때 왜?

나쓰메 소세키의 《마음こころ》을 읽는 것으로 시작해보자(이 절의 《마음》 인용은 김성기 옮김, 이레, 2008을 참조해 번역했다 — 옮긴이). 이 작품을 기점으로 하는 이유는, 이 작품에서 우리가 언제 '죄'라는 감각을 품게 되는지 그 원형을 찾아볼 수 있을 것 같기 때문이다. 이 작품은 1914년(다이쇼 3년) 4월부터 8월까지 〈아사히신문〉에 처음 발표되었다. 신문 연재 후, 같은 해에 이와나미쇼텐에서 한 권의 책으로 간행되었다. 이 책이야말로 이와나미쇼텐이 간행한 최초의 책이라고 한다.[1]

이 소설은 굉장히 잘 알려져 있으니, 줄거리를 자세히 소개할 필요는 없으리라. 여기서는 고찰에 필요한 점들만을 아주 간단히 확인해둔다. 소설은 3부 구성이지만, 중심은 '하下'편, 즉 3부에 있다. 2부 마지막에, 아버지의 병 때문에 고향에 돌아와 있던 '나'의 앞으로, '나'가 '선생님'이라고 부르며 존경하는 인물에게 서 장문의 편지가 도착한다. 그 편지는 '선생님'의 유서였다. 그 유서가 3부 〈선생님과 유서〉의 내용이다.

유서는 선생님이 지금까지의 인생을 되돌아보는 고백이었다. 편지에는 선생님이 양친의 죽음 이후, 신뢰하던 숙부에게 유산 을 빼앗기고 인간 불신에 빠지게 된 경위 등이 쓰여 있었다.

그러나 유서의 가장 중요한 주제는 선생님과 선생님이 외경하 는 친구 K, 그리고 하숙집 '아가씨'의 삼각관계였다. 이 '아가씨' 가 선생님의 현재 아내다. 삼각관계가 있었던 것은 거의 15년 전 의 일이지만, 이것이 바로 자살의 이유였다.

K는 선생님의 동향 친구로, 둘 다 공부를 위해 고향을 떠나 도 쿄로 왔다. 선생님은 구도자풍의 K에게 깊은 경의를 품고 있었 고, 부모에게 의절당해 곤궁에 빠진 K를 자기 하숙집으로 데려왔 다. 이 하숙집은 청일전쟁에서 전사한 것으로 보이는 병사의 미 망인이 운영하고 있었고, 그녀에게는 혼기가 찬 딸이 있었다. 그 딸이 '아가씨'다.

어느 날 선생님은 K에게서 아가씨를 향한 절절한 연심의 고백

---

1 고노 겐스케의 《이야기 이와나미쇼텐 백년사 1(物語 岩波書店百年史 1)》(岩波書店, 2013)에 따르면, 사실 《마음》은 이와나미쇼텐이 간행한 세 번째 책이다. 창업자 이 와나미 시게오의 "강한 의지"도 있어서, 《마음》이 이와나미쇼텐의 "처녀출판"으로 "간주되"게 되었다고 한다.

을 듣고서 충격을 받는다. 선생님도 아가씨를 좋아했기 때문이다. 그러나 선생님은 그때 곧바로 자신도 아가씨를 사모하고 있노라고 밝히지 못했다. 며칠 후 선생님은 K를 앞질러 하숙집 아주머니에게 아가씨를 아내로 삼고 싶다는 뜻을 전하고 승낙을 받아낸다. K는 아주머니의 입을 통해 아가씨와 선생님이 결혼의 연을 맺었음을 알게 된 이틀 후, 하숙집에서 자살한다. K의 유서에는 아가씨에 관한 내용은 한마디도 쓰여 있지 않았다.

선생님은 K와 얽힌 이러한 사정을 아가씨에게도 아주머니에게도 밝히지 않았다. 선생님의 자살은 틀림없이 절친한 친구를 배신했다는 죄의식에서 유래한 것이다. 그러나 의문은 남는다. 선생님은 어째서 이 시기에, 결혼하고 벌써 몇 년이나 지난 지금에야 자살을 결의한 것일까.

선생님은 유서 마지막에 난데없이 메이지 천황이 붕어했다는 내용을 썼다. 또한 러일전쟁의 영웅인 노기乃木希典 대장이 순사했다는 사실에 충격을 받기도 했다고 썼다. 선생님이 자살을 결의한 것은 노기 장군의 순사가 있은 지 며칠 후이다. 곧 선생님의 자살은 메이지 천황의 죽음과도 관계가 있음을 알 수 있다. 선생님은 메이지 천황의 붕어 소식을 접했을 때 든 생각을 유서에 이렇게 적었다. "메이지 정신에 가장 많은 영향을 받은 우리가 계속 세상을 살아가는 것은 시대적 추세를 거스르는 일이라는 생각이 가슴을 파고들었네"라고. 나아가 아내에게 한 "내가 순사한다면 그것은 메이지 정신을 따른 것"이라는 말도 유서에 쓰여 있었다.

같은 형식의 관계

《마음》이라는 소설을 읽어나가면서 마주하게 되는 가장 큰 수수께끼는, 한 여성을 둘러싼 삼각관계에서 유래하는 죄의식과 메이지 정신이 어떻게 관계되느냐이다. 친구를 배신한 죄를 갚기 위해 자살하는 것에, 어째서 시대착오가 되어가는 메이지 정신에 부응하는 순사라는 의미가 부여되는 것일까. 이 점을 설명하기 위해서는 《마음》이라는 작품의 내부로 조금 더 깊이 파고들 필요가 있다.

바로 알 수 있는 것은, 이 작품에서 같은 형식의 사회관계가 몇 차례이고 반복된다는 점이다. 선생님과 K의 관계를 원형으로 놓아보자. 앞서도 말했듯, 선생님과 K는 동향이고 어릴 적부터 서로 알던 사이다. 선생님은 정토진종浄土真宗 주지의 차남으로 태어나 의사 집안에서 양자로 양육된 이 동갑내기 친구에게 외경의 마음을 품고 있었다. 한 사람으로서 마음가짐에서도, 또 학력을 포함한 지적 능력 면에서도, 게다가 용모 면에서도, K가 자신보다 뛰어나다고 선생님은 생각했던 것이다. 그러나 그 때문에 K에게 음습한 질투를 품을 만큼 소인배는 아니었다. 그저 선생님은 죽마고우이자 같은 대학에 다니게 된 절친한 친구를 한 수 위로 확실하게 인정하고 있었던 것이다.

선생님이 K에 대해 품었던 것과 같은 경의를, 이 소설의 화자인 '나'도 선생님에게 품고 있다. '선생님'이라는 호칭으로 불리는 이 인물이 '나'의 학교 선생님인 건 아니다. '나'는 존경의 뜻을 담아 그를 '선생님'이라고 부르는 것이다. 소설의 1부(상편)에 해당하는 〈선생님과 나〉에는, '나'가 '선생님'을 만나 경모敬慕하게 되고 빈번히 선생님 집을 찾아가게 된 경위가 쓰여 있다. 선생님은 소위 고등 실업자로서 저작을 발표하는 것도 아니고 세상에 전혀 알려지지도 않은 무명이지만, '나'는 선생님의 깊이 있는 견식에 완전히 매료되었다. 그가 교수가 아니라 '선생님'에게 대학 졸업 논문 주제를 상담하곤 했던 것이 그 증거이다.

또 '나'는 선생님과 자기 아버지를 비교하고 있다. 선생님은 '나'에게 아버지의 대리, 다소 마음에 차지 않는 아버지를 대신할 실물인 것이다. '나'는 아버지에게서 구하던 것을 선생님에게 발견한다. 아버지나 양친에 관해 쓴 것이 소설의 중반부(중편)인 〈부모님과 나〉이다. 상편과 중편의 제목만으로도 '선생님'과 '부모'(아버지) 간의 대체 관계를 읽어낼 수 있다.

마지막으로, 선생님은 틀림없이 자신과 K의 관계에 비유될 수 있는 관계를 노기 대장과 메이지 천황 사이에서 인지했다. 이로써 다음과 같은 일련의 비례식이 성립하게 된다.

나 : 아버지 = 나 : 선생님 = 선생님 : K = 노기 대장 : 메이지 천황

'마음'의 구조

이 등식은 이 소설의 제목에 걸맞게 '마음'의 구조, '마음'의 사회적 구조를 표현해준다. '마음'에는 본원적으로 사회성이 각인되어 있다. 이 비례식의 함의가 그것이다.

그 점을 자세히 이해하려면 가장 중요한 관계인 '선생님과 K'에 주목해야 한다. 비극은 선생님과 K가 같은 여성을 사랑한 데서 생겨났다. 그러나 이것이 우연일까. 때마침 운 나쁘게 두 사람이 같은 여성을 좋아하게 된 걸까. 사회학자인 사쿠타 게이이치(《個人主義の運命》, 岩波新書, 1981)는 그렇지 않다고 시사한다. 선생님의 유서에는 선생님이 K가 같은 하숙집에 들어오기 전부터, 즉 K와 아가씨가 알게 되기 전부터 아가씨를 좋아했던 것처럼 쓰여 있지만, 선생님이 아가씨에게 강한 연애 감정을 품게 된 것은 K가 아가씨를 사랑했고 선생님이 그것을 알았기 때문이 아닌가 하는 것이다. 이 해석을 따른다면 '전부터 사랑해왔다'는 것은 원근법적 착각, 선생님 자신의 원근법적 착각이다. 누군가를 사랑하게 되면, 우리는 그 사람을 언제부터 사랑했는지를 알 수 없게 된다. 예전부터 좋아했다는 기분이 드는 것이다.

물론 여기서 선생님이 아가씨를 향한 K의 호의를 '안다'라고 했을 때의 '앎'은 반쯤 무의식적인 직관을 포함한다. 즉 선생님이 K의 호의를 '안' 것은 K가 아가씨를 향한 사랑을 고백해왔을 때가 아니라 그보다도 훨씬 전이다. 선생님은 K가 아가씨와 친밀한

2장 문학, 어떻게 읽고 생각할까?

분위기를 형성하는 것을 눈치채고 강한 질투심을 품는다.

그러나 아가씨를 향한 선생님의 사랑이, 아가씨를 향한 K의 사랑에 의해 전면적으로 규정된다고 해석하는 것은 조금 지나칠지도 모른다. 텍스트 안에서는 그렇게까지 단정할 근거가 주어지지 않는다. 그러나 적어도 선생님은 아가씨를 사랑하면서, 그리고 결혼을 청하면서, 마치 K의 승인을 구하는 것처럼 군다. 선생님은 아가씨가 자기가 사랑할 상대로서 어울리는지 아닌지 K가 승인해주기를 기다리는 것처럼 보이는 것이다.

선생님이 K를 자기 하숙집에 살게 하기까지 이해할 수 없는 경위를 생각해보라. 선생님은 왜 K를 같은 하숙집으로 불러들인 것일까. 이유는 일단 나와 있지만 설득력이 없다. 하숙집 아주머니가 처음에 K가 들어오는 데 반대했던 것을 선생님이 억지로 설복시켜 동의하게 한 것이기 때문이다. 선생님은 존경하는 K가 자신이 호의를 품은 여성을 봐주었으면 했던 게 아닐까. 그러기 위해 K를 하숙집으로 끌어들인 게 아닐까. 물론 선생님의 이런 욕구는 무의식적인 것이었으리라.

결국 아가씨는 K의 테스트를 통과한다. 그러나 그것은 곧 K 자신이 아가씨를 사랑하게 됐다는 것이다. K가 사랑할 정도의 사람이 아니라면, 선생님에게 아가씨는 결혼을 결심할 만큼의 가치가 없는 사람이다. 아가씨를 향한 K의 사랑을 직관하고서, 선생님의 사랑도 고조되고 결연해져간다. 이리하여 삼각관계는 불가피한 것이 된다.

앞선 비례식이 함의하는 '마음'의 구조란 이런 것이다. 각 비례 관계에서 뒤의 항은 앞 항에게, 예컨대 선생님은 '나'에게, 혹은 K는 선생님에게, 초월론적인 위상을 갖는 타자, 즉 — 내 용어로 표현하자면 — 제3자의 심급審級의 자리에 놓인다. '초월론적'(선험적; transzendental, transcendental)이라 함은 칸트의 철학 용어로 '경험의 가능성을 조건짓는다'는 의미다. 《마음》은 인간의 욕망이 제3자의 심급에 매개되어 형성된다는 것을 드러내준다. 제3자의 심급 없이 인간은 무엇을 욕망해야 할지, 욕망할 가치가 있는 대상이 무엇인지를 결정할 수 없다. 제3자의 심급은 그러한 대상을 지정해주는 초월론적 타자다. 단적으로 말해, 욕망이란 타자의 — 제3자의 심급에 대응하는 타자의 — 욕망이다.

이러한 사회적으로 매개된 욕망의 구조는 이미 여러 철학자와 사상가가 지적한 바 있다. 예컨대 앞서 언급한 사쿠타 게이이치는 르네 지라르에 의거하는데, 그는 욕망이 삼각형 구조를 띤다고 논한다. 곧 욕망은 주체와 대상 간의 이항관계가 아니고, 그 사이로 타자(제3자의 심급)가 끼어든다는 것이다. 실질적으로 마찬가지의 내용을 (초기의) 자크 라캉과 헤겔이 주장한 바 있다.

메이지 정신

그런데 의문으로 남는 것은 '메이지 정신'이다. 선생님은 K에 대한 죄를 보상하려는 듯이 자살한다. 이는 동시에 이제 시대착오가 된 메이지 정신에 대한 순사이기도 하다. 그런 의미 부여가 가능한 이유는 무엇일까.

선생님에게, 그리고 아마도 소세키에게도 제3자의 심급 — 단일 공동체(국민)의 근거가 되는 — 이 어떤 특별한 양상을 띠고서 나타났다고 생각해보자. 여기서 의문을 해소하기 위한 단서를 찾을 수 있다. 선생님의 유서 안에 다음과 같은 대목이 있다.

나는 그녀에게 거의 신앙에 가까운 애정을 품고 있었네. 젊은 여자에 대한 마음을 종교적으로 표현한 것에 대해 자네가 의아하게 생각할지는 모르겠지만, 지금도 그 믿음에는 변함이 없네. 진정한 사랑과 신앙심은 별반 다르지 않다고 나는 굳게 믿고 있네. 나는 그녀를 볼 때마다 나 자신이 점점 아름다워지는 기분이었지. 그녀를 생각하노라면 그녀의 고상한 기운이 내게로 고스란히 옮아오는 것만 같았어.

신은 제3자의 심급의 일종이다. 여기서 신을 향한 신앙은 개인적 연애의 연장선상에 있는 것으로 인지되고 있다. 이 점을 전제로 삼으면 고찰의 전망이 열린다.

먼저, 이 소설에서 윤리는 개인적으로 깊은 관계인 타자와의 관계 속에서 규정된다. 가장 우선적인 의미에서 윤리는 개인적 관계에 있는 타자와의 약속을 지키는 것, 혹은 그러한 타자의 기대나 신뢰에 부응하는 것을 뜻한다. 반대로 말하면, 죄란 그러한 약속을 깨고 신뢰를 저버리는 것이다. 선생님의 죄는 절친한 벗인 K의 신뢰를 저버리고 선수를 친 일이다.

제3자의 심급(선생님에게는 K) 또한 개인적 관계 속에서 실감된다. 이 소설에서는 제3자의 심급에 대한 신뢰나 신앙도, 연애나 우정 같은 개인적 관계의 일종으로 그려진다. 선생님은 양친의 사후, '아버지처럼' 믿던 숙부에게 속아 재산을 잃고 깊은 인간 불신에 빠졌다. 그러나 자기가 절친한 벗 K를 배신했을 때, 자기 역시 숙부와 같은 부류의 인간이 됐다고 느낀다. 숙부처럼 개인적 신뢰를 저버렸기 때문이다. 《마음》에서 제기되는 윤리는 칸트의 정언명령과는 상당히 거리가 있다. 정언명령은 상황이나 개인적 관계에서 독립된 추상적 명령이다.

'메이지 정신'은 이러한 맥락에서 이해되어야 한다. 노기 대장은 메이지 천황이 죽었을 때 순사했고, 선생님은 (그리고 '나'의 아버지도) 그 일에 큰 충격을 받는다. 이와 같은 순사는 노기 대장이 메이지 천황에 대해 개인적인 충의심이 있었기에 성립한다. 여기서 '메이지 정신'이라고 할 때의 '메이지'는, 천황이나 국가의 정치적 지도자와의 관계 역시 개인적 충의나 신뢰의 일환으로서 떠올릴 수 있는 시대를 뜻하는 것이 아닐까. 국가에 군림하는 제3자의 심급에 대해서도 연애나 우정에 가까운 감각으로 관계할 수 있었던 것이 메이지 시대이다. 그런 의미에서의 '메이지'는 실제로 메이지 천황이 사망할 무렵, 즉 연호로서 메이지의 종말기에는 이미 '시대착오'가 되어 있었다. 메이지 정신은 언제까지 존속했던 걸까. 노기 장군이 순사를 앞두고 후회했던 것, 메이지 천황에 대한 배신이라고 생각했던 것은, 세이난西南 전쟁에서 적군(사이고 다카모리)에게 깃발을 빼앗긴 일이다. 노기 대장은 청일전쟁과 러일전쟁에도 종군했지만, 유서에서는 메이지 10년의 세이난 전쟁을 가장 중요시했다. 또 선생님이 아가씨네 하숙에 들어간 게 청일전쟁(메이지 27~28년)에서 12년 후다. 이러한 사실들에서 추측해보았을 때, 소세키의 관점에서 '메이지 정신'의 '메이지'는 메이지 시대 절반쯤에서 끝난 것으로 보인다.

'메이지'란 신하가 국가원수인 천황과 개인적 친애의 정으로 관계 맺는 것이 가능했던 시대다. 그런 의미에서 선생님이 K에 대해 품었던 신뢰나 존경과 노기 대장이 메이지 천황에 대해 품었던 충성심은 같은 성질의 것이다. 그러나 국가의 원수, 국가 같은 공동체에 근거를 부여하는 제3자의 심급을 개인적 관계의 직접적 연장선상에서 찾을 수 있었던 시대는 진작 지나갔다. 선생님은, 즉 소세키는 그렇게 느꼈던 것이다. 이는 곧 이제 그런 개인적 우정이나 애정에 뿌리를 둔 윤리만으로는 부족하다는 말이기도 하다.

K와의 개인적 관계에 뿌리를 둔 배신을 보상하려 자살하는 것이 메이지 정신에 대한 순사이기도 하다는 해석은, 이와 같은 사항들을 배경에 놓으면 이해할 수 있다. 선생님이 K를 위해 자살을 택했을 때의 심정과 노기 대장이 메이지 천황을 위해 순사를 택했을 때의 마음가짐은 동일한 것이다. 국가원수인 천황에 대

해서도 그런 관계 맺기가 가능했던 시대에 대해, 소세키는 크게
애석해하는 감정을 품고 있었던 것이다.

타이밍을 놓치는 것이 '죄'

그런데《마음》에서 죄는 항상 '뒤늦음'과 관련된다. 조처할 타이
밍을 놓치는 것, 그것이 죄라는 것이다.

선생님은 K에게서 '아가씨를 좋아한다'는 고백을 들었을 때,
곧바로 자신도 아가씨를 좋아한다고 말했어야 했지만 그 기회를
놓쳐버렸다. 적어도 아가씨와 결혼을 약속했을 때 바로 그 사실
을 K에게 고했더라면 좋았을 것을 그조차도 때를 놓치고, 결국 K
가 아가씨의 어머니인 하숙집 아주머니에게 선생님과 아가씨의
결혼 사실을 듣게 만든다. '나'는 선생님의 자살에 대해서도 제때
대처하지 못하고 역시 늦고 만다.

메이지 정신은 애초에 시대착오가 됐고, 노기 장군과 선생님
은 더 이상 살아 있어서는 안 되겠다고까지 느낀다. 노기 대장은
세이난 전쟁 때 깃발을 빼앗겼던 일로 인해 천황에게 면목이 없
었던 것이니, 그는 30년 이상 '죽자, 죽자' 생각하면서도 죽지 못
하고 살아온 셈이 된다. 즉 노기 장군의 자살 또한 뒤늦음에 뒤늦
음을 더해 죄가 한층 더 무거워졌던 것이다.

K의 유서에는 선생님에 대한 원망도 아가씨에 대한 언급도 전

혀 없었지만, 인간의 '뒤늦음'에 관해서는 적혀 있었다. 선생님의 편지에 따르면 "더 빨리 죽었어야 했는데 왜 지금까지 살아 있는 것일까 하는 의미의 문구"가 유서 마지막에 덧붙여져 있었다는 것이다.

이처럼《마음》에서 그려진 모든 죄는 '뒤늦음'에서 온다. 어째서 인간은 늦고야 마는가. 뒤늦음에는 필연성이, '선택'이라는 구조에 기반을 둔 필연성이 있다. 선택에 대한 의식은 선택 자체보다 항상 뒤늦게 되는 것이다. 어째서일까?

선택을 직접 규정하는 것은 욕망이며, 그 욕망은 지금껏 이야기했듯 제3자의 심급의 승인으로 매개된다. 그렇다면 인간이 자신의 '선택'을 자각하는 것은 제3자의 심급의 승인을 의식할 때이다. 아니, 엄밀히 따지면 이것은 부정확한 표현이다. 인간은 긍정으로서 승인된 선택은 의식하지 않는다. 의식하는 것은 제3자의 심급에서 승인을 얻을 수 없었을 때, 부인됐다고 자각할 때이다. 이때 비로소 자신이 잘못된 선택을 했던 것을 의식하게 된다. 즉 선택은 그것을 알아차렸을 때는 이미 끝나 있는 것이다. 예컨대 연애에 대한 선택은 '이미 시작됐다' '정신 차리고 보니 어느새 사랑하고 있었다'라는 형식으로밖에는 결코 자각되지 않는다. '이제부터 이 아가씨를 사랑하자'고 결단하고서 사랑할 수는 없는 것이다.

이렇듯 선택에 대한 의식에는 구조적인 뒤늦음이 동반된다. 죄는 이 뒤늦음과 관련된다. 선택에 대한 의식은 선택의 우유성偶有性에 대한 자각 — 다른 선택을 할 수도 있었다는 것에 대한 자각 — 을 경유해 죄의식을 낳는 것이다.

2

도스토예프스키의
《죄와 벌》을
읽다

라스콜리니코프, 소냐를 만나다

도스토예프스키의 이 너무나도 유명한 소설이 발표된 것은 1866년의 일이다(일역판은 이와나미문고 외). 러시아에서 농노가 해방되고서 아직 5년밖에 지나지 않은 때였다.

여기서 단지 '죄'가 테마라면 이 소설을 빠뜨릴 수 없다는 이유로 《죄와 벌》을 고찰의 도마 위에 올리는 것이 아니다. 《마음》에서 윤리는 일차적으로는 타자와의 개인적이고 깊은 관계에 기반하고 있었다. 그와 달리 《죄와 벌》은 그러한 관계와는 독립된 죄와 윤리를 주제로 한다. 그렇다면 《죄와 벌》은 《마음》의 결락을 메울 수 있을지도 모른다. 이런 기대에서 《죄와 벌》을 참조하는 것이다.

《죄와 벌》도 많이 읽히는 소설이니 자세한 줄거리를 소개할 필요는 없을 것이다. 주인공은 라스콜리니코프라는 이름의 가난한 학생이다. 그에게는 독특한 사상이 있다. 인류를 위한 일 혹은 자기 야심을 실현하기 위해서라면 나폴레옹이나 뉴턴 같은 천재에게는 법을 깨고 사람을 죽이는 것조차 허용된다는 것이다. 그는 이 사상에 바탕을 두고 욕심 많은 고리대업자 노파 알료냐와 그 여동생 리자베타를 살해한다. 그의 사상대로라면 이 살인은 완전히 정당화된다. 그러나 그럼에도 그는 살인 후 크게 동요한다.

라스콜리니코프는 가난한 가족을 위해 창녀가 된 젊은 처녀 소냐를 알게 된다. 그녀는 경건한 기독교인으로서 한 점 사심 없이 가족에게 헌신하고 있다. 라스콜리니코프는 소냐의 이 태도에 강한 충격을 받고 그녀에게 이끌린다. 소냐도 라스콜리니코프에게 호의를 품게 된다.

라스콜리니코프는 소냐에게 자신의 범죄를, 즉 노파와 그 여동생을 살해한 일을 고백한다. 소냐는 그에게 사람들이 모이는 십자로에서 큰 소리로 범죄를 고백하라고 권유한다.

라스콜리니코프는 고뇌 끝에 마침내 자수한다. 재판 결과는 시베리아행이었다. 이 형은 예상 외로 가벼운 형이었다. 소냐도 라스콜리니코프와 함께 시베리아로 가기로 한다. 이상이 이 소설의 골격이다.

거기에 정말 분열이 있을까

주인공의 이름 '라스콜리니코프 Raskolinikow'가 이 소설의 요점을 표현해준다. 이 이름에 포함된 라스콜 raskol은 러시아어로 '분열'을 의미한다. 즉 '라스콜리니코프'란 '분열된 자'이다. 특히 '라스콜'이라는 말이 고유명사로 사용될 경우에는, 17세기 중반에 나타난 러시아정교회의 내적 분열을 가리키는 것이 일반적이다. 1652년에 총주교 니콘이 러시아정교와 그리스정교의 의식을 통일시키기 위해 종교개혁에 착수했을 때, 이에 반발해 전통적 성찬식을 유지하려는 그룹(고의식파)이 주류파에서 분리되어 나온 것이다.

그러나 '라스콜리니코프'가 함의하는 분열은 정교회 내부의 이 분열이 아니다. 그렇다면 무엇과 무엇의 분열일까. 그것은 정교회와 그 외부의 분열이다. 즉 라스콜리니코프가 소설 속 '논문'에서 공언한 영웅적인 강자의 절대적 자유를 지지하는 사상과 소냐에 의해 대표되는 러시아정교적인 타인애 간의 분열이다.

이 소설에 대한 일반적 해석은, 후자인 정교적인 타인애가 전자인 강자의 사상에게 승리하는 이야기라는 것이리라. 실제로 이야기의 얼개는 그렇게 전개된다. 라스콜리니코프는 애당초 어정쩡한 태도여서, 범죄 직후부터 양심의 가책에 고통받는다. 즉 그는 스스로가 제시한 강자의 사상에 확신을 갖고 있지 않다. 그리고 결국에는 소냐에게 설득당한다. 독자는 이 결론에 안심할 것이다.

그러나 이렇게 간단히 소설의 결말에 납득해서는 안 된다. 라스콜리니코프로 대표되는 강자의 사상, 소냐로 대표되는 정교적 타인애, 양자는 정말로 대립하는 것일까. 내 생각에 이 소설의 문제점은, 겉보기와는 달리 이 두 가지 사상이 정말로 대립하는 것이 아니라는 점이다. 이는 소냐와 라스콜리니코프의 행위 각각이 무엇에 의해 정당화되는지, 무엇에 준거해 정의를 희망하는 것으로 간주되는지에 주목하면 명백해진다.

소냐는 매춘을 한다. 이는 통상적으로는 좋지 않은 일, 도덕적으로 바람직하지 않은 일로 여겨지는 행위이다. 그럼에도 이것이 숭고한 윤리적 행위로 간주되는 것은 그녀의 매춘을 가족을 위한, 타인을 위한, 나아가서는 '인류'의 행복을 위한 순수한 자기희생으로 볼 수 있기 때문이다. 그녀의 행위를 정당화하는 궁극적 근거는 인류의 행복이다.

라스콜리니코프의 살인은 어떨까. 살인은 보통은 가장 악한 행위로 여겨진다. 그러나 그는 강자, 우월한 자에게는 때로 살인조차 허용된다고 말한다. 인류의 행복을 증대하는 일로 이어진다면, 강자나 우월한 자는 인류에 보탬이 안 되는 약자나 인류에 폐가 되거나 고생을 시키는 열등한 자를 죽이는 것이 허용된다는 것이다. 이 경우 사실 강자의 행위, 강자의 살인은 인류(의 행복)를 위한 자기희생이다. 즉 강자=라스콜리니코프는 인류를 위한 순수한 도구이다.[2] 그렇다면 라스콜리니코프의 살인과 소냐의 매춘은 완전히 같은 논거에 의해 정당화될 수 있는 것이다.

소냐는 물론 살인에 반대한다. 라스콜리니코프가 아무리 유능하고 노파가 아무리 부도덕한 인물이라 해도, 라스콜리니코프의 노파 살해는 벌을 받아야 한다고 소냐는 생각한다. 그 근거는 그녀의 매춘을 허용하는 근거와 같다. 타자의 보편적 행복, 즉 인류의 행복이다.

따라서 다음과 같이 결론지을 수밖에 없다. '인류'(의 행복)를 윤리적 행위가 지향해야 할 궁극적 목적으로 설정할 경우, (어떤 종류의) 살인도 또 그것의 부정도 함께 정당화되어버린다. 이것이 《죄와 벌》이라는 소설의 내재적 한계가 아닐까.

최후의 심판 전까지는 알 수 없다

어떤 행위가 인류에게 공헌하는 것인지 아닌지는 사실 사후가 되어서야 알 수 있다. 예컨대 원자력 발전소 건설은 인류에게 좋은 일일까 나쁜 일일까. 대규모 사고가 발생한 뒤의 시점에서 판

---

2 라스콜리니코프의 살인은 자기 자신의 사회적 성공을 위한 것일 뿐이며 완전히 이기적 동기에 기반을 둔 것으로서, '인류 운운'은 변명에 불과하다고 해석하는 독자도 있을 것이다. 그러나 그러한 해석은 문제를 왜소화한 것이다. 만약 그러한 해석에 안주한다면, 정말로 어떠한 이기적 동기도 지니지 않고서 고리대금업자 노파를 살해하는 자가 있을 때, 그것을 용인할 수밖에 없게 된다.

단하면 그것은 수많은 공동체를 '살해'하는 악이라고 평가될 것이다. 그러나 만약 사고가 일어나지 않는다면 그것은 인류에게 커다란 번영을 가져다주는 좋은 일일지도 모른다. 적어도 원자력 발전 개발이나 건설에 목숨을 건 사람들 가운데는 그러한 헌신의 의식이 있는 게 틀림없다. 결국 인류의 행복이나 번영이라는 척도에서 생각했을 때는, 원자력 발전소의 건설이나 유지가 좋은 일인지 아닌지 역사가 끝날 때까지 판정할 수 없다는 것이 되리라.

1938년 3월, 오스트리아를 독일에 병합한 후 히틀러는 독일계 주민이 다수파를 점하는 체코슬로바키아의 주데텐 지방의 독일 편입을 요구했다. 히틀러는 요구가 받아들여지지 않으면 전쟁도 불사하겠다는 강한 태도로 나왔다. 이때 영국 수상 네빌 체임벌린은 히틀러와 직접 회견, 프랑스의 달라디에 수상 등과도 협조해 주데텐 지방의 독일 할양을 용인하는 것을 대가로 전쟁을 회피했다. 결국에는 일촉즉발의 긴박감이 이는 가운데 영국, 프랑스, 독일, 이탈리아의 수뇌가 뮌헨에 모여 협정을 체결했다.[3]

당시 체임벌린은 유럽을 제1차 세계대전이 갓 끝난 상황에서 다시금 전화에 휩싸이지 않게 했다고, 즉 대량 살인을 피했다고 상찬받았다. 회담에서 귀국한 체임벌린을 엄청난 군중이 공항에

---

3 체코슬로바키아 수뇌가 포함되지 않은 것만으로도 터무니없는 협정이다.

서부터 환호하며 맞이했다. 뮌헨회담을 비판한 것은 윈스턴 처칠을 비롯한 극소수뿐이었다. 그러나 제2차 세계대전이 끝난 오늘의 평가는 거의 180도 반대가 됐다. 그때 체임벌린 등 유럽 수뇌들이 겁쟁이였기 때문에 히틀러가 기어오르게 했다는 것이다. 결국 그 유화적 외교가 없었다면 제2차 세계대전도 발발하지 않았을 테고, 유대인 학살도 없었을 것이다⋯⋯라고까지 말하는 이도 있다.

이 예가 보여주듯 인류의 평화나 번영, 행복에 공헌하는 것을 윤리적 행위의 기준으로 하면 사후의 시점이 필요해진다. 이렇게 말할 수도 있을 것이다. '인류'를 참조점으로 하는 윤리 사상은 '최후의 심판'을 전제한다고. '인류'에게 좋은 일을 했는지 여부는 최후의 심판일에 확정되는 것이다.

테러라는 도박

모리스 메를로-퐁티의 《휴머니즘과 테러》(1946, 일본어판은 みすず書房 외, 한글 번역본은 《휴머니즘과 폭력》, 박현모 외 옮김, 문학과지성사, 2004)는 라스콜리니코프의 사상을 철학적으로 엄밀하게 정당화한 것으로 해석될 수 있다. 메를로-퐁티는 이 저서 안에서 테러는 미래를 향한 내기로서 허용된다고 했다. 그 테러가 인류의 행복한 미래를 위해 필요한지 어떤지는 결국 현시점에서 결정할

수 없다. 최후의 심판의 시기를 기다리지 않으면 확정할 수 없는 것이다. 그렇다면 테러는 일종의 내기로서 허용되어야 하지 않겠느냐는 것이 메를로-퐁티의 주장이다.

이는 파스칼의 내기를 연상시킨다. 파스칼은 이렇게 주장한다. 신이 존재하는지 존재하지 않는지는 불가지不可知이다. 그렇다면 우리는 신이 존재한다는 쪽에 내기를 걸어야 한다는 것이다. 마찬가지로 행복한 사회가 기다리고 있는지 여부는 알 수 없다. 그렇다면 행복한 사회가 도래한다는 쪽에 내기를 걸고 테러를 감행해야 할 때가 있다고 메를로-퐁티는 주장한다. 오늘의 폭력 행동이 결국에는 미래의 행복한 공산주의 사회로 이어진다고 해보자. 이때 소급해 적용하면 오늘의 유혈 행위는 보속되고 실로 '그때'(라고 회고적으로 지시되는 현재) 필요했던 일로 정당화될 것이다. 메를로-퐁티를 좇아, 혹은 라스콜리니코프를 좇아 이렇게 생각해도 되는 것일까.

적어도 다음 사항은 유의해야 한다. 이런 사상의 연장선상에 스탈리니즘이 있다는 것이다. 스탈린 체제의 소련에서는 수백만 명의 동지가 숙청되었다. 스파이나 배신자로 몰려서 말이다. 동지들을 숙청한 비밀경찰이나 내무성 공무원, 당 간부들은 어떤 의미에서는 그들 태반이 무죄이며 아무런 악의도 없다는 사실을 알고 있었다. 그러나 그들은 동시에 숙청이 정당화될 수 있다고도 생각했다. 어떤 논리에 의해서일까. 앞서 본 '최후의 심판'이 열쇠다.

최후의 심판일이 되지 않으면 행위의 윤리적 가치를 결정할 수 없다는 것은, 행위자의 주관적인 심정이나 의도와 그 행위의 윤리적 가치 간에 관계가 없음을 의미한다. 본인이 좋은 일이라고 생각해서 행한 일도 최후의 심판 때 돌아보면 완전한 오류이자 큰 죄악이었다고 판정될 수 있다. 체임벌린의 선의의 외교가 오늘날엔 수천만 명의 인간을 희생시킨 과오로 여겨지듯이 말이다. 그렇다면 주관적으로는 완벽하게 무구한 한 소련 시민의 행위가 최후의 심판일에 판단했더니 공산주의의 대의에 대한 배신이더라는 일도 있을 법하다. 그 시민에게는 차라리 그 주관적인 무구한 행위로 인해 처벌당하는 것이야말로, 이윽고 다가올 완전한 공산주의에 대한 공헌이었다고 판명될지도 모른다.

스탈린 체제에서는 '객관적인 죄'라거나 행위의 '객관적인 의미'라는 어휘가 사용되었다. '객관적'이라는 말을 우리 논의에 대응시키자면, '최후의 심판'의 관점에서 판단한 것이라는 의미다. 어떤 행위의 윤리적인 가치가 행위자의 주관적인 의도나 심정과 완전히 독립되기 때문에 '객관적'이라고 형용되는 것이다.

종교적으로 봤을 때, 최후의 심판일의 신의 판단은 원리적으로 불가지이다. 그런데 스탈리니즘의 입장은 원래는 불가지일 터인 최후의 심판의 판단을 실제로 알고 있는 이가 있다는 것이다. 누가 아는가. 물론 '당'이다. 당은 어떤 사람의 행위가 객관적으로는 어떤 의미가 있는가, 객관적으로 유죄인가 무죄인가를 자의적으로 결정할 수 있다. 당은 현재화된 최후의 심판인 것이다.

윤리의 궁극적인 참조점으로 '인류'를 상정하는 입장은 이런
발상으로 곧장 이어진다.

3

아카사카 마리의
《도쿄 프리즌》을
읽다

열다섯 살의 자기 자신에게 전화가 오다

다음으로 아카사카 마리 의《도쿄 프리즌 東京プリズン》을 논해보도록 하자.《도쿄 프리즌》을 해석의 소재로 한 데에는 두 가지 이유가 있다. 첫째로, 이 소설의 주제는 일본인의 국민적인 죄, 속죄해도 속죄해도 다 속죄할 수 없을 것처럼 느껴지는 죄, 이미 속죄했는지 아직 속죄하지 않았는지 잘 모르겠는 죄, 속죄한다는 것이 대체 어떤 일인지 좀처럼 모르겠는 죄, 이미 속죄했을 텐데 어째서인지 언제까지고 망령처럼 따라붙는 죄이기 때문이다. 그것은 제2차 세계대전의 전쟁 책임이다.

둘째로, 이 소설에서는 최후의 심판의 시점이 독특한 방식으로 활용되고 있다는 점이 흥미롭다. 최후의 심판의 날은, 정의상 아직 오지 않았다. 그날은 항상 미래에 있다. 그러나 만약 최후의 심판이 이미 끝났다고 하면 어떨까. 최후의 심판이 과거의 일이라고 하면 어떨까. 이러한 전환의 효과를 이 소설은 영리하게 활용하고 있다.

《도쿄 프리즌》은 이 장에서 논하는 다섯 작품의 소설 가운데 가장 최신작이다.《분게이文藝》2010년 봄 호부터 2012년 여름 호에 걸쳐 연재된 후, 2012년 가와데쇼보신샤에서 단행본으로 출판되었다.

이 소설은 사소설적 리얼리즘과 극단적인 환상을 복잡하게 결합시키고 있어서 줄거리 요약이 쉽지 않다. 또 이런 종류의 소설을 요약하는 데 의미가 있을 것 같지도 않다. 여기서는 이 소설이 의거하는 기본 장치가 무엇인지 알 수 있는 범위에서만 줄거리를 소개해두겠다.

소설은 2009년 8월 15일에서 시작한다. 주인공인 마리 — 즉 '나' — 의 방으로 전화가 온다. 전화를 건 사람은, 마리 자신이다. 다만 그건 1980년의 마리, 열다섯 살의 마리다. 29년 전의 자신이 전화를 한 것이다. 일본에서 중학교를 갓 졸업한 열다섯 살의 마리는, 미국의 북동부 끄트머리인 메인 주에서 홈스테이를 하며 그곳 고등학교에 유학 중이었다. 열다섯 살의 마리는 일본에 있는 어머니에게 전화를 걸었지만, 딱 그때의 어머니와 같은 나이가 된 미래의 자신에게 연결된 것이다. 실제로 1980년의 마리는 국제전화 건너편에 있는 2009년의 마리를 자기 어머니라고 착각한다. 그러나 2009년의 마리는 상대가 과거의 자신이라는 걸 안다.

열다섯 살의 마리는 미국의 고등학교에서 '천황의 전쟁 책임'에 관해 발표해야만 하는 상황에 처한다. 그게 진급의 조건이라고 스펜서 선생님에게 통고받았기 때문이다. 마리는 이때 깜짝 놀라 당혹해한다. 마리는 미국에게 일본이 적이었다는 것 — 바꿔 말해서 미국은 일본에게 동맹국이기에 앞서 '과거의 적'이라는 것 — 이나 쇼와 천황에게 전쟁 책임이 있다는 것 등을, 일본에 있었을 때 (물론 알고는 있었지만) 제대로 생각해본 적 없었고 또 그런 말을 하는 일본인과 만나본 적도 없었다. 그런데 스펜서 선생님을 비롯한 미국인들은 그런 것들을 당연하다는 듯 입에 올린다. 마리는 그것을 듣고서 충격을 받은 것이다.

열다섯 살의 마리는 2009년 현재의 마리의 도움을 받아가며 '천황의 전쟁 책임'에 관해 공부한다. 그 과정에서 그녀는 처음으로 'A급 전범', 제국 헌법 등에 관해서 많은 것을 알게 된다. 여기에는 일본에 관한 일을 미국의 맨 끄트머리 땅에서 알게 된다는 도착倒錯이 있다.

소설은 2009년부터 시작하는 시간과 1980년부터 시작하는 시간을 서로 번갈아 진행시키듯 전개된다. 전자, 즉 2000년대의 줄거리 속에서 1980년대부터 '현재'까지의 시간 동안 마리와 마리의 가족에게 어떤 일이 있었는지가 차츰 밝혀진다. 회사가 도산한 후 아버지가 돌아가신 것, 그리고 다른 무엇보다 어머니와의 복잡한 관계 등이 밝혀지는 것이다. 마리가 중학교를 졸업한 후 일본 고등학교로 진학하지 않고 미국으로 건너간 것은 어머니의 뜻에 따른 결과라는 점이 시사된다. 2009년부터 시작하는 줄거리는 2011년 3월 11일에 끝난다.

소설의 클라이맥스는 마지막 장, 열여섯 살이 된 마리의 학교에서 벌어진 디베이트debate이다. 디베이트란, 일본인에게는 그리 익숙지 않지만, 특정 제제에 관해 긍정 측과 부정 측 팀으로 나누어 각각 입론을 세우고 상대를 심문해 어느 쪽 주장이 설득력이 있는지를 재판처럼 겨루는 토론 게임이다. 자신이 긍정 측에 설 것인지 부정 측에 설 것인지는 그 자리에서 정한다. 이 미국적인 게임을, 소설 속의 마리는 공수를 완전히 바꿔가며 싸우는 야구에 비유한다.

물론 마리가 참가한 디베이트의 제제는 '일본 천황에게는 제2차 세계대전의 전쟁 책임이 있는가'였다. 마리는 긍정 측이 된다. 마리는 재판장 역할을 하는 스펜서 선생님이, 이 디베이트에서 '도쿄재판을 다시 하려 한다'는 것을 눈치챈다. 이 디베이트는 마리가 역할을 이탈해, 현인신現人神으로서 천황과 신의 아들인 예수 그리스도가 어떻게 다르냐, 마찬가지 아니냐, 라는 문제를 제기하자 회장에서 큰 소란이 일어나 도중에 중단된다.

그 후 짧은 환상의 장면이 삽입되고, 디베이트가 재개된다. 이번에야말로 도쿄재판을 다시 하는 것이다. 아니, 도쿄재판의 반복, 재현이라고 해야 할지도 모른다. 디베이트에 참가한 스펜서 선생님과 마리의 급우들 전원에게 가면이 주어진다. 그 가면들에는 실제로 도쿄재판에 참가했던 사람들의 얼굴이 그려져 있다

(스펜서 선생님은 웹 재판장…… 등등). 마리에게 주어진 가면은 얼굴이 없는 백지 가면이었다. 마리의 역할은 (실제 도쿄재판에서는 피고로서 소환되지 않았던) 천황 히로히토였던 것이다. 이 디베이트=도쿄재판 중에 마리는 바로 천황 본인인 것처럼 이상한 말을 내뱉는다. "I AM THE PEOPLE" "I AM THE PEOPLE OF THE PEOPLE"(나는 인민 중의 인민이다)이라고. 마지막으로 마리=천황은, 우리가 진 것이야 어쩔 수 없지만 어떻게 질지를 스스로 정의하지 못한 것이 진짜 패배였다고 말한다. 아찔할 정도의 침묵이 지나간 후, 회장에서는 드문드문 박수가 터져나온다.

끝나지 않는 '전후'

이상이 《도쿄 프리즌》의 개략이다. 이 소설은 독특한 수법으로 제2차 세계대전에 대한 일본인과 천황의 전쟁 책임을 주제화하고 있다.

현대의 일본인들은 제2차 세계대전의 전쟁 범죄나 전쟁 책임에 대해 양의적인 감각을 갖고 있다. 한편으로, 전후 태생인 대부분의 일본인에게 전쟁 책임은 무관한 것이다. 그런 얘기를 들은들 '짜증난다'고 하는 것이 현대 일본인의 평균적인 반응일 것이다. 그러나 다른 한편으로는, 현재의 일본인이 전쟁 책임이나 전쟁의 죄라는 문제와 완전히 무관하다고 단언할 수도 없다고 느끼고 있는 게 아닐까. 자신들에게 어떠한 의미에서도 책임이 없고 전혀 죄가 없다고 단정짓기에는 켕기는 느낌이 남지만, 그렇다고 자신들이 혹은 자신들의 선조가 전면적으로 유죄라고 딱 잘라 말하기에도 찜찜한 감이 있는, 그런 꺼림칙함을 현대 일본인들은 갖고 있지 않을까.

일본인이 전쟁 책임의 문제에서 완전히 자유롭지 못하다는 것은, 일본에 '전후'라는 시대 구분이 잔존한다는 사실이 시사해준다. 일본인들은 현재가 '전후'에 포함된다는 감각을 아직 갖고 있다. 그러나 일본 근대사 전문가인 캐럴 글럭에 따르면, 제2차 세계대전이 종결된 지 60년 이상이 지났지만 여전히 '전후post-war'라는 카테고리가 현재를 이해하는 시대 구분으로 활용되고 있는 곳은 일본뿐이다. 일례로 같은 패전국이라 해도 독일이나 이탈리아에서는 '전후'라는 하나의 시대가 지속되고 있다는 감각은 진작 사라졌다. 그러나 일본에서는 쇼와 31년의 경제백서가 '더 이상 전후가 아니다'라고 선언한 이래 몇 번이나 전후의 종료가 선언되면서도 '전후'라는 시대 구분이 좀비처럼 살아남은 것이다. 왜 일본에서는 '전후'가 사멸하지 않는가. 전쟁이 끝났을 때, 전쟁에 패배했을 때 해결했어야 했던 정신적인 문제가 아직껏 해결되지 않았기 때문이라고 생각할 수밖에 없다.

결국 패전했을 때 일본인들은 그 패전의 사실, 패전에 동반되는 책임과 죄과를 올바르게 받아들이는 데 실패한 것이다. 〈도쿄재판〉이라는 영화도 찍은 바 있는 영화감독 고바야시 마사키는,

패전 후 1년간 미군에 억류되어 오키나와에서 강제 노동에 종사한 후 필사적인 마음으로 귀국했다. 즉 고바야시는 패전 후 1년간의 공백을 갖고서 일본을 바라보았고, 그때 그는 강한 위화감을 느꼈다. 한편으로 그는 일본의 격변에 놀랐다. 그러나 다른 한편으로 이렇게 말하기도 했다. "일본은 전전戰前에서 조금도 변하지 않은 것처럼 보였다"라고 말이다. 요컨대 일본이 격변할 수 있었던 것은 오히려 변했어야 할 점은 아무것도 변하지 않았기 때문이 아니냐는 것이 고바야시의 직관이었다. "그 시절, 사람들은 누구 하나 빠짐없이 군부를 지지했다. 이러한 일본인들의 의식 변화가 꼭 나쁘다는 것은 아니다. 다만 그 변화가 어떻게 일어났느냐가 문제다."

'오점'과 '뒤틀림'

일본인들의 패전 수용 실패에 대해, 가장 먼저 깊이 있는 사고를 전개한 이는 가토 노리히로였다. 1995년에 발표한 〈패전후론〉에서, 가토 노리히로는 전후의 원점에 있는 '오점'과 '뒤틀림'을 적출해냈다. '오점'이란, 그릇된 전쟁으로 패배했다는 사실이다. '뒤틀림'이란, 그런 전전의 그릇됨에 대한 비판에 입각하지 않고서 이상주의적인 전후 체제(특히 평화헌법)를 군사력에 의해 강제당했다는 것이다.(《敗戰後論》, 講談社, 1997)

가토는 뒤틀림을 바로잡고 오점을 받아들임으로써, 아시아에 사죄할 수 있는 '주체'를 수립하는 것이 가능하다고 주장했다. 그렇다면 어떻게 해야 뒤틀림을 극복하고 오점을 직시할 수 있을까. 그러기 위해서는 아시아의 사자死者들에 앞서 일본인(특히 군인) 사자들을 추도해야만 한다는 것이 가토의 논리이다.

그러나 가토의 이 제안은, 공감이나 찬동도 없지 않았지만, 그 이상으로 반발을 샀다. 물론 가토로서도 어느 정도 비판이나 반발은 예상하고 있었으리라. 그러나 (아마도) 가토의 오산은, 비판자의 중심이 그보다 젊은 세대의 학자나 비평가들이었다는 점이 아닐까. 나는 가토가 침략 전쟁에 직접 참가하지는 않았던 세대, 따라서 전쟁에 책임이 있다는 실감이 없는 세대를 염두에 두고, 그들을 위해 '아시아의 사자들보다 일본인 사자들을 먼저'라는 논리를 전개한 것이 아닐까 추측한다. 그러나 실제로는 '그들을 위해'라고 생각한 바로 '그들'에게 공격을 받은 것이다.

가토 노리히로는 이른바 '단카이團塊 세대'에 속한다. 즉 전후 5년 이내에 태어난 세대인 것이다. 아마도 가토의 논의에 강한 설득력을 느끼는 것은, 자기 자신은 침략 전쟁에 직접 가담하지 않았다고 해도, 적어도 그 부모 세대가 전쟁에 직접 참가했다는 의식을 가진 세대일 것이다. 그보다 젊은 세대, 즉 그 부모(세대)조차도 '전쟁 당시에는 너무 어려서 — 혹은 아직 태어나지 않아서 — 침략 전쟁에 책임이 있다고는 생각할 수 없다'고 느낄 세대에게 그가 펼친 논의는 충분한 소구력이 없다. 가토의 논리 전개

2장 문학, 어떻게 읽고 생각할까?

에 설득력을 느끼기 위해서는, 전장에 투입되어 죽어간 일본 군인들에게 '내버려서 미안하다'는 사죄의 마음 내지는 '내버려져 불쌍하다'는 연민의 정을 느낄 필요가 있기 때문이다.

아카사카 마리는 1964년 도쿄 올림픽이 열리던 해에 태어났다. 단카이 주니어(단카이 세대의 자식 세대)까지는 안 가지만 단카이 세대보다는 훨씬 뒤 세대에 속한다.《도쿄 프리즌》은 사자를 직접 추도하는 것과는 다른 방법을 제안한다. 그것은 시간과 역사를 조작하는 독특한 문학적 장치를 활용하는 방법이다. 그 방법이 '최후의 심판'과 관련된다.

패전을 부인하는 일본 사회

그 문학적 장치에 관해 설명하기에 앞서 처리해야 할 문제가 있다. 원래 아카사카 마리는 전쟁에 관해 일말의 죄의식도 없었을 것이다. 당연한 일이다. 전쟁이 끝난 뒤에 태어났으니까. 그리 머잖은 장래에 일본인 전원이 전후 태생이 될 것이다. 그렇게 되면 전쟁 책임이나 전쟁의 죄 따위 문제는 자연히 소멸하지 않을까. 그런 것들에 연연할 필요가 없어지지 않을까.

그러나 그렇진 않다. 이 점을 설명해두지 않으면 안 된다. 추상적으로 결론을 말하자면 다음과 같다. 일본인 한 사람 한 사람을 보았을 때는 꼭 전쟁에 관해 죄의식을 품거나 꺼림칙한 마음이지는 않을 것이다. 그러나 개개의 일본인이 아닌 '일본 사회'가 패전이라는 사실에, 가토가 말한 것과 같은 '오점'이나 '뒤틀림'에 발목 잡혀 있는 것이다.

다음과 같은 비유를 생각해보면 되겠다. 누구나 직접적으로는 깊은 관계가 없던 타인의 장례식에 참석할 때가 있을 것이다. 그때 당신은 안에서 복받치는 슬픔을 느끼지는 않는다. 그뿐만 아니라 거의 아무런 느낌이 없을지도 모른다. 그러나 장례식에서는 조사를 읽고 애도의 뜻을 표하는 의식적인 행위가 행해진다. 즉 '당신'은 슬퍼하지 않더라도 그 장례식을 집행하는 '집단'은 슬퍼하고 있는 것이다. 그리고 그 집단의 일원이라는 걸 스스로 주체적으로 받아들인 이상, '당신'도 슬퍼하는 것이 된다. 당신의 내면에 어떤 의식이 있다 한들 말이다.

일본인과 전쟁에 대해서도 마찬가지로 말할 수 있다. 일본인 개개인은 더 이상 전쟁에 관해 이것저것 구애받지 않을지도 모른다. 그러나 '일본 사회'에게 패전은 아직 극복되지 않은 트라우마이다.

시라이 사토시의 《영속패전론 永續敗戰論》(太田出版, 2013)이 이 점을 예리하게 분석한 바 있다. 앞서 우리는 어째서 일본에서만 '전후'라는 시대가 도무지 종료되지 않는지 의문을 제기했다. 이 의문에 대해 시라이는 이렇게 답한다. '전후'건 '패전 후'건 간에 애초에 시작도 되지 않았기 때문이라는 것이다. 시작되지도 않은 바에야 끝이 날 리가 없다.

시라이에 따르면, 우선 패전이라는 사실이 일본인들에게 집합적으로 부인되고 있다. 일본 사회에서는 패전이라는 사실을 인식에서 은폐하려 하는(제대로 인식하지 않고 평상시엔 잊고 있으려 하는) 강한 무의식적 충동 drive이 집합적으로 작용하고 있는 것이다. 《도쿄 프리즌》에서 고등학생 마리가 스펜서 선생님이 일본은 미국의 적국이었으며 미국에 패배했다고 똑똑히 말하는 것을 들었을 때 경악했던 것은 그 때문이다. 일본에 있으면 미국이 일본의 동맹국이라는 점은 거듭거듭 강조되지만, 미국이 과거 적국이었으며 일본은 패배했다는 점을 똑똑히 들을 일은 거의 없다.[4]

패전에 대한 집합적 부인이 있음을 보여주는 증거는 얼마든지 있지만, 하나만 들어보도록 하자. '8월 15일'이라는 날짜, 일본인은 이날을 종전일로 기억한다. 그러나 '8월 15일'이 종전일이라는 데엔 어떠한 국제법상의 근거도 없다. 사실 이날을 종전일로 보는 것은 일본과 한국·북한뿐이다. 국제법 관점에서 보면, 제2차 세계대전이 끝난 일자는 일본이 포츠담선언을 수락한 8월 14일이나 일본의 시게미쓰 마모루 외상이 투항문서에 서명한 9월 2일 중 하나여야 할 것이다. 8월 15일은 옥음방송玉音放送이 방송된 날, 즉 천황이 일본인들에게 '전쟁을 멈추기로 했다'고 고지한

---

4 미국에 패배했다는 것은 미국의 동맹국인 중국에게도 패배했다는 말이 되지만, 이 점은 더욱 강하게 이중으로 부정되고 있다. 이 때문에 중국이 가끔씩 '승자'처럼 굴 때 일본인들이 맹렬히 분격하는 것이다. 시라이는 자학 사관 비판의 본질은 "이 런저런 역사적 사건에 대한 또 다른 해석이 아니라, 패전의 부인"이라고 말한다.

날이다. 왜 일본인들은 이날에 연연할까. 이날이라면 8월 14일이
나 9월 2일과는 달리 '패'전이 아니라 '종'전이 되기 때문이다.[5]

패전 사실의 부인은 어떤 귀결을 가져올까. 시라이에 따르면,
패전을 부인함으로써 반대로 패전이라는 상태가 영속화한다. 영
속화된 패전이란 정치 · 경제 · 군사 그리고 문화의 전 국면에 걸
친 철저한 대미 종속이다. 일본이 '패전 후'라는 기간에 들어서지
조차 못했다는 것은 이런 의미이다. 일본 사회는, 이 70년 가까이
그저 '패전 중'이었을 뿐이라는 게 시라이의 진단이다.

《도쿄 프리즌》에서 마리(고등학생)는 미군을 위한 '배려思いや
り 예산'(일본 방위성 예산에 올라 있는 '재일미군주둔경비부담'의 통칭이
다. 일미지위협정과 재일미군주둔경비부담특별협정을 근거로 재일미군의
주둔 경비에서 일본 측이 부담하는 지출을 말한다 ─ 옮긴이)을 떠올리고
서 다음과 같이 생각한다.

---

5 佐藤卓己,《八月十五日の神話: 終戰記念日のメディア学》, 筑摩書房, 2005(한글 번
역본은 사토 다쿠미,《8월 15일의 신화: 일본 역사 교과서, 미디어의 정치학》, 궁리, 2007). 사
토에 따르면 '8월 15일=종전'이라는 인식은 제2차 세계대전 직후까지 없었다. 8월
15일이 종전일이라는 인식에는 현재도 공식적 근거가 없지만, 이것이 거의 상식으
로서 일본인들 사이에 정착한 것은 1955년경이다. 즉 냉전체제의 국내판, 55년 체
제가 확립되었을 때, 8월 15일이 비공식적 종전 기념일이 된 것이다. 이 점에는 본
문의 고찰을 보강해주는 중요한 의미가 있지만, 여기서 자세히 의논할 여유는 없
다. 다음을 참조하라. 大澤真幸,《近代日本のナショナリズム》, 講談社, 2011(한글
번역본은《내셔널리즘의 역설》, 김선화 옮김, 어문학사, 2014)의 3장.

(배려 예산에 대해 어른들은 제대로 가르쳐주지 않았어. ― 오사와) 왜냐하면…… 왜냐하면 어른들이 그걸 수치스러워했기 때문이겠지? 수치스러워하면서, 과거의 적을 접대했어. 결코 무사처럼이 아니라, 남자를 맞이하는 계집처럼 접대했어. 전쟁을 모르는 우리도 어렴풋이 눈치챘어. 전쟁에 진 건 괜찮아. 어쩔 수 없어. 그렇지만 자기를 겪은 강자의 비위를 맞춰 이익을 얻어내려 한다면, 그건 창부야. 다음 세대는 혼란에 빠지지. 자긍심을 잃어버려. 남자들도 그랬어. 남자가 그랬어.

마리는 이렇게도 말한다. "전쟁이 끝나자 일본인 전체가 미국 앞에서 '계집'이 됐다" "나라가 망하더니, 모든 게 계집이 됐다". 창부가 되는 것을 감수하는 것, 그것이 영속적 패전 상태라는 뜻이다.

전쟁에도 패전에도 관계가 없고 책임도 없다고 생각하는 일본인이라도, 여기서 그려진 것과 같은 창부의 상태, 곧 대미 종속을 당연하다는 듯 받아들이고 있다. 그렇다면 그 사람도 패전의 집합적 부인에 참가하고 있는 셈이다. 현대의 일본인이 패전 사실을 직시하고 그에 대한 응분의 책임과 죄의식을 느껴야만 하는 이유는, 이러한 인지와 체험의 구조가 있기 때문이다.

반복의 반복

그렇다면 일본인은 패전 사실을 어떻게 바라봐야 좋을까. 어떻게 바라봐야 그것을 다시금 주체적으로 받아안는 것이 가능할까(자기 문제로 여길 수 있을까).《도쿄 프리즌》은 그 바라봄의 방법을 제안하고 있다. 그렇다고 명료하게 쓰여 있는 것은 아니지만, 〈최후의 심판〉 시점이 솜씨 좋게 활용되고 있는 것이다. 그것도 2단 구성으로 말이다.

40대가 된 현재의 마리는, 미국으로 유학 중이던 사춘기 마리의 시점에서 보면 〈최후의 심판〉이 이미 끝나버린 후에 속한다. 유학은 진작 끝마쳤으니 말이다. 〈최후의 심판〉 후에 속하는 입장에서 과거를 돌아봤을 때 무엇이 보일까. 먼저 과거의 행위가 '성공했는가/실패했는가' '옳았나/잘못이었나'가 명백해진다. 유학은 실패했고, 그때 자신은 완패했다고. 그러나 그게 전부가 아니다.

동시에 과거의 '그때' 다르게 할 수 있었다는 생각이 오싹한 현실감을 띠고서 나타나지 않겠는가. '그때' 이루지 못한 바람, 실현할 수 없었던 희망이 떠오르지 않겠는가. 그것은 충분히 가능했던 또 하나의 현실이었다.《도쿄 프리즌》의 고등학생 마리는 그 또 하나의 현실을 돌이키기 위해 과거의 유학을 반복한다. 되풀이해 강조해두자면, 이러한 반복이 가능한 것은 〈최후의 심판〉 이후의 시점이, 즉 이미 마흔 살을 넘긴 현재의 마리의 시점이 또 다른 가능성에 현실성actuality을 불어넣었기 때문이다(여기서 논한 〈최후의 심판〉에 대해서는, 베버의 《프로테스탄티즘과 자본주의 정신》에 관해 논한 1장 5절을 참조).

같은 관계가 이번에는 고등학생 마리와 도쿄재판 사이에서도 발생한다. 마리는 '천황의 전쟁 책임'에 관해 조사해야만 했다. 일본의 패전을 결정지은 '도쿄재판'의 시점에서 보자면, 1980년 대의 마리 또한 〈최후의 심판〉 이후에 속한다. 거기서 되돌아봤을 때, 피고인 일본 인민이 말하고 싶었지만 말하지 못했던 것, 말했어야 했지만 말하지 못한 것, 즉 일본인의 좌절된 바람 같은 것이 강한 현실감을 지닌 가능성으로 부상한다.

그러므로 그녀는 재판이 끝난 지 32년이나 지난 메인 주 시골의 고등학교에서 도쿄재판을 재현할 수 있었던 것이다. 그것은 그야말로 〈최후의 심판〉의 반복이다. 마리는 천황이 되어, 일본 인민의 대변자 — 소설에서는 '통역'이라는 은유가 여러 차례 쓰인다 — 로서 현실의 심판(1945년의 도쿄재판)에서 말하지 못한 것을 말한다. 현재의 마리 시점에서는, 자기 자신의 과거가 반복되는 것인 동시에 일본 사회의 과거가 반복되고 있는 것이다. 즉 그것은 〈반복의 반복〉, 이중의 〈반복〉인 것이다.

앞서 인용한 "I AM THE PEOPLE" "I AM THE PEOPLE OF THE PEOPLE"이라는 기묘한 명제는 이러한 문맥에서 나온다. 소설 속 마리, 고등학생 마리는 "I"라는 1인칭 대명사의 이상함에 대해 사고를 짜내본다. 그것은 ("I"가) 누구나 들어갈 수 있는 공허한 그릇이라는 것이다. "I"의 이러한 잠재성 potential을 이끌어 내기 위해서 여기서 말한 〈최후의 심판〉 이후 시점의 독특한 활용이 필요했던 것이 아닐까. 그럼으로써 버려진 과거의 가능한 아이덴티티를 반복해 회복할 필요가 있었던 게 아닐까. 이로써 마리는 하나의 주체로서, 즉 "I"라고 이름 댈 수 있는 자로서 패전 사실을 직시하고 납득할 수 있는 방식으로 — 바깥에서 강제된 것으로서가 아니라 — 죄를 받아들일 수 있게 된 것이다.

4

이언 매큐언의
《속죄》를
읽다

거짓 증언

다음으로 이언 매큐언의 《속죄》를 읽어보자. 앞 절에서는 일본의 전쟁 책임을 주제로 삼아, 어떻게 죄를 인정할 것인지의 문제를 고찰했다. 다음으로 고찰해봐야 할 것은 죄를 씻는 것이 가능한가 하는 문제이다. 매큐언의 소설은 바로 그것을 테마로 삼는다.

이언 매큐언은 1948년생 영국 작가로 1998년에 《암스테르담》으로 부커상을 수상한 바 있다. 《속죄》는 2001년 작품이며 고야마 다이치가 번역했다(新潮文庫. 이하 인용은 고야마 번역을 따름, 한글 번역본은 한정아 옮김, 문학동네, 2003). 이 장편소설은 영화로 만들어지기도 했다.

줄거리를 소개해두자. 이야기는 크게 전·후반으로 나뉜다. 전반(1부)의 무대는 영국 시골에 있는 정부 고관 잭 탈리스의 저택이다. 이 저택에서 1935년 여름의 어느 이틀간, 아버지 잭이 부재 중일 때 일어난 일이 전반부 이야기를 구성한다. 그것은 잭의 막내딸, 열세 살이었던 브리오니의 이후 삶을 규정하는 커다란 사건이었다. 독일에서는 히틀러가 권력을 잡고, 전쟁의 예감에 사람들이 불안을 느끼고 있던 시대였다.

이 여름날, 케임브리지 대학을 졸업하고 일을 하던 오빠 레온이 초콜릿 공장을 경영하는 친구 폴 마셜을 데리고 귀성한다. 브리오니는 때마침 머무르고 있던 한 살 위 사촌 언니 롤라 등에게 배역을 맡긴 자작 연극으로 그들을 환영할 예정이었다. 브리오니는 아직 어리지만 이야기를 창작하는 재능이 풍부했다.

브리오니의 언니 세실리아도 케임브리지를 갓 졸업한 상태였다. 세실리아와 탈리스가*의 사용인인 로비 터너는 서로 남몰래 연심을 품고 있었다. 로비는 유능한 남자로 탈리스가 당주 잭의 마음에 들어 그에게 학비를 받으며 공부해왔다. 이미 케임브리지 대학을 우수한 성적으로 졸업했지만 의학을 더 배우고 싶어 했으며, 그러기 위해 필요한 학비도 받기로 약속되어 있었다. 이날 세실리아와 로비는 처음으로 서로를 향한 사랑을 자각한다. 그리고 두 사람이 어두운 도서관에서 사랑을 나누는 장면을 브리오니가 목격한다. 열세 살 브리오니에게 그것은 폭행처럼(도) 보였다.

레온이 친구 폴과 함께 찾아오고 드디어 만찬이 열린다. 그날 밤 사건이 일어난다. 브리오니의 사촌 언니 롤라가 저택 바깥의

암흑 속에서 누군가에게 강간을 당한 것이다. 그것을 목격한 것은 브리오니뿐이었다. 그녀는 순간적으로 범인의 얼굴을 보았다.

"저 사람이에요. 제가 봤어요." 브리오니는 경찰에게 힘주어 증언한다. "저 사람"이란 로비를 가리킨다. 그러나 이 증언은 거짓이었다. 브리오니가 본 것은 다른 인물이었다. 적어도 브리오니는 그 남자가 로비가 아니라는 것은 알고 있었다. 그럼에도 브리오니는 의사를 꺾지 않고 로비를 봤다고 증언하고, 이를 철회하려 하지 않았다. 여기까지가 전반부다.

후반(2~3부)은 사건이 일어난 지 5년 후의 일이다. 로비는 영국군의 일원으로 프랑스에서 나치 독일과 전쟁을 하고 있다. 그는 결국 브리오니의 증언 때문에 유죄를 선고받았다. 그의 무죄를 믿어준 것은 어머니와 연인인 세실리아뿐이었다. 그는 영국군에 지원했다. 군인이 되면 감옥에서 나올 수 있었기 때문이다.

세실리아는 어떻게 되었을까. 그녀는 사건 이래로 가족과 절연했다. 로비를 믿지 않는 가족을 용서할 수 없었기 때문이다. 그녀는 이제 런던에서 간호사로 일한다. 로비와는 오직 편지로만 이어져 있다.

그렇다면 브리오니는 어떻게 되었을까. 그녀는 탈리스가의 관례에 따라 케임브리지 대학에 진학할 나이가 되었다. 그러나 그녀는 대학 진학을 거부하고 견습 간호사가 되었다. 이는 거짓 증언을 했다는 죄의식에서 나온 선택이었다.

그러던 어느 날 브리오니는 강간 피해자였던 사촌 언니 롤라의 결혼 소식을 알게 된다. 브리오니는 휴가를 얻어 결혼식이 열리는 교회로 간다. 로라의 결혼 상대는 초콜릿 공장 경영자로 이제는 대부호가 된 폴 마셜, 저 5년 전 여름날 탈리스가를 방문했던 폴이다. 롤라의 이 선택은 브리오니에게는 너무나 놀라운 일이었다. 왜냐하면 그 밤에 롤라를 강간한 사람이 바로 폴이었기 때문이다! 진범이 폴이라는 것을 브리오니도, 롤라 자신도 알고 있었다.

교회를 찾았던 걸음 그대로 브리오니는 세실리아를 만나러 간다. 사죄하기 위해서였다. 세실리아의 아파트에서 브리오니는 뜻밖에도 로비를 만난다. 두 연인이 이제 가끔씩 만나게 되었다는 것을 브리오니는 알게 된다. 브리오니는 두 사람에게 사죄하지만, 완전히 용서받지는 못한다. 그러나 그녀는 '증언을 철회한다'는 정식 진술서를 쓰겠노라고 두 사람에게 약속한다. 진술서가 있어도 이미 정해진 로비의 형을 철회시킬 수야 없겠지만, 여기 미묘한 화해의 울림이, 로비-세실리아와 브리오니 사이에서 틔어났다는 것도 부정할 수 없다. 브리오니가 두 사람과 헤어져 지하철을 타기 위해 아래로 내려가는 장면에서 소설은 끝난다.

브리오니도 전쟁도 그들(로비와 세실리아 — 오사와)의 사랑을 파괴하지는 못했다. 이 사실이 도시 아래로 더 깊숙이 가라앉고 있는 그녀에게 위로가 되었다.

말미에는 "브리오니 탈리스, 런던, 1999년"이라고 쓰인 서명과 작성 일시가 들어가 있다. 즉 이 소설 자체가 약 60년 후에 브리오니 자신에 의해 쓰여졌다는 설정인 것이다.

처녀작이자 최후의 작품

《속죄》는 브리오니가 위증의 죄를 보상하기까지의 이야기다, 라고 일단 말할 수 있다. 죄는 씻겨졌을까.

그러나 이 점을 고찰하기에 앞서 해결해두어야 할 의문이 있다. 브리오니는 왜 거짓 증언을 했던 것일까. 그녀는 왜 거짓 증언에 그렇게나 정열적으로 고착했던 것일까. 이것은 로비에게도 수수께끼였다.

진정한 이유는 소설 후반이 되어야 알 수 있다. 전반에 밝혀진 표면상의 이유는 다음과 같다. 브리오니는 어렸기 때문에, 자신이 목격한 몇 가지 상황(도서관에서 로비와 세실리아가 벌인 성교 등)에서 로비가 언니 세실리아에게 위해를 가하는 '무뢰한'이라고 착각한 것이다. 그리고 그녀는 로비에게서 언니를 지키는 것이 자기 사명이라고 멋대로 생각했다. 그런 때 롤라가 습격을 당해, 로비를 언니에게서 격리시킬 천재일우의 기회가 찾아왔다. 브리오니가 거짓 증언을 한 것은 이 때문이다.

그러나 이 이유는 납득할 수 없다. 문제의 세실리아가 철저히

로비 편을 들었던 것이다. 그런 세실리아의 모습을 두 눈으로 본 이상, 브리오니는 위증으로 로비를 위기에 빠뜨릴 필요가 없었다.

브리오니가 위증을 한 것은 그녀도 로비를 좋아했기 때문이다. 후반부가 전개되면서 브리오니도 로비에게 연심을 품고 있었다는 게 밝혀진다. 그녀의 허위 증언을 향한 정열은, 세실리아에 대한 질투와 무엇보다 자기 마음을 알아주지 않았던 로비에 대한 복수심으로 지탱되었다. '언니를 지킨다'는 것은 자기 행위를 정당화해 질투나 복수심을 (자기 자신에 대해) 은폐하는 '변명'이다. 본인으로서는 언니를 지키기 위한 선행이라고 스스로에게 타이르는 건데, 그 정열에 에너지를 대주는 것은 연애 감정에 뿌리를 둔 질투나 원한이다. 다만 사랑만이, 충족되지 않은 사랑만이 소녀가 그토록 지독한 행위에 뛰어들게 할 수 있는 것이다.

앞서 《속죄》는 브리오니가 위증의 죄를 씻기까지의 이야기라고 말했다. 사실 이 소설에는 이미 소개한 3부까지의 이야기 뒤에 짧은 에필로그가 덧붙여져 있다. 에필로그의 제목은 〈1999년 런던〉이다. 에필로그에는 3부까지의 소설을 쓴 브리오니의 '현재'가 적혀 있다. 그녀도 이제는 70대 후반의 나이이다.

그 에필로그에 따르면, 브리오니는 대작가가 되어 여러 편의 저명한 소설을 써온 듯하다. 그러나 77세인 현재에는 의사에게 치매 징후가 있다고 진단을 받았다. 브리오니 자신에게 아직 심각한 자각 증상은 없지만 틀림없이 앞으로 차츰 기억을 잃어갈 것이다. 더 이상 새로운 소설을 쓰는 것도 불가능하다. 그러므로

방금 끝마친 소설 — 1부에서 3부까지 — 은 그녀의 마지막 작품
이 될 것이다. 그리고 동시에 이 소설은 그녀의 처녀작이기도 하
다는 것이 암시된다. 브리오니는 자신의 첫 번째 작품으로 이 소
설의 전신격인 것을 쓰고, 그 후 몇 번이고 개고해왔기 때문이다.

속죄의 불가능성

이 에필로그의 마지막에서 놀라운 진실이 밝혀진다. 소설의 전
개를 전부 부정해버릴 수도 있는 놀라운 진실 말이다. 1부에서 3
부까지는 거의 회상기이다. 즉 그것은 사실을 있는 그대로 적은
것이다. 그러나 거기에는 딱 한 가지, 사실과 다른 점이 쓰여 있
다. 그것만이 허구fiction인 것이다. 어디가 허구, 허위일까? 그녀
가 완성한 소설의 결말에서 연인은 보도에서 서로 바싹 다가붙
어 지하철을 타기 위해 사라져가는 브리오니를 바라본다. 그러
나 현실에서 로비 터너는 1940년 6월에 영국으로 돌아오지 못하
고 프랑스 해안에서 병사했다. 그로부터 3개월 후, 세실리아도
런던의 지하철역에서 폭격으로 사망했다. 소설이 사실과 일치하
는 것은 롤라의 결혼식 장면까지이다. 그 후 브리오니가 세실리
아의 아파트를 방문했다는 것은 거짓이다. 결국 브리오니의 허
위 증언 때문에 따로 떨어진 연인은 맺어지지 못한 채 도버 해협
의 이편과 저편에서 죽은 것이다!

왜 브리오니는 결말을 사실과 다르게 썼을까? 로비와 세실리아가 재회하지 못하고 죽었다고 하기에는 너무나도 비참하여 자신을 구제할 도리가 없었으리라. 그렇다면 사실과 반대되는 이러한 서술은 선한 일일까? 즉 이 거짓말은 두 사람에 대한 선행일까? 실제로는 만나지 못하고 죽어간 두 사람을 적어도 소설 속에서는 맺어지게 함으로써 두 사람에게 선행을 베푼 게 되는 것일까? 그리고 무엇보다 이러한 허구, 이러한 거짓으로 죄를 보상할 수 있는 것일까? 로비와 세실리아에 대한 브리오니의 보상이 이루어지게 된 것일까?

말도 안 된다! 단언컨대 이건 보상이 될 수 없다! 실제로는 재회조차 할 수 없었던 두 사람이 소설 속에서만은 행복하게 살았다고 한들 기쁠 리가 없다. 오히려 이 허구 부분은 터무니없는 속임수이며 모독적이기까지 하다. 브리오니는 자기 죄과의 무거움을 견디지 못하고, 그 죄를 스스로 허용할 수 있는 정도로 감쇄시키려고 사실을 왜곡했기 때문이다. 3부 마지막 부분 브리오니의 말, 자기가 저지른 일에 의해서도 전쟁에 의해서도 로비와 세실리아의 사랑이 부서지지 않았다고 생각하니 위로가 된다는 말을 상기해보면 되겠다. 따라서 여기서 보상은 완전히 실패한 것이며, 부정되고 있기까지 하다.

《속죄》의 3부까지의 단계는 속죄에 대한 이야기, 어린 시절의 죄를 보상하는 이야기로 보인다. 그러나 전체로 보면 속죄를 할 수 없었다는 걸 보여주는 이야기, 속죄의 불가능성에 대한 이야기인 것이다.

소설의 불가능성

《속죄》는 나아가 다음과 같은 통찰을 함의한다. 즉 속죄의 불가능성이라는 문제는 그대로 소설의 불가능성이기도 하다는 통찰이다. 두 가지 불가능성은 표리일체인 것이다. 다음과 같이 쓰여있다.

> 그런 일들(로비도 세실리아도 서로 만나지 못하고 전쟁 중에 죽었다는 사실 등을 그대로 서술한 설명 — 오사와)에서 독자가 희망이나 만족감을 얻을 수 있겠는가? 연인들이 두 번 다시 만나지 못했고, 사랑을 이루지 못했다는 것을 누가 믿고 싶어할까? 냉혹한 사실주의를 구현한다는 것을 빼면 그런 결말이 가져올 장점이란 과연 무엇인가? 나는 그들에게 그런 짓까지 할 수는 없었다. 나는 너무 늙고 겁먹어서 나에게 남겨진 얼마 안 되는 삶이 너무나도 소중하다. 게다가 나는 망각이라는 홍수에, 나아가서는 완전한 망각에 직면해 있다. 더이상 비관론을 끝까지 지켜나갈 용기가 없다.

어떤 희망도, 어떤 구원도 없고, 어느 시점에서 보아도 한 점 좋음이나 기쁨을 찾을 수 없는 귀결이어서는 소설로서 성립할 수 없다. 소설로서 완결되기 위해서는 마지막으로 한 점의 희망을, 구원을, 즉 삶의 긍정성을 보태야만 했던 것이다. 브리오니가 60년 가까운 작가 인생 가운데 몇 번이고 이 소설과 씨름하다 좌절했던 것은, 그때까지는 사실 그대로를 서술했기 때문이다. 사랑의 성취를 시사하는 허구적 결말을 씀으로써 간신히 이 소설이 가능해졌다. 《속죄》라는 소설은 역설적이게도 소설 그 자체의 한계에 대한 소설, 소설의 불가능성에 관한 소설이기도 했던 것이다.

두 가지 불가능성의 일치를 다음과 같이 바꿔 말할 수도 있을 것이다. 속죄한다는 것은 소설을, 혹은 더 일반적으로 이야기를 창작하는 것과 같은 일이라고. 인간은 속죄할 때 자기 죄의 희생자가 된 타자에게 다음처럼 말해야 한다. 'X에 대해 죄송합니다' 'X에 대해 용서해주세요'라고. 이 X 부분이 아무리 짧건 간에 하나의 이야기를 구성한다. X는 속죄하는 주체의 죄나 잘못을, 즉 속죄의 발화 주체에게 부정적인 것을 말하지만, 그래도 여전히 그 속죄하는 주체가 수용할 수 있을 만한 최소한의 희망이나 구원이나 선을 포함해야만 하는 것이다. 브리오니 또한 그러한 긍정적인 것을 X에 부여하기 위해 마지막 허구(허위) 부분을 덧붙였다. 그러나 그러한 개정은 속죄할 대상, 속죄가 그곳을 향한 것이라는 사실을 치명적으로 훼손해버린다. 말하자면 속죄가 그 표적을 벗어나버리는 것이다.

속죄의 불가능성은 소설의 불가능성이라고 했다. 이것뿐이라면 소설가라는 그리 많지 않은, 특수한 직업에 종사하는 사람들만이 관계된 주제라고 생각할지도 모른다. 그러나 이 주제는 모든 사람과 관련된 보편적인 주제와 직결된다. 브리오니가 다음처럼 말할 때 그 점이 명백해진다.

지난 오십구 년간 나를 괴롭혀왔던 물음은 이것이다. 모든 결과를 결정하는 절대 권력을 가진 존재, 즉 신이기도 한 소설가는 과연 어떻게 속죄를 할 수 있을까? 소설가가 호소하거나 화해할 수 있는, 혹은 그 소설가를 용서할 수 있는 존재는 없다. 소설가의 바깥에는 아무것도 없다. 왜냐하면 소설가란 상상력 속에서 자신의 한계와 조건을 설정하는 인간이기 때문이다.

즉 소설의 불가능성이란 동시에 신의 불가능성, (현대사회에서) 신의 부재마저 의미한다. 소설이 불가능한 이유, 속죄가 불가능한 이유, 그리고 신의 존재가 불가능한 이유는 전부 같다. 이 세계에는 도저히 용서받을 수 없는 죄가 있다. 브리오니의 거짓 증언처럼. 무차별 살인처럼. 만약 신이 존재한다면 어째서 이토록 파괴적인 죄의 존재를 허락한 것일까, 이런 의문이 어쩔 수 없이 터져나온다. 세계를 창조하고 주재하는 신이 존재한다면, 이 세계의 온갖 일들은 신이 그것을 허용할 정도로는 선할 터이다. 달리 말해, 속죄할 수 없는 일이 존재한다는 것은 곧 신의 치명적 실패를 의미한다. 그뿐 아니라 애당초 신이 존재하지 않았던 것 아니냐는 회의, 아니 확신을 산출해버린다.

이것은 오래된 주제이다. 구약성서 〈욥기〉의 주제도 같은 데 있다. 신앙심 깊고 유복한 남자 욥에게 갑자기 차례차례 무서운 불행이 덮쳐온다. 그는 재산, 가족 할 것 없이 모든 것을 잃은데다가 자신마저 심각한 피부병을 앓게 된다. 욥처럼 선한 사람이 어째서 이런 고난을 겪어야만 하는 것일까. 이때 친구들이 찾아와 욥의 고난을 종교적·신학적으로 설명하려 한다. "자네가 이런 괴로운 꼴을 겪게 된 건 필경 어떤 잘못을 저지른 데 대한 응보임이 틀림없네. 신은 공정하니 말일세" 따위의 말로. 그러나 친구들의 설명은 전부 틀렸다. 친구들은 욥을 그가 짓지도 않은 죄로 재판하려 하는 것이다.

마지막에는 놀랍게도 신이 직접 찾아온다. 신은 친구들의 설명을 전부 물리치고, 욥이 옳다고 평가한다. 그럼 이제 신은 무엇을 하는가. 신은 담담히 말하기 시작한다. 무엇을? 이 또한 놀라운데, 신은 욥의 고난과는 아무 관계없는 말을 끝없이 해댄다. 자기 자랑담만 늘어놓는 것이다.

그러나 신이 자기 능력에 대해 야단을 떨면 떨수록, 그 발화 행위는 반대의 사실을 의미하게 된다. '그렇게 무엇이든 할 수 있다면, 왜 욥을 구해주지 않은 것인가? 왜 욥에게 그처럼 무의미한 고난을 부여한 것인가?'라는 의문이 드는 것이다.

신이 했어야 했던 것, 신에게 기대되었던 것은 사실 무엇이었나? 욥에게 고난의 의미를 설명해주고 그럼으로써 욥에게 주어졌던 커다란 고난을 보상해주는 것, 바로 이것이다. 신은 '여차저차한 이유로 너에게 고난을 줬다'고 설명함으로써 욥의 고난을 보상하고 달랬어야 했다. 그러나 신은 그러지 않는다. 그럴 수 없는 것이다. 고난이 너무나 무의미한 나머지, 구원해줄 수도 없는 것이다. 신이 왜 장광설로 자랑담을 늘어놓는 데 몰두하는지, 그 이유는 자신을 이 '신'의 입장에 놓아보면 곧장 이해할 수 있다. 우리도 타인에게 받은 기대를 배반하는 실패를 저질렀을 때, 그것을 호도하려고 쓰라린 변명을 할 때가 있지 않은가. "이상하네. 원래는 안 이런데 오늘은 잠이 부족해서인지…… 그게 보통은 간단한 일인데 말야……" 등등. 신의 자랑담도 이와 같다.

〈욥기〉와 《속죄》는 같은 테마를 공유한다. 욥에 대응하는 것이 후자에서는 로비다. 그도 갑작스럽게 무의미한 불행에 습격당한다. 전자의 신에 대응하는 것이 후자의 브리오니다. 욥의 신은 보상을 포기하고 호언장담하는 자랑담으로 도피한다. 브리오니는 어떻게든 보상해주려 했지만 그 대신 보상해야 할 사실을 왜곡해버린다. 양쪽 다 보상에 실패한 것이다. 〈욥기〉는 종교적 정전의 일부이면서도 신의 무능성에 대한 암시를 함유한, 아니 아예 신의 부재에 대한 암시마저 함유한 무서운 텍스트이다. 《속죄》는 그것의 현대판이다.

5

필립 클로델의
《브로덱의 보고서》를
읽다

여행자, 살해되다

보속補贖할 수 없는 죄가 있다. 그런 죄를 직면했을 때 인간은 어떻게 해야 할까. 여기에 대해 생각해보기 위해, 이번에는 필립 클로델의 《브로덱의 보고서》를 읽어보도록 하자. 내 생각에 이 소설의 주제는 죄의 사赦함, 역설적인 사함이다. 보통은 죄 사함을 받으면 마음이 편해진다고 생각한다. 그러나 때로 사함은 사함받지 못하는 것보다도 더 냉엄하다. 이 소설은 그러한 죄 사함에 관한 이야기이다.

필립 클로델은 1962년 프랑스 로렌 지방에서 태어났다. 클로델은 소설가로서 르노도상 등을 수상했으며 영화감독이기도 하다. 그가 태어난 로렌 지방은 라인강 서안에 있어서 독일과 국경을 접하고 있다. 이 위치는 《브로덱의 보고서》와도 관련된다. 이

소설은 2007년 작이다. 다카하시 게이의 일역은 2009년에 나왔다(みすず書房. 이하 인용은 다카하시 판을 따른다. 한글 번역본은 이희수 옮김, Media2.0, 2010). 우선 줄거리를 소개해두자.

프랑스 변경의 한적한 마을에서 오래 — 3개월 정도 — 체재하던 여행자가 마을 사람들에게 살해된다. 제2차 세계대전이 끝난 지 얼마 안 됐을 때였다. 마을 사람 중 한 명인 브로덱은 촌장에게서 이 사건에 관한 보고서를 써달라는 의뢰를 받는다. 마을 사람 가운데 글을 쓸 줄 아는, 특히 조리 있게 글쓰기를 할 수 있는 사람은 브로덱 정도밖에 없었기 때문이다.

브로덱은 마을과 그 주변의 생태 조사 보고서 같은 것을 정기적으로 당국에 보고하는 일로 근근이 살아온 것 같다. 이 소설은 보고서 작성에 대한 소설이다. 브로덱의 1인칭 시점으로 그가 보고서를 작성하는 과정에서 경험하고 사색하고 회상한 것을 말해준다. 단, 사건이 일어난 순서대로 쓰이지는 않았다. 순서 없이 단장斷章들이 포개어지고 마침내 전체성이 드러나는 구조를 취한다. 여행자는 왜 살해되었을까? 소설은 이 수수께끼를 둘러싼 일종의 미스터리물이다.

우선 마을의 위치를 확인할 필요가 있다. 이 마을은 독일과 프랑스의 국경 지대에 있으며, 지금은 프랑스에 속하지만 역사적으로 항상 두 나라 사이에서 동요했음을 알 수 있다. 요컨대 마을은 클로델이 태어난 로렌 지방 어디쯤인 것이다. 이런 경위로 인해, 프랑스어가 쓰이는 가운데 독일어 어휘가, 그것도 사투리로 변형된 독일어가 잔뜩 뒤섞여 있다.

예를 들어 저 살인 사건은 일관되게 에어아이크네스^{Ereigniës}라고 불린다. 에어아이크네스는 에어아이크니스^{Ereignis}가 사투리로 변형된 것이다. 에어아이크니스는 보통 '일어난 일/사건'을 의미하지만, 동시에 후기 하이데거 철학의 핵심 용어 가운데 하나이기도 하다.

제2차 세계대전이 끝나고 얼마 지나지 않은 무렵, 이 마을에 돌연히 살지고 입성 좋은 인물이 찾아든다. 말과 당나귀를 데리고서 말이다. 이 인물은 벌써 몇 년은 손님다운 손님이 찾지 않은 것 같은 마을의 유일한 여관에서 장기 체재를 시작한다. 이 여관은 마을 사람들이 모이는 선술집이기도 했다. 이 몸피 큰 남자가 무엇 때문에 마을을 찾았는지, 무얼 하고 있는 건지 마을 사람들은 도통 알 수 없었다. 도대체 마을 사람들은 마지막까지 그의 이름조차 알 수 없었다. 처음에 제대로 듣지 못하고 놓쳐버린 후 누구도 물어볼 수 없게 되었던 것이다. 그래서 이 소설에서 그는 다만 안더러^{Anderer}로 표기된다. 단순히 '타자^{Autre}'라는 의미다.

처음에 마을 사람들은 안더러를 환영하려 한다. 마을 전체를 동원한 환영회까지 개최했다. 그러나 마을 사람들은 점차 안더러를 미심쩍게 여기게 된다. 나아가 그저 거슬리는 정도를 넘어서 심한 불안을 느끼게 된다.

이 소설에서는 브로덱 자신도 꽤 많이 다루어진다. 사실 그도 근본을 따지면 안더러와 마찬가지로 마을의 외지인이었다. 그는 부모에게 버려진 고아였다. 어릴 적 페도린이라는 이름의 유랑하는 여성이 그를 거둬서 이 마을에 닿게 된 것이다. 마을 사람들은 두 사람을 친절히 맞아주었다. 그 후 두 사람은 마을에 눌러앉게 되었다.

브로덱은 지적 능력이 뛰어나고 매우 우수했다. 마을에 한 사람 정도는 대학을 나온 인텔리가 필요하다는 생각에서, 마을 사람들은 공동으로 브로덱의 학비를 출자해 그를 '수도'의 대학에 보냈다. 그냥 '수도'라고만 지시되지만, 기술된 바로 미루어보면 그곳은 파리가 아닌 베를린임이 분명하다. 그는 재학 중 에멜리아라는 여성과 만나 사랑에 빠진다. 그는 에멜리아를 데리고 마을로 돌아온다. 분명히 써 있진 않지만, 아무래도 '수정의 밤' 직후의 일로 보인다. 수정의 밤이란, 1938년 11월 9일 밤부터 다음날인 10일 동트기 전까지 독일 각지에서 일어난 반유대주의 폭동으로, 이때 유대인의 집, 유대인이 경영하는 상점, 시나고그(유대교의 회당—옮긴이) 등이 습격받아 파괴되었다. 이 사건은 이후 벌어질 홀로코스트의 중대한 전환점으로 여겨진다. 부서진 유리 파편이 달빛을 받아 수정처럼 빛났기에 괴벨스는 이 사건을 '수정의 밤'이라고 불렀다.

브로덱은 전쟁 중에 유대인과 함께 강제수용소에 있었다. 거기서 말 그대로 '개'로 사육되었고 간신히 살아남았다. 그전에 그는 수용소까지 가혹하게 이동하는 중에, 화물 열차 안에서 알게 된 친구와 함께 젊은 여자와 그녀의 아기를 '죽였다'. 여자가 아기를 위해 챙겨두었던 병에 든 물을 여자가 잠든 사이에 둘이 마셔버린 것이다. 게다가 브로덱은 그 친구마저 버렸다(화물 열차에서 내려 수용소까지 달려갈 것을 강요받았지만 너무 지쳐서 뛸 수 없었던 친구는 사살된다).

강제수용소 안에서 수인들은 "Ich bin nichts"라고 말하도록 강요받았다. 프랑스어로는 "Je ne suis rien", 영어로는 "I am nothing"이다. '나는 무無입니다'를 의미하는 이 문장(다카하시의 번역으로는 "나는 쓰레기입니다")이 이 소설을 독해하는 열쇠이다. 이 문장은 《도쿄 프리즌》에서 천황=마리가 내뱉은 "I am the people"(나는 전 인민이다)와 대구를 이루는데, 이 점에 관해서는 나중에 설명하겠다.

전쟁이 끝난 후 브로덱은 목숨만 겨우 부지해 마을로 돌아왔다. 브로덱이 살아 돌아올 것이라 생각지 못했던 마을 사람들은 브로덱을 보고 경악한다. 그런데 왜 유대인도 아닌 브로덱이 강제수용소로 보내진 것일까. 그게 중요하다.

전쟁 중에 나치스 독일의 군대가 마을에 침입해 주둔한다. 그들은 기본적으로는 매우 신사적이었다. 마을 사람들은 나치스 군대를 오히려 환영했다. 그러나 나치스 대장은 마을 사람 중 '외지인'을 공출할 것을 요구한다. 이에 앞서 나치스 주둔군은 명령에 반항적이었던 마을 사람 가운데 한 명을 마을 사람들 눈앞에서 참수해 살해하고 마을 사람들에게 공포를 심어놓았다. 마을의 실력자 그룹 '깨어 있는 형제단'은 비밀 회합을 거쳐 브로덱과 또 다른 남자 한 명을 '외지인'으로서 나치스에게 제공하기로 결정한다. 깨어 있는 형제단은 촌장을 포함한 마을의 지도자들로 구성되지만, 일반 마을 사람들은 그 구성원이 누구인지 (대강 짐작은 하나) 자세히는 모른다. 브로덱이 유대인 강제수용소에 보내진 경위는 이와 같다.

이 깨어 있는 형제단 가운데 한 명이 브로덱의 절친한 벗이자 인텔리인 디오뎀이었다. 그는 에어아이크네스 직후에 자살한 듯하다. 친우의 책상을 물려받은 브로덱은 보고서를 작성하는 과정에서 디오뎀이 감춰두었던 장문의 편지를 발견한다. 그 편지는 브로덱을 나치스에게 넘긴 것을 사죄하는 내용이었다. 브로덱은 이것을 읽고 분노도 미움도 기쁨도 무엇도 느끼지 못한다. 편지에는 공모자 명단도 있었지만 브로덱은 그조차 읽지 않고 편지를 불태워버린다.

나치스가 마을에 주둔하고 있을 때 — 브로덱이 이미 강제수용소로 보내진 후라서 마을에 없었을 동안 — 또 하나 커다란 비극이 일어났다. 나치스 독일의 패배 예감이 고조되던 가운데, 불안에 사로잡힌 병사들이 집단으로 브로덱의 아내 에멜리아를 강간한 것이다. 에멜리아는 간신히 살아남았지만 미쳐버려서 바깥세계에 대해 완전히 마음을 닫아버렸다.

전쟁 후인 현재, 마을에 돌아온 브로덱은 에멜리아, 자기를 이 마을로 데려온 여자인 — 이제는 노파가 된 — 페돌린, 그리고 푸셰트라는 이름의 어린 딸과 함께 살고 있다. 그러나 에멜리아의 정신은 원래대로 돌아오지 않는다.

스스로 설명할 수 없는 충동으로 브로텍은 여관의 안더러를 방문해 자신이 겪은 일들과 인생에 대해 고백한다. 가톨릭 사회에서 고백을 듣는 것은 본래라면 신부의 일이다. 즉 의도치 않게 안더러가 신부의 일을 받아안은 셈이다. 그렇다면 이 마을에는 신부가 없을까. 물론 있다. 표면적으로 그는 이제까지처럼 신부 직무를 수행하고 있지만, 알코올중독자가 된 지금은 내면적으로는 과격한 무신론자다. 이 마을에서는 신부가 가장 신을 믿지 않는 것이다.

어느 날 안더러는 '보답'이라며 여관 식당에서 파티와 전시회를 열어 마을 사람들을 초대한다. 식당에는 마을 사람들의 초상화와 마을 풍경화가 여러 장 걸려 있었다. 수개월의 체재 기간 동안 안더러는 계속 그것들을 그리고 있었던 것이다. 마을 사람들은 자기들이 그려진 그 그림들을 보고 왜인지 크게 동요한다. 그들은 그림을 전부 파괴해버린다.

다음날 촌장은 안더러에게 마을을 떠날 것을 권하지만 안더러는 귀담아듣지 않는다. 그 직후 누군가에 의해 안더러의 말과 당나귀가 살해된다. 안더러는 어쩔 줄 몰라하며 탄식한다. 그리고 마침내 안더러가 체재하고 있던 여관에서 에어아이크네스가 일어난다. 마을 남자들 태반이 살해에 가담한 듯하지만 상세히는 쓰여 있지 않다. 브로텍 자신은 이 참극에 가담하지 않았다.

브로텍은 촌장에게 보고서를 제출하지만 촌장은 그것을 읽고서 불태워버린다. 브로덱은 가족들과 함께 마을을 떠나기로 결심한다. 마을을 떠나와 뒤를 돌아보니 마을은 소멸해 있었다.

학살의 동기

널리 알려진 소설이 아니기 때문에 다소 자세히 줄거리를 소개했다. 이 소설 최대의 수수께끼, 고찰해야 할 최대의 수수께끼는 두말할 것도 없이 안더러가 왜 살해되었는가이다. 안더러는 마을 사람들에게 어떠한 위해도 가하지 않은 것으로 보인다. 누구에게도 폐를 끼치지 않은 것으로 보인다. 그럼에도 살해된 이유는 무엇인가.

안더러에 대한 마을 사람들의 살의가 급속히 고조되고 그것이 행동으로 옮겨지는 데 결정적인 한 수가 된 것은 그가 그린 초상화와 풍경화였다. 그것들은 그가 마을 사람들을 환대하고자 연파티에서 공개되었다. 결코 잘 그린 그림들은 아니었다. 적어도 사실적이지는 않았다. 그러나 브로덱의 친구 디오뎀은 이렇게 말한다. "결코 실물에 충실한 것은 아니지만 실물 이상으로 사실적이다"라고.

브로덱은 자기를 그린 초상화에 관해 다음과 같은 감상을 말한다.

안더러가 그린 초상화는 한마디로 살아 있었다. 그것은 곧 나의 삶이었다. 그림이 나로 하여금 나 자신, 나의 고통, 나의 현기증, 나의 두려움, 나의 욕망 전부와 얼굴을 마주하게 만들었다. …… 모든 것이 보였다. 그것은 과거의 나와 현재의 나를 있는 그대로 비추고 힐난하는 거울 아닌 거울이었다.

즉 안더러가 그린 풍경화와 초상화는 한 사람 한 사람의 인생을 남김없이 비춰 보이는 거울이었다. 어떤 추악한 비밀도 이 그림을 통해 폭로된다. 안더러의 소묘를 찬찬히 다시 보면, 처음에는 평범해 보이던 것이 어느 순간 활기를 띠고, 거기 그려진 "초상은 제각각의 비밀과 고뇌와 추악함과 과오와 집착과 비열함을 말하기 시작했다".

이를 통해 안더러가 마을 사람들에게 살해된 이유를 설명할 수 있다. 마을 사람들에게는 스스로 부인하려 했던 죄가 있다. 도저히 잊을 수 없는 치욕적 과거가 있는 것이다. 이웃을 배신하고 나치스에게 넘긴 죄, 사실상 살인에 가담한 것이나 마찬가지인 죄, 이웃이 죽어가는 것을 방치한 죄가 있는 것이다. 안더러 혹은 그가 그린 초상화와 풍경화는 말없이 이 죄상을 폭로한다. 안더러는 마을 사람들의 죄를 질책하는 게 아니다. 지탄하는 게 아니다. 그러나 마을 사람들 스스로가 그렇게 드러난 자기 죄상을 견디지 못하고 또 자기가 저지른 일로 받아들이지 못한다. 그렇기에 마을 사람들은 안더러를 죽인 것이다.

2장 문학, 어떻게 읽고 생각할까?

안더러한테 무슨 특별한 능력이 있었던 게 아니다. 그가 마을 사람들의 과거를 조사하거나 캐고 들었던 것도 아니다. 사실 그는 마을 사람들의 과거에 관해 아무것도 몰랐으리라.

마을 사람들 스스로가 안더러의 눈을 매개로 과거의 죄를 목도하는 것이다. 마을 사람들은 보통 이를 부인하고 또 억압하고 있다. 그러나 그들은 이 '억압'에 대해 어떤 켕김이나 거북함 같은 것을 느낀다. 안더러라는, 이름도 없는 순수한 타자를 촉매로 해 억압된 것이 회귀해오는 것이다.

결코 개연성 없는 전개가 아니다. 현실 세계에서도 이와 같은 일들이 일어나기 때문이다. 일례로 정신분석의에 대해 생각해보자. 혹은 정신분석의의 역사적 전신이라고 말할 수 있을 가톨릭의 신부에 대해 생각해봐도 좋다. 정신분석에서 환자는 분석의의 눈을 통해 자기 자신의 진실을 본다. 그때 우리는 다음의 사실을 유의해야 한다. 사실 분석의는 환자의 과거나 억압된 욕망 따위를 미리 알 수 없다. 하지만 그럼에도 환자는 분석의가 없었다면 자신도 상기하거나 자각할 수 없었을 무의식을 분석을 통해 만나게 되는 것이다. 환자가 애초부터 스스로 명확히 자각하고 있던 것을 고백하는 게 아니다. 분석의의 시선을 상정하지 않을 경우, 환자 스스로 그 무의식의 층위를 발견할 수는 없을 것이다. 안더러는 여기서 정신분석의와 유사한 기능을 하고 있는 것이다.

은폐를 통한 진리의 계시

안더러는 예수 그리스도에 비유될 수 있지 않을까. 안더러는 어디선지도 모르게 이 마을로 찾아와, 죄 없이 살해되었다. 그리스도도 그럴 필요가 없었는데도 예루살렘으로 들어가 죄 없이 처형되었다. 안더러가 말 말고도 당나귀를 함께 데려왔던 것은 그리스도와의 유비성을 시사해준다. 그리스도는 구약성서 〈스가랴서〉의 예언을 따라 당나귀를 타고서 예루살렘에 들어섰다고 한다. 앞 절에서 말했듯 매큐언의 《속죄》는 이야기의 화자인 브리오니를 욥기의 신 입장에 두었다. 클로델의 《브로덱의 보고서》는 안더러를 그리스도의 입장에 놓는다.

이를 통해 다음과 같은 기대를 품는다면 과도한 것일까. 《브로덱의 보고서》라는 소설을 통해 그리스도 살해의 진실이 밝혀질 수도 있겠다는 기대 말이다. 복음서를 읽어봐도 예수 그리스도가 왜 살해되어야만 했는지, 어떤 죄목이었는지 알기 어렵다. 십자가 위에서 살해되었다는 것은 사형당했다는 말이기도 하다. 물론 이건 원죄冤罪다. 원죄라 하더라도, 즉 오류나 거짓이라 하더라도, 어떤 죄상도 없이 처형할 수는 없다. 그러나 그리스도가 죽은 이유가 된 죄목이 불분명하다. 요컨대 유대인들이 왜 그리스도의 죽음을 열망했는지 그 이유가 분명치 않다. 로마 총독 빌라도는 분명히 그리스도 살해에 소극적이었다.

기독교는 계시종교the religion of Revelation다. 계시종교란 무엇인가 계시될 만한 비밀이 있는 종교를 의미하는 것이 아니다. 계시종교를 밀교나 그노시스주의 같은 것과 혼동하면 안 된다. 계시종교라는 것은 모든 게 계시되는 종교, 배후에 폭로될 비밀이 없는 종교라는 의미이다.

계시=폭로는 두 방향에서 작용한다. 첫째로, 앞 절에서 논했듯 안더러는 사람들의 수치스러운 죄에 관한 사실을 더 이상 비밀이 아니게 만든다. 브로텍의 보고서도 그렇다. 보고서의 기능은 계시=폭로다. 둘째로, 보고서는 안더러=그리스도의 살해에 관한 수수께끼를 소거해주는 것이 아니겠는가. 이 소설은 말하자면 다섯 번째 복음서인 것이다.

여기서 안더러 살해 사건이 소설 속에서 일관되게 에어아이크네스라고 불린다는 점에 주목해보자. 이는 독일어 에어아이크니스가 방언화한 것이라고 앞서 지적했다. 나아가 에어아이크니스는 후기 하이데거의 열쇠 개념 가운데 하나이기도 하다고 말했다. 하이데거의 에어아이크니스란 무엇인가. 하이데거는 계속해서 존재와 존재자 간의 존재론적인 구별에 연연했다. 존재자(존재하는 자)를 존재 자체와 착각해서는 안 된다는 것이다. 그렇다고 해서 존재가 존재자와 별개로 있는 것도 아니다. 존재의 진리는 오로지 존재자에서 현현할 뿐이다. 정리해보자. 하이데거에 따르면 존재의 진리는 존재자로서 현전함과 동시에 은폐된다. 이 은폐를 동반하고 존재의 진리가 드러나는 사건을 하이데거는 에어아이크니스라고 부른 것이다.[6] 안더러를 살해한 사건도 은

폐를 통한 진리의 계시를 동반한 것이었다고 해석할 수 있지 않을까.

구세주가 '지금' 와 있다면

그리스도와 안더러의 유비를 연장해보자. 나사렛의 예수가 사실은 그리스도(메시아·구세주)라는 것의 의미를 찬찬히 들여다볼 필요가 있다. 원래 그리스도는 언제 도래해야 하는가. 두말할 것도 없이 〈최후의 심판〉의 날이다. 나사렛의 예수가 그리스도라는 것은, 〈최후의 심판〉의 날에 와야 할 이가 바로 지금 도래했다는 것을 의미한다. 안더러가 여기에 와 있는 상황에 대해서도 마찬가지로 말할 수 있다. 《죄와 벌》이 아직 오지 않은 〈최후의 심판〉을 준거로 하는 이야기라면, 《도쿄 프리즌》은 이미 끝난 〈최후의 심판〉을 활용한다. 그리고 《브로덱의 보고서》는 '바로 지금'이라는 상태의 〈최후의 심판〉과 관련된다.

---

6 비유적으로 말하면 이렇다. 누군가가 무엇인가에 대해 거짓말을 하고서 그 무엇인가를 은폐하려 했다고 하자. 그 무엇인가의 진실은, 그에 관해 거짓이 말해지는 방식으로 개시되게 된다. 예를 들면 앞 절에서 읽은 《속죄》에서, 대작가가 된 브리오니는 소설 결말에 거짓말을 쓰고 두 연인의 죽음을 은폐했다. 그럼으로써 그 사건의 진실이 속죄의 불가능성으로서 개시된다. 이것이 은폐를 동반하고 (진실이) 개시된다는 상황이다.

당연히 〈최후의 심판〉은 본래 미래에 속하는 것이며, '다가올 일'이라는 양상을 갖는다. 그날, 다가올 그날에는 무슨 일이 일어날까. 인류(보편성)가 두 부분으로 분할된다. 구원받는 부분과 죄가 있기에 저주받는 부분으로 말이다.

본래 '그날' 올 구세주가 지금 여기 도래했고 우리가 이렇게 살아 있다는 사실은, 결국 현재의 '우리'가 온전히 긍정되었음을 뜻한다. '우리' 전원이 죄가 없다고 판정받아 구원받은 것이다. 이것이야말로 그리스도가 도래하여 인간의 원죄가 구속救贖된 상태이다. 이를 〈심판〉에 고유한 분할, '구원받은 이/저주받은 이' '무죄/유죄'의 분할이 발생하지 않은 것으로 이해해도 될까.

그렇지 않다. 현재화된 〈최후의 심판〉 또한 심판(재판)인 이상 유類, 즉 인민의 분할을 동반한다. 다만 '현재화'되었기 때문에, 즉 현재의 '우리' 전원이 긍정되어 있기 때문에, 그 분할은 독특한 형식을 취한다. 여기서는 'Q(어느 쪽으론가 분할되는 것)/R(어느 쪽으로도 분할되지 않고 벗어나는 나머지)'이라는 분할이 발생한다. 이제 유(인민)는 'Q/R'로 분할된다. Q는 '죄를 구속받지 못하는 이가 있다'의 상태에, R은 (구원받는 이와 저주받는 이 간의 분할에서 벗어난 이상) '죄를 구속받았다'의 상태에 대응된다. '우리' 전원이 긍정되고 그 죄가 구속되었다는 것이 무엇을 의미하느냐면, Q 쪽이 공집합이고 '무'라는 것이다. 따라서 결론적으로 현재화된 〈최후의 심판〉에서 '무 Q'를 배제했을 때의 '잔여 R'이 구제되는 것이다. 〈최후의 심판〉이 현재화되었을 때, 통상적 분할인 '구제/저주'의 분할을 거부하는 분할이 생겨난다. 그것은 '무 Q/잔여 R'이라는 분할이다.

안더러는 초상화와 풍경화로 모든 사람들의 인생의 모든 측면을 마치 거울처럼 비추어 보인다. 그럼으로써 과거의 행적을 힐난하거나 책망하는 것은 아니다. 오히려 그는 죄 있는 이와 죄 없는 이 간의 분할을 감히 중단하고, 모든 마을 사람들의 과거를 긍정하고 있는 것이다. 그런 의미에서 그는 모두를 구원받은 '잔여 R' 편에 편입시킨 것이라고 해석할 수 있다.

구원받는 '나머지' 자들

이렇게 구세주(그리스도, 안더러)가 지금 여기에 도래함으로써 모두가 '잔여 R' 편에 분류된다. 이는 '모두 구원받았으니 참 잘됐다' '이제 됐다'라고 할 수 있는 상황인 걸까. 보통은 그렇게 해석된다. 그러나 그것은 구세주의 도래에 실제로 마주하지 않은 사람의 한가로운 견해이다. 정말로 구세주가 지금 여기에 도래했을 때 사람들이 느끼는 것은 그와 정반대(일 터)이다. 《브로덱의 보고서》의 마을 사람들이 보인 반응은 그러한 절박한 상황에서 온 것이라고 해석할 수 있다. 이를 설명해보자.

우리 누구도 무엇이 정의인지를 적극적으로 말할 수는 없다. 무엇이 정의인지를 일반적으로 정의할 수 있는 사람은 어디에도 없다. 그러나 우리는 모두 잘 알고 있다. 자신이 도저히 완전한 구원을 받을 만한 사람은 아니라는 것을, 자기가 무엇인가 죄를 안고 있다는 것을 말이다. 앞의 '무 Q/잔여 R'의 분할에서, Q가 죄를 구속받지 못한 쪽이었고 R이 죄를 구속받은 쪽이었다. 우리 모두가 잘 알고 있는 사실은, 스스로의 실상을 고려했을 때 이 분할에서 자신은 '무 Q' 쪽에 속할 수밖에 없다는 것이다. 그걸 그대로 명제로 옮기면, 《브로덱의 보고서》에 나오는 문구인 "Ich bin nichts"(I am nothing)을 얻게 된다. 이것은 나치 강제수용소에서 수인들 스스로 말하게 강제했던 언명이다.

그런데 이미 에어아이크니스가 일어났다. 여기서 '이 에어아이크니스'는 〈최후의 심판〉이다. 이때 전원이 다음과 같이 깨닫게 된다. '나는 이 심판에서 죄를 구속받은 R 쪽에 등록됐다'라고. 내 실상은 Q다. 그러나 심판에서 나는 R이라는 선고를 받았다. 이런 간극이 있는 것이다. 어떻게 할까. 어떻게 해야 하는 걸까. 나는 즉시 R(죄를 구속받은 자)에 상응하는 자로서 행동해야만 한다. 더 이상 기다려주지 않는 것이다. '언젠가 좋은 일을 하자' '언젠가는 속죄하자' 따위로 말할 여유가 없는 것이다. 이미 구세주는 여기에 도래했기 때문이다. 상황은 더할 수 없이 절박하다.

그 결과는 다음과 같다. 실로 자신이 무無임을, 죄인임을 자각한 자야말로 구원받는 '나머지', 즉 구원받는 유(인민 전체) 측에 들어갈 수 있다는 역설이 생겨나는 것이다. 영어로 하면 이렇게 된다. "It is because *I am nothing* that *I am the people* as the remainder." 일인칭 주어 I로 시작하는 두 문구가 이렇게 이어진다. 전자는《브로텍의 보고서》에 나오는 문구, 후자는《도쿄 프리즌》에서 피고인인 천황이 내뱉은 문구다.

브로텍 자신도 일인칭(I, je)이 모든 사람(people, tout le monde)을 지시한다는 것에 대해 자각하고 있었다. 그는 보고서 작성을 받아들이면서 다음과 같이 선언했다.

"알았어요"라고 나는 말했다. "말해보죠, 노력해보죠, 노력한다고 약속하죠. 단 다른 보고서와 마찬가지로 일인칭으로 쓰겠습니다. 다르게 쓰는 방법은 모르거든요. 그리고 단언해두는데, 그 일인칭은 모두를 의미하는 겁니다. 아시겠죠? 모든 사람 말입니다. 마을 사람 전원, 인근의 모든 사람들, 우리 전부를 가리키기 위해 저는 일인칭을 사용할 겁니다. 아시겠죠?"

인민 people이 '나머지 remainder'라는 점에 대해서는 한나 아렌트의 언급을 참고할 수 있다. 아렌트는 프랑스혁명 때까지 '인민 people, peuple'이라는 말에는 '배제된 불행한 계급'이라는 함의가 있었다고 지적한다. 그녀는 이렇게 말한다. 프랑스혁명 당시의 사상가 가운데 감상적인 면이 가장 적었던 시에예스조차도 '인민, 불행한 자'라는 말을 썼다고 말이다. 따라서 조르조 아감벤의 말처럼 '인민'을 의미하는 서양의 여러 언어 'people' 'peuple'(프랑스) 'popolp'(이탈리아) 'pueblo'(스페인)는 시민 전체라는 의미와 정치에서 배제된 나머지 사람들이라는 함의의 양의성을 갖는다(아감벤,《호모 사케르》, 1995년. 일본어 번역은 以文社, 2007, 한글 번역본은 박진우 옮김, 새물결, 2008). 즉 'the people as the remainder'인 것이다.

우리가 신을 구원하는 것

그러나 더 나아가야 한다. 자기 죄와 마주하고 당장 그것을 갚아야 한다는 중압을 이겨낼 수 없는 이가 있는 것이다. 아니, 그런 이가 다수파를 이룬다. 그런 사람은 여기 구세주가 있다는 것, 이미 〈최후의 심판〉의 날이 왔다는 것을 부인할 수밖에 없다. 즉 구세주를 살해해 배제할 수밖에 없다. 예수 그리스도 살해는 이렇게 해서 벌어진 것이다. 어쩌면 안더러의 학살도 같은 원인에서 일어났으리라.

이처럼 구세주를 죽여버리면, 앞에서 논한 것과 같은 반전, 즉 '나는 무다→남겨진 자이다→(구원받는) 인민 전부다'라는 반전이 발생하지 않는다. 이때 인간은 '무'에 머무르게 될 수밖에 없다. 브로텍이 떠난 후 마을이 소멸해버린 것은 이 때문이다. "아래를 내려다봐도 마을 같은 것은 전혀 보이지 않았다. 마을이 사라졌다. 마을이, 내 마을이 완전히 소멸되었다."

돌이켜보면 마을 사람들은 안더러의 이름을 알려고 하지 않았다. 그저 타자라고 지시되었던 것이다. 마을 사람들은 구세주의 도래를 '그것'으로서 인식하려 하지 않았던 것이다. 그들은 어떻게든 그 사실을 무시하려, 없던 일로 하려 했던 것이다. 그리고 그것이 더 이상 불가능할 만큼 내몰렸을 때, 그들은 안더러를 정말로 죽여버릴 수밖에 없었다.

●

우리는 보통 이렇게 생각한다. 우선 신이 있고 신이 죄 깊은 우리를 용서하고 구원해준다고 말이다. 그러나 《브로텍의 보고서》 독해에서 도출된 논리는 이러한 상식을 완전히 뒤집어버린다.

파스칼의 저 유명한 내기에서도 그렇지만, 보통은 우리 인간 쪽에서 신의 존재나 용서에 대해 내기를 건다. 하지만 여기서 본 논리로는 그렇지 않다. 신(그리스도, 안더러) 쪽이 먼저 무모한 내기에 나선다. '너희 모두가 용서받았다, 구원받았다'라고, 신이 느닷없이 선언 ─ 혹은 행위로서 그 선언을 표현 ─ 해버리는 것이다.

이 선언을 실효적인 것으로 만드는 것은 우리 인간의 몫이다. 우리가 용서받기에 값하는 자로서 행동했을 때, 신의 이 선언은 '적절했던 것'이 된다. 만약 우리가 용서받기에 값하게끔 행하지 않는다면, 신은 잘못된 선언을 한 셈이 되어 그 권위가 실추된다. 즉 우리야말로 신이 내기에서 이길 수 있게 만들어줄 수 있는 셈이다. 신이 우리를 구원하는 것이 아니다. 우리가 신을 구원하는 것이다. 이 '신을 구원하는 행위'야말로 궁극의 윤리적 행위가 아닐까.

자연과학,
어떻게 읽고
생각할까?

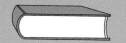

테마는, 신

전통적으로 철학이나 그 외 인문계 학문이 탐구하던 문제의 상당수가 오늘날에는 자연과학 영역으로 이식되었다. 예컨대 의식이나 자유의지의 문제는 뇌과학의 문제로 전환된다. 다양한 생명에 관한 물음이 진화생물학 영역으로 옮겨갔다. 그리고 무엇보다도 우주나 물질의 비밀은 물리학의 문제다. 오늘날에는 '실험 형이상학experimental metaphysics'이라는 용어조차 나온다. 이런 마당에 더 이상 철학을 필두로 하는 인문계 학문의 다수는 불필요한 게 아닐까 하는 생각이 들 법도하다. 실제로 스티븐 호킹은 최근 저작《위대한 설계The Grand Design》(bantam Books, 2010. 한글 번역본은 전대호 옮김, 까치글방, 2010)의 첫 줄에서 이렇게 선언한다. "철학은 이제 죽었다."
그러나 철학적인 문제가 물리학을 필두로 하는 자연과학에서도 다뤄지게 되었다는 사실이 인문계 지식이 쓸모없어졌다는 것을 의미하지는 않는다. 오히려 그 반대다. 물리학을 포함한 자연과학의 탐구가 철학이나 그 외의 인문학적 고찰로 보조받지 않고서는 완결될 수 없게 되었다는 것, 이것이야말로 철학적 물음이 자연과학으로 이식되었다는 사실이 함의하는 바다. 당장 자신만만하게 철학의 죽음을 선언한 호킹부터가 겨우 그 두 줄 뒤에서 이렇게 말한다. 자신은 '모형 의존 실재론model-dependent realism'이라는 명칭의 접근법을 채택한다고 말이다. '모형'이라는 개념은 어떻게 봐도 물리학적 개념이 아니라 철학에서 유래한 개념이다. 자기 탐구의 방침을 굳이 '모형 의존 실재론'이라고 규정하는 것부터가 철학적 입장이 전제되었음을 표명해준다.

이 장에서는 수학과 물리학에 관련된 몇 가지 저작, 전문가가 아니라도 충분히 이해할 수 있게끔 저술된 뛰어난 저작들을 참고하면서, 이들 과학과 현대 철학이 제기하는 우주관의 중심적인 함의를 이끌어내보겠다.

1

수학과 인생

- 요시다 요이치의 《0의 발견》을 읽다
- 가스가 마사히토의 《100년의 난제는 어떻게 풀렸을까》를 읽다

요시다 요이치의 《0의 발견》을 읽다

'0'의 수수께끼

20세기 이래의 수학과 물리학의 첨단을 주제로 올리기에 앞서, 수학과 물리학의 기원에 눈을 돌려보자. 만약 '0'이라는 숫자가 없었다면, 즉 0이 1이나 2와 동등한 수로서 인식되지 않았다면, 복잡한 수학은 전혀 불가능했을 것이다. 그러나 인류는 수학(혹은 그 비슷한 것)을 시작하고서 꽤 많은 시간이 지난 후로도 0, 즉 '아무것도 없다'라는 상태가 또 하나의 수라는 것을 인식하는 데 이르지 못했다. 0을 수로 본다는 것은 '무'를 존재의 일종으로 인식하는 것이다. 많은 지역, 많은 문화에서 이러한 인식에 도달하는 것은 수월치 않은 일이었다. 일례로 로마 숫자에는 0이 없다. 수학자 요시다 요이치의 명저 《0의 발견: 수학의 생장 零の発見: 数学の生い立ち》(岩波新書, 1939. 한글 번역본은 《0의 발견: 수학은 어떻게 문명

을 지배했는가》, 정구영 옮김, 사이언스북스, 2002)은 수로서 '0'이 발견되어 보급되는 과정을 추적한다. 우선 제2차 세계대전 이전에 나온 이 책부터 읽어보자.

수학에서 쓰이는 산용 숫자算用數字는 곧잘 '아라비아 숫자'라고도 불리는데, 0을 필두로 한 이 숫자들의 발명자는 아랍인이 아니다. 산용 숫자가 아라비아를 통해 유럽에 전해졌기에 이렇게 불리는 것뿐이다. 요시다에 따르면 애당초 아라비아에 숫자다운 숫자가 없었고, 무함마드 출현 이전에는 수를 전부 '말'로 나타냈다고 한다.

0을 발견한 것이 인도인인 것은 확실한 사실이다. 시기는 6세기경으로 추정된다. 0이 발견돼 있었다는 건 '자리잡기 기수법'(숫자가 위치한 자리에 따라 그 값이 정해지는 기수법. 예를 들어 같은 숫자 3이라도 10의 자리에 들어가면 30, 100의 자리에 들어가면 300이 되는 것을 뜻한다 — 옮긴이)이 쓰이고 있었다는 것과 같다. 0이 있어야 비로소 자리잡기 기수법도 가능하다. 혹은 자리잡기 기수법 때문에 0이 발견됐다.

그런데 자리잡기 기수법을 그대로 표현해주는 것처럼 보이는 장치, 즉 주판은 세계 각지에서 발명됐다. 그러나 주판이 있다고 해서 전부 0과 자리잡기 기수법이 보급되지는 않았다. 오직 인도만이 0을 핵심으로 포함하는 기수법을 확립한 것이다.

이 책이 의거한 역사 연구에 따르면, 인도 숫자는 서칼리프 왕국(후後우마이야 왕조)을 통해 유럽으로 전해진 모양이다. 처음 유럽에 숫자가 전파된 것은 8세기 초두로 추정된다. 나아가 유럽에서 0을 사용한 필산법(세로쓰기 가감승제법)이 완성된 것은 이탈리아 르네상스 시기, 즉 15세기다.

이러한 사실은 무척 놀랍다. 먼저 인도인 이외에는 누구도 처음에는 0을 수로 취급하지 않았다는 것이 그렇다. 중국에도, 그리스에도, 이집트에도, 혹은 아라비아에도 문자가 있고 상업이 발달한 문명은 있었다. 그 문명들 아래에서 사람들은 물론 숫자를 사용했지만, 그 숫자 가운데 0을 포함시키는 발상에는 다다르지 못했다. 오직 인도인들만이 0을 1이나 2와 나란히 수로서 간주한 것이다. 왜 인도인들만이 그러한 일반화에 성공한 것일까.

또 하나 놀라운 점은 0의 보급 속도가 너무나도 느렸다는 것이다. 일단 0이라는 숫자가 형태상으로는 전파되었어도 그것이 일반에 보급되어 널리 사용되기까지, 유럽에서는 몇 세기나 되는 시간이 걸렸다. 별 쓸모가 없는 것이 보급되는 데 시간이 많이 걸렸다면 딱히 놀랄 일은 아니다. 그러나 우리는 0이 얼마나 편리한지(0이 없다면 얼마나 불편할지)를 잘 알고 있다. 상인이나 행정관에게는 특히나 0이 편리했을 것이라고 추측해볼 수 있다. 그러나 그들 또한 오랜 기간 동안 0을 사용하지 않았다(사용할 수 없었다). 왜 0의 보급은 그다지도 더뎠던 것일까.

이 의문들에 대해, 요시다 요이치는 이 책에서 어떠한 확정적인 설명도 내놓지 않는다. 우선 요시다는 인도에서 0이 발견되었다는 사실에 관한 흔한 통설에 의심의 눈초리를 보낸다. 흔한 통설이라 함은, 인도의 철학이나 불교와 관련짓는 관점을 가리킨다. 인도 철학에서는 '공'에 대한 사색이 전개되는데, 이것이 인도에서만 0이 '존재'로 간주된 원인이 아니겠냐는 것이다. 그러나 요시다는 이렇게 썼다. "이런 고차원적인 사고방식이 그저 흥미 본위적 견지에서 본다면 무척 매력적일 수 있겠지만, 도무지 문제의 본질에는 많은 빛을 던져주지 못하지 않는가"라고.

확실히 인도 철학에 '공'의 사색이 있다는 사실을 0이 발견된 원인으로 삼는 것은 너무 안이한 주장일지도 모른다. 또 설령 그것이 맞다고 하더라도, 그다음으로는 어째서 인도의 철학이나 종교에서 '공'이 중심적 가치를 갖게 되었느냐는 게 새로이 의문시되므로, 수수께끼는 전혀 해결되지 않는다. 예컨대 '범죄'에서도 실행범 배후에 흑막이 있다는 걸 알게 되면, 흑막이 누구인지, 흑막의 동기는 무엇인지가 문제시되지 않겠는가. 설령 '0'의 배후에 '공'이 있다고 하더라도, 문제 자체가 전가될 뿐 해결되지는 않는다. '0'과 '공'은 거의 같은 장소, 같은 문명에서 발생했기 때문에 동일 요인이 관련되었을 가능성은 있지만, 그것이 무엇인지를 밝혀내지 못하고서야 문제를 해결할 수 없다. 게다가 '공'에 관한 세련된 사색을 전개한 대승불교계 철학자 나가르주나(용수)는 2세기 후반부터 3세기 전반까지를 산 사람이다.

여기서는 요시다가 기술한 내용, 그가 확실하다고 보는 사실을 재확인하는 것으로 만족하자. 확실한 사실이란, 0이 인생과 사회에서 실천적 필요에 규정되어 발견되고 도입된 것이 분명하다는 것이다. 0은 사변 속에서 발견되지 않았다. 0을 사용하는 기수법이나 계산법이 아주 유용한 사회적 활동 영역이 있었다는 것, 그것이 0이 발견되기 위한 — 충분조건은 아니지만 — 필요조건이었다.

이렇듯 원초적인 수학은 삶의 구체성과 밀착되고 연동되어 있었다. 그러나 수학에는 반대 방향으로 작용하는 힘도 있다. 삶의 실제에서 독립하여 고유한 우주를 구성하려 하는 힘. 수학의 이러한 힘을 실감케 하는 사건이 극히 최근에, 즉 21세기 초두에 있었다. 푸앵카레 추측의 증명이 그것이다. 수학의 기원에서 단숨에 최신 수학으로 눈을 돌려보자.

가스가 마사히토의
《100년의 난제는 어떻게 풀렸을까》를 읽다

푸앵카레 추측을 둘러싼 여행

우주는 어떤 모양을 하고 있을까? 고등학생 시절, 한 유명한 천문학자의 강연에서 내가 이렇게 질문하자 "우주는 시詩다"라고 얼버무리는 대답이 돌아왔던 일이 있다. 물론 전문가로서는 우주의 엄밀한 형태를 단정짓는 게 망설여졌을 터이다. 그러나 누구든 대체로 우주 전체의 형태는 둥글다고 상상하지 않을까. 어디에도 구멍이 나 있지 않은 원(구) 같은 것으로 머릿속에 우주를 그릴 것이다.

그러나 여기서 한 가지 문제에 맞닥뜨린다. 종이에 그려진 원을 우리가 실제로 '둥글다'고 인식할 수 있는 것은, 원은 이차원 공간(평면)에 속하고 우리 자신은 삼차원 공간에 있어서, 그 '원'을 바깥에서 바라볼 수 있기 때문이다. 그러나 가령 우주가 둥글다고 하더라도, 우주 그 자체보다 고차원에 우리 시점을 설정할 수는 없다. 즉 우주의 '바깥'은 존재하지 않는다. 그렇다면 어떻게 우주가 둥근지 아닌지를 알 수 있는 걸까.

원 안에 속한 자가 어떻게 자신이 속해 있는 우주가 정말로 둥근지를 알 수 있을까. 이 판정 기준에 대한 가설을 '푸앵카레 추측The Poincare Conjecture'이라고 한다. 지금으로부터 100여 년 전, 즉 1904년에 천재 수학자 앙리 푸앵카레가 제기한 추측이다. 푸앵카레는 수학만이 아니라 철학이나 물리학에도 재능을 발휘한 지知의 거인이었다. 그리고 무엇보다도 수학에서 '토폴로지topology'(위상기하학)라는 완전히 새로운 수학 영역을 개척했다. 토폴로지는 20세기 중반에 들어 그때까지 기하학의 주류였던 미분기하학을 누르고 기하학의 왕자가 된다.

토폴로지는 고무처럼 신축하는 도형을 다루는 기하학이다. 푸앵카레의 시대는 예술 사조상으로는 아르누보 시대였다. 아르누보는 식물 따위를 모티브로 한 하늘하늘하고 부드러운 곡선을 내세우는 디자인을 특징으로 했으며, 지금도 파리에 가보면 이 시대의 디자인이 많이 남아 있다. 토폴로지와 아르누보 사이에서 공통적인 시대정신의 발로를 감지할 수 있다.

푸앵카레 추측도 토폴로지의 영역에 속하는 명제다. 이 추측을 전문용어로 기술하면, '단연결인 삼차원 다양체는, 삼차원 구면과 상동이다'가 된다. 우주가 '단연결인 삼차원 다양체'임을 확인할 수 있다면, 우주는 둥글다(삼차원 구면과 상동이다)고 볼 수 있지 않을까. 즉 '단연결인 삼차원 구성체인가 아닌가'가 우주가 둥근지 아닌지 여부의 판정 기준이 될 수 있지 않겠느냐는 것이 푸앵카레의 추측이다. 그렇긴 한데, 이 명제는 수학 전문가가 아니면 이해할 수 없는 언어를 구사한다.

그러나 수학의 본질은 이런 용어에 의존하지 않고서도 표현할 수 있다. 방금 전문용어로 소개한 명제를 이해하기 쉽게 풀어 쓰면 이렇게 된다. 긴 줄을 매단 로켓이 우주 일주 여행을 한다고 하자. 줄은 아주 길어서 항상 끝부분은 지구에 남아 있고 로켓과 함께 우주로 날아가버리거나 하지 않는다. 마침내 로켓이 우주를 빙 돌아 우리에게 돌아왔다. 자, 이제 줄을 되감아 회수할 수 있을까. '회수할 수 있다'는 게 '단연결'이라는 뜻이다. 실제로 배에 줄을 매달아 지구를 일주한다면, 우리는 그 줄을 지표(해면을 포함한 지구의 표면)에서 떨어뜨리지 않고 회수할 수 있다. 지구가 둥글기 때문이다. 만약 지구가 도너츠형(원환면 torus)이라면, 즉 지구 한 가운데에 구멍이 뚫려 있다면, (지표에서 떨어뜨리지 않고) 줄을 회수하는 것은 불가능하다. 같은 논리가 우주 전체에 대해서도 성립하지 않겠느냐는 것이 푸앵카레 추측이다. 거의 한 세기 동안 수많은 우수한 수학자들이 이 명제를 증명하려고 도전했다. 즉 푸앵카레 추측이 옳다는 것을 증명하려고 시도한 것이다. 그러나 누구도 성공하지 못했다. 푸앵카레 추측은 2000년에 미국의 클레이 수학연구소에 의해 7개의 미해결 난제, '밀레니엄 현상 문제' 중 하나로 선정된다.

그런데 21세기 들어 얼마 지나지 않아 상트페테르부르크 출신의 수학자인 그리고리 페렐만이라는 이가 푸앵카레 추측을 마침내 해결한 것이다! 이 자체만으로도 큰 뉴스감인데, 그다음 벌어진 일이 더욱 놀라웠다. 페렐만은 이 공적으로 2006년에 필즈상 수상자에 선정되었다. 그러나 그는 수상도 상금도 거부했다. 수상을 발표하는 식장에도 나타나지 않았다. 필즈상은 4년에 한 번만 배출되는 수학계 최고의 영예, 노벨상 이상으로 가치 있다고 여겨지는 상이며, 물론 지금껏 수상을 거부한 사람은 없었다. 그는 단지 필즈상을 거부하는 데 그치지 않았다. 사회 일반에도 완전히 등을 돌리고 가난한 생활 속으로 고독하게 틀어박혀버렸고, 거의 누구도 만나려 하지 않았다. 어째서였을까?

NHK 방송사가 2007년 10월에 이 천재 수학자와 푸앵카레 추측을 둘러싼 〈NHK 스페셜〉을 방영해 좋은 평가를 받았다.《100년의 난제는 어떻게 풀렸을까: 천재 수학자의 빛과 그림자100年の難問はなぜ解けたのか: 天才数学者の光と影》(NHK出版, 현재는 新潮社, 2008. 한글 번역본은《100년의 난제: 푸앵카레 추측은 어떻게 풀렸을까?》, 이수경 옮김, 살림Math, 2009)는 이 프로그램의 제작자였던 가스가 마사히토가 페렐만과 푸앵카레 추측에 대해 쓴 책이다. 흐름은 방송과 거의 같지만, 방송에는 나오지 않았던 사실이나 해설도 있어서 더 상세하다. 그리고 무엇보다 정말 쉽다. 앞서 제시한 푸앵카레 추측에 대한 해설도 이 책의 설명을 따른 것이다.

수학자들의 도전

가스가의 이 책은 굳이 말하자면 수학의 내용을 정확히 해설하기보다는 수학자들의 인생을 전달하는 데 역점을 두고 있다. 이 책이 알려주는 것은 먼저 수학의 난제가 수학자들의 삶을 얼마나 엉망진창으로 만드는지이다. 일례로 그리스 출신인 파파키리오풀로스(통칭 '파파')와 울프강(볼프강) 하켄의 라이벌 관계는 실로 참혹했다. 전자는 '덴의 보조 정리'를 증명했고 후자는 '사색四色 문제'를 해결한 무척이나 뛰어난 학자였다. 두 사람은 함께 프린스턴 고등연구소에 소속되어 푸앵카레 추측에 몰두했다. 같은 연구소에 속해 있으면서도 각자의 작업 상황을 서로 철저하게 숨겼고, 그리하여 상대의 작업이 얼마나 진척되었는지 궁금해서 안달을 했다. 한번은 하켄이 성공적으로 증명을 해낸 것 같다는 정보가 퍼진 적이 있다(증명이 성공적이지 않았음이 나중에 밝혀졌지만). 그때 파파는 패배의 쇼크로 거의 반쯤 미쳐버렸다고 한다.

결국 하켄은 가족의 지지 속에서 '푸앵카레병'을 치료하고 가스가의 인터뷰에도 응할 수 있었지만, 파파는 연인을 비롯한 많은 것을, 푸앵카레 추측에 바친 시간과 에너지를 제외한 인생의 행복 거의 전부를 희생시킨 끝에, 원통함에 잠겨 요절했다. 파파는 푸앵카레 추측 증명에 성공하면 연인과 결혼할 생각이었다.

이 책은 푸앵카레 추측에 도전한 다른 수학자들의 행적도 소개한다. 특히 중대한 진보는 '마법사'라고 불리던 천재 수학자 윌리엄 서스톤에 의해 이루어졌다. 서스톤은 곧장 우주가 둥근지 아닌지를 고찰한 게 아니라, 반대로 만약 둥글지 않다면 어떤 다른 형태일 수 있을지를 고찰하는 데서부터 출발했다.

그리고 1982년에 그는 어떤 추측에 도달한다. '전체로서 어떤 형태를 취하건 간에, 우주는 최대 여덟 종류의 상이한 단편적 형태들로부터 성립할 수밖에 없다'는 것이다. 이 추측이 의미하는 바를 이해하려면, 예컨대 만화경을 돌리는 걸 떠올려보면 된다. 만화경을 들여다보면 무척 복잡한 형태가 나타나고 두 번 다시 똑같은 형태가 나타나지 않지만, 그것들은 결국 몇 가지 조각들의 조합일 뿐이다. 우주도 이와 마찬가지다. '최대 여덟 종류'이므로 조각들의 가짓수는 그 이하일 가능성은 있지만 그보다 많을 수는 없다. 이것이 서스톤의 추측으로서 '기하화 추측'이라고 불린다. 서스톤은 이 추측을 제기해 필즈상을 수상했다.

여덟 종류 도형 가운데는 '원'도 물론 포함된다. 원 이외의 도형이 하나라도 포함되면 저 '줄'은 회수될 수 없다(단연결이 아니다). 다시 말해 줄이 회수될 수 있으려면 우주가 둥글어야 한다는 것이다. 이는 곧 기하화 추측의 증명과 푸앵카레 추측의 증명이 같은 것이라는 말이 된다. 하지만 어째서인지 서스톤 본인은 기하화 추측을 증명하는 것을 포기해버린다.

수학자는 두 가지 유형으로 나뉜다고 한다. 문제를 제기하는 (진리로 보이는 것을 추측하는) 데 특화된 유형과 문제를 푸는 데 특화된 유형으로 말이다. 다른 학문 분야에서도 그렇기는 하다. 수학만큼 명확하지는 않지만, (뛰어난) 학자에는 두 가지 유형이 있는 것이다. 다른 분야에서 두 유형 학자 간의 상위相違가 수학만큼 도드라지지 않는 것은, 문제나 가설 혹은 추측을 제기하는 작업과 그것을 풀이하거나 증명하는 작업 간의 구별이 그처럼 명료하지 않기 때문이다. 그러나 어쨌든 학자가 두 유형으로 나뉜다는 말은 거의 일반적으로 성립한다. 서스톤은 문제제기형 수학자였던 것이다.

페렐만의 증명

그리고 드디어 페렐만이 등장한다. 2002년 가을, 수학계에 기묘한 소문이 떠돌았다. 느닷없이 인터넷에 푸앵카레 추측과 기하화 추측의 증명이 올라왔다는 것이었다. 처음에는 '뻔한 소리'라고, 곧 틀린 점이 발견되리라고 여겨졌지만, 끝내 틀린 점이 발견되지 않았다. 다음해인 2003년 4월, 그 인터넷 논문의 집필자, 즉 그리고리 페렐만이 뉴욕에서 공개 강연을 했다. 강연장은 푸앵카레 추측에 도전한 수학자와 위상기하학 전문가들로 가득 차 대성황을 이뤘다. 푸앵카레 추측이 대중의 눈앞에서 증명된 것이다.

가스가의 소개를 따라가면서, 나는 다음과 같은 점 때문에 이 증명이 흥미롭다고 생각했다. 첫째는 수학과 물리학 간의 신비로운 접점이다. 사실 페렐만이 공개 증명을 할 때 회장을 가득 메웠던 수학자들은, 자신들이 그간 전문으로 삼아왔던 푸앵카레 추측을 말하는 것인데도 그 내용을 거의 이해할 수 없었다. 그 증명이 토폴로지가 아닌, 토폴로지에 의해 기하학의 왕좌에서 쫓겨났던 과거의 왕, 즉 해석기하학을 사용한 것이었기 때문이다.

해석기하학은 원래 물리 현상을 설명하기 위해 마련된 수학이다. 해석학의 원류에는 뉴턴이 있다. 실제로 페렐만의 증명에는 '에네르기' '온도' '엔트로피' 등과 같은, 보통 수학에서는 잘 쓰이지 않는 물리학적 개념이 수차례 등장한다.

'리만 추측'은 푸앵카레 추측과 마찬가지로 초유의 난제로서 밀레니엄 현상 문제에도 포함되었다. 리만 추측은 소수素數의 규칙성에 대한 가설인데 아직 아무도 풀지 못했다. 소수라 하면 순전히 수학적 대상일 뿐 물리 현상과는 아무런 관계가 없는 것으로 여겨지지만, 최근 들어 리만 추측과 미시 물리법칙 간의 연관성이 시사되고 있다. 리만 추측에 연관된 방정식과 어떤 미시 물리 현상에 관한 법칙을 표현한 방정식이 완전히 동형이라는 것이다. 수학과 물리학 사이에는 인류가 아직 제대로 이해하지 못한 관련성이 있는 것이 아닐까.

둘째로 시간을 독특하게 다루는 것도 흥미롭다. '시간'이라는 개념이 튀어나온 것도 페렐만이 이 증명을 물리 현상을 다루듯 했기 때문이겠다. 페렐만은 시간을 기발한 방식으로 다룬다. 간단히 설명해보자.

기하화 추측에 따르면 우주는 여덟 종류의 기본형으로 나뉜다. 사실 우주를 잘게 분절하기야 간단한데, 그 분절된 부분이 물컹거리며 모양이 흐트러지기 때문에 어떤 기본형인지 판정하기가 어렵다. 흐트러진 형태를 조정해야 하는데 그게 어려운 것이다.

리처드 S. 해밀턴은 리치 흐름 Ricci flow 방정식을 사용해 이 형태를 조정할 수 있다는 것을 증명했다. 리치 흐름 방정식은 '우주의 형태에 모종의 변화 요인을 추가시켜 시간(t)을 경과시키면, 복잡한 형태를 가진 우주가 결국 말끔한 형태로 변화한다'라는 의미를 갖는 미분방정식이다. 이 책에서는 그것을 비눗방울에 비유해 설명한다. 빨대로 비눗방울을 부풀리면 처음엔 형태가 들쭉날쭉하고 흐물흐물하지만, 일정 시간이 지나면 고르고 가지런한 표면의 구체가 된다. 리치 흐름 방정식이 의미하는 과정이 이것과 유사하다.

이로써 분절된 우주의 단편의 형태를 조정할 수 있으니 기하화 추측도 증명할 수 있다……고 생각하기에는 여전히 문제가 남는다. 비눗방울의 모양새를 조정하다보면, 막이 얇아져 터져버린다. 마찬가지로 형태가 조정된 단편도 통제가 어려워 터져버리기 십상이다. 수학적으로 말하자면 '특이점이 발생해버린다'. 그렇게 되면 앞서 말한 계산을 할 수 없게 되는 것이다.

여기에서 페렐만은 전대미문의 발상을 도입한다. 비눗방울이 터질 것 같다면 시간을 과거로 돌려도 된다는 것이다. 우주가 파열되려 하면, 시간을 과거로 소행시켜도 된다는 것이다. 페렐만

은 시간을 미래나 과거로 자유로이 조작함으로써 특이점(파국)
을 교묘히 회피한 것이다.

실로 엄청난 발상이다. 그리고 이런 연상을 해보지 않을 수 없
다. 현실에서 파국적인 사건이 터졌을 때를 생각해보자. 예컨대
비참한 원전 사고가 일어났을 때를. 그때 사람들은 과거로 소급
해 '그때 그렇게 하지 말고 이러저러하게 했더라면 이런 파탄에
까지는 이르지 않았을 텐데'라며 격심한 후회에 빠진다. 파국(특
이점)과 마주해서만 과거로 소급이 일어난다. 파국에 직면했을
때 비로소 현실화되지 않은 과거의 '또 다른 양태'가 공허한 가능
성임을 넘어 충분히 가능한 것이었다는 절박한 현실성 actuality을
띠게 된다.(1장 5절 참조) 이 회한을 동반한 과거로의 소급을 수학
차원에서 실제 조작으로 정식화한 것이 페렐만이 고안한 'L함수'
라고 생각해볼 수도 있지 않을까.

사회에서 완전히 퇴장하다

그건 그렇고, 페렐만이 사실상 실종되어 사회에서 완전히 등을
돌린 것은 왜일까. 그 수수께끼가 남는다. 가스가 마사히토를 비
롯한 NHK 취재팀은 이 수수께끼에 어떻게든 다가가보려 한다.
푸앵카레 추측에 대해 해설한 책들 가운데 내가 굳이 이 책을 선
택한 이유는, 이 책이 단순한 추측이 아니라 그야말로 발로 뛰어

서 이 수수께끼에 다가서기 때문이다.

페렐만은 1966년 상트페테르부르크에서 태어났다. 그는 어릴 적부터 무척이나 우수했고, 특히 수학과 물리학의 재능이 발군 중의 발군이었다. 고등학생 시절, 소련 대표로 수학 올림픽에 나가 뛰어난 성적을 거두었다(만점으로 금메달). 당시 페렐만은 밝고 잘 웃는 소년이었다. 훗날 사람들을 피해 틀어박히리라고는 도무지 생각할 수 없었다.

냉전이 끝나자 동서의 학자 간 교류가 번성했다. 이 교류의 물결을 타고서 페렐만은 미국으로 건너갔다. 미국 체재 중의 어떤 시기부터 그는 급격히 대인 교류가 드물어졌다고 한다. 지금에 와서 돌아보면 그 무렵부터 푸앵카레 추측에 몰두하기 시작한 것이다. 그리고 앞서 말한 경위로 푸앵카레 추측의 증명을 공표한다.

가스가 팀은 어떻게든 페렐만과 접촉해보려 한다. 그가 살고 있다는 낡아빠진 아파트까지 찾아갔다. 마지막 비장한 수단으로 그의 고등학교 시절 수학 올림픽 팀을 이끌었던 은사를 통해 접촉을 시도한다. 전화를 대신 걸어달라 부탁해서 마침내 수화기 너머로 페렐만 본인을 만나게 된다! 그러나 결국 그의 거부로 (실제로) 만나는 것은 실패한다.

페렐만은 왜 사회를, 타자를 거부한 것일까. 그를 칭찬하고 사랑하는 타자들까지도 말이다. 그 이유는 결국 알 수 없었다.

나는 내 멋대로 이런 상상을 해본다. 지식이라는 것은 일반적으로 우주^{universe}를 형성하려는 경향이 있다. 여기서 우주라 함은, '이것이 전부'라는 포괄성을 가지며 그 외부에 대해서는 완전히 닫혀 있는, 즉 그 외부가 존재하지 않는다고 상정되는 '전체'라는 의미이다. 이러한 우주를 형성하는 힘에서는 수학이 독보적이다. 지식의 다른 영역이 우주를 형성하려면 결국 다른 지식이나 현실에 의존해야 하고, 자기만으로 충족될 수는 없다. 그러나 수학만은 다른 학문에 대한 의존을 거부한 자기 충족적 우주를 갖는다. 이것이 수학의 매력이다.

내가 보기에는, 페렐만은 푸앵카레 추측이라는 초유의 난제와 격투하는 동안 이런 우주 속으로 깊이 빠져든 것이 아닌가 싶다. 푸앵카레 추측이 우주가 둥근지 아닌지에 관한 추측이라는 점도 실로 시사적이다. 둥글다고 하는 건, 어디에도 구멍이 없고 포괄적이며 배타적인 전체성이라는 것이기 때문이다.

수학, 물리학과 느닷없이 마주치다

그러나 동시에 페렐만의 증명은, 앞서 말했듯 수학과 물리학 간의 비밀스러운 연결점을 암시한다. 마치 외부의 '실재'에 대한 탐구와 자율화한 지식이 어딘가에서 수렴될 것처럼 말이다.

물리학에서는 'coincidence'라는 것이 운위되고는 한다. '우연의 일치'라는 의미다. 본래라면 관계가 없을 상이한 사항 간에 '엇!' 하고 놀라게 할 만한 부합점이 있을 때 쓰는 말이다. 일례로 태양과 달을 '눈으로 봤을 때의 크기'(시직경)는 거의 같다. 어째서냐는 물음이 떠오른다면, 답은 'coincidence'라는 것이다. 'coincidence'의 대부분은 물론 문자 그대로 우연의 일치이고 물리학적으로는 별 의미가 없다. 그러나 너무나도 있을 법하지 않은 차원의 우연의 일치라면, 거기에 무언가 중요한 원인이나 미지의 법칙이 관계되어 있음을 암시해준다.

순수한 수학적 탐구 가운데서 물리학 개념이 불려나오거나, 순수한 수학적 방정식이 실험이나 관측을 기초로 삼는 물리학 방정식과 같은 형태가 되거나 하는 경우를 궁극의 'coincidence'라고 할 수 있으리라. 물리 현상과 물리 현상 사이의 'coincidence'를 넘어서기 때문이다.

되돌아보면 '0'을 발견한 시점부터 수학과 물리학 간의 미묘한 분리가 시작되었다. 물론 요시다 요이치가 강조했듯, 0은 원래 물리적 대상을 다루거나 기술할 때의 편의성에 따라 생각해낸 것일 터이다. 그러나 동시에 '아무것도 없다'는 상태를 '무언가 있다'라는 상태와 나란히 세울 수 있는 존재로서 인식하기 위해서는, 물리 현상에 속박되지 않는 추상을 필요로 한다. 그리고 수학의 영역에 '무한'이 들어왔을 때, 물리학과 수학 간의 분리는 결정적이 된다.

수학은 이렇게 물리학과는 무관한 혼자만의 여행을 계속했다. 그런데 한참 길을 가던 도중에 갑자기 물리학과 다시 만났다면,

그건 어찌 된 일일까. 그 만남의 앞에 암시되어 있는 것은 철학 최대의 대립, 즉 관념론(수학)과 유물론(물리학) 간의 대립이 극복되는 지점이 아닐까. 극도로 추상적인 수학 가운데서 느닷없이 물리학 개념이나 방정식이 모습을 드러내는 것은, 관념론과 유물론의 수렴을 아득하게 예고하는 것이 아닐까.

　여기서 이번에는 물리학으로 눈을 돌려보자. 근대 물리학의 탄생 시점으로 말이다.

2

중력의 발견

- 오구리 히로시의《중력이란 무엇인가》를 읽다
- 빅토르 I. 스토이치타의《회화의 자의식》을 읽다
- 야마모토 요시타카의《자력과 중력의 발견》을 읽다

오구리 히로시의《중력이란 무엇인가》를 읽다

근대 물리학의 특권적 연구 대상

17세기 유럽에서는 자연 인식의 전 영역에 걸친 대전환이 일어났다. 이를 과학사 전문가는 '과학혁명'이라고 부른다. 오늘날까지도 계승되는 자연과학의 기본 구조는 이 세기에 마련된 것이다. 구조만이 아니라 중·고등학교를 졸업한 사람이라면 대개 아는 과학적 상식의 태반이 이 시기의 발견에 기초한다.

이는 과학혁명에 속하는 '과학자'와 그 업적을 몇 가지만 열거해보면 곧바로 이해할 수 있다. 예컨대《천문 대화》를 저술하고 관성의 법칙을 발견한 갈릴레오 갈릴레이, '혹성 운동에 관한 세 가지 법칙'으로 알려진 케플러, 혈액순환론을 제창한 윌리엄 하비, 훅의 탄성의 법칙('세포'라는 개념을 쓰기 시작한 것도 훅이다), '원소'라는 개념을 도입한 보일, '핼리 혜성'으로 이름이 알려진 핼리 등이 이 시대의 학자였다. 물론 데카르트나 파스칼도 동시대인이었다.

과학혁명의 클라이맥스는 뉴턴의《자연철학의 수학적 원리》(약칭《프린키피아》, 1687)였다. 뉴턴은 고전역학을 체계화했고 이것을 기반으로 만유인력의 법칙을 발견했다.

17세기에서 오늘날에 이르기까지, 물리학 영역에서 과학혁명에 필적하는 커다란 변혁은 한 차례 더 있었다. 20세기 초두의 일로서 '제2의 과학혁명'을 대표하는 업적, 17세기 과학혁명 때 뉴턴의 만유인력의 법칙에 대응되는 업적은 두말할 나위 없이 아인슈타인의 상대성이론 발견이다. 뉴턴과 아인슈타인이라는 두 명의 거인이 발견한 법칙을 비교해보면 한 가지 공통성이 드러난다. 둘 다 (주로) 중력에 대한 법칙인 것이다. 중력은 근대 물리학 정체성의 중핵이 되는 특권적 연구 대상이다.

오구리 히로시의《중력이란 무엇인가: 아인슈타인의 상대성이론부터 초끈이론까지, 우주의 비밀에 도전하다重力とは何か: アインシュタインから超弦理論へ 宇宙の謎に迫る》(幻冬舎新書, 2012. 한글 번역본은《중력, 우주를 지배하는 힘》, 박용태 옮김, 지양사, 2013)는 아인슈타인 이래의 중력 이론을 아주 알기 쉽게 해설한 저작이다. 특히 최신, 아니 현재진행형으로 작성되고 있는 물리학 이론인 초끈이론에 따른 중력의 이해를 소개한 것이 이 책 내용의 중심이다. 초끈이론은 현재 이론물리학 가운데서 가장 주목받고 있는 조류이며, 야심차고 유능한 많은 물리학자들이 이 이론 구축에 참가해 공

헌하고 있다. 오구리도 그중 한 명이다.

초끈이론

앞서 20세기 초두에 물리학 영역에서 17세기 과학혁명에 필적하는 대변혁이 있었다고 했다. 사실 그 20세기의 대변혁은 마치 2단 로켓처럼 이루어졌다. 즉 잇따라 일어난 두 개의 혁신으로 성립된 것이다. 그 가운데 하나가 아인슈타인의 상대성이론 발견이고, 다른 하나가 양자역학의 등장이다. 양자역학에 대해서는 이 장의 3절에서 좀 더 자세히 논할 예정이다.

그런데 무척 곤란한 문제가 있다. 상대성이론과 양자역학이 양립하지 않는 것이다. 둘을 어떻게 종합해 일관된 이론 속으로 수렴시킬 것인가. 이것이 20세기 이래 물리학 이론의 최대 과제였다. 초끈이론은 상대성이론과 양자역학을 종합하는 설명으로서 현재 가장 유력시되고 있는 이론이라고 할 수 있을 것이다.

초끈이론에 대한 오구리의 설명을 여기서 되풀이하는 건 쓸데없는 일이 될 터이다. 그러나 이 이론이 왜 초'끈'이론super 'string' theory이라고 불리는지는 설명해두자.

과거에는 원자가 물질을 구성하는 기초 단위로 여겨졌다. 그러나 연구가 진보함에 따라, 원자는 '아-톰a-tom'(분절할 수 없음)이 아니며 가장 기본적인 구성 요소로 분해될 수 있음이 밝혀졌다.

전자, 양자, 중성자가 원자보다 작은 구성 요소이다. 나아가 양자와 중성자도 몇 가지 소립자로 분해될 수 있음이 밝혀졌다. 소립자에는 쿼크(6종), 렙톤(6종)처럼 물질을 형성하는 소립자부터, 게이지 입자(4종)처럼 힘의 전달을 담당하는 소립자, 그리고 힉스 입자(질량 형성에 관여)와 다른 몇몇 종류가 있다.

왜 이렇게 많은 소립자가 있는 것일까. 이론물리학적으로 봤을 때 이는 그리 고급스럽다고 할 수 없다. 초끈이론은 이런 상황과 마주해 다음과 같이 생각할 수도 있음을 보여주었다. 우선 소립자는 '입자'가 아니며 진동하는 끈(고무 밴드) 같은 것이라고 본다. 그것이 경련하듯 진동하는 것이고, 그 진동의 패턴에 따라 갖가지 소립자가 구별되는 것이다. 질량을 비롯해 소립자에는 다양한 성질이 있지만, 그 차이는 초소형 끈의 진동 패턴 차이로 설명할 수 있다는 것이다.

중력의 수수께끼

이 책《중력이란 무엇인가》의 첫머리에서, 오구리는 중력이 얼마나 수수께끼로 가득 찬 현상인지를 보여주기 위해 중력에 관한 몇 가지 의문을 제기한다.

일례로 중력은 왜 이다지도 '약한' 걸까. '만유인력'이라는 이름처럼 지상의 모든 물질 사이에 중력이 작용하지만, 그 사실이 증명된 것은 뉴턴의 《프린키피아》가 나오고도 상당히 지난 다음인 18세기 말엽이었다. 왜 실증에 이렇게 시간이 많이 걸렸느냐면, 중력이 너무나도 약했기 때문이다. 중력의 약함은 가령 자력과 비교해보면 곧바로 알 수 있다. 철제 클립을 자석으로 들어올릴 수 있는 것은 자력이 중력보다 훨씬 강하기 때문이다.

혹은 중력이 모든 사물에 균등하게 작용하는 것은 왜일까 하는 의문은, '중력의 강도'와 물체의 '움직이기 어려움'(=질량)이 정확히 일치하는 이유는 무엇인가 하는 의문과 같다.

또 중력의 크기는 너무 '알맞다'. 그건 또 왜일까. '알맞다'는 것은 다음과 같은 뜻이다. 중력이 실제보다 아주 조금이라도 컸다면, 혹은 반대로 아주 조금이라도 작았다면, 우주의 역사는 근본적으로 달라졌을 터이다. 그랬다면 지금과 같은 지구는 태어나지 않았을 테고 '우리' 같은 생물도 탄생하지 않았을 것이다. 우리가 존재하는 것은 중력의 크기가 기적적일 만치 '알맞'았기 때문이다. 신기한 일 아닌가.

이렇듯 중력에 관한 여러 가지 의문이 있다. 그런 의문들 가운데서도 가장 커다란 의문, 중력의 비밀 중심에 있는 수수께끼, 보통 사람의 눈으로 봐도 신경이 쓰이는 수수께끼는 다음과 같은 것이 아닐까. 중력은 서로 떨어진 물체들 사이에도 작용한다. 예컨대 지구가 태양 주위를 공전하는 것은 지구와 태양 사이에 중력이 작용하기 때문이라고 설명하는데, 그렇다고 지구와 태양이 실 같은 것으로 이어져 있는 것도 아니다. 그럼 어째서 떨어진 물체 사이에 힘이 작용할 수 있는 것일까. 이건 정말 신기한 일이다.

이 중력에 대한 수수께끼를 받아들일 수 있게 되기까지의 과정을, 즉 원격력으로서 중력이 발견되기까지의 지적 고투를 상세히 추적한 전문서가 야마모토 요시타카의《자력과 중력의 발견 磁力と重力の発見 1~3》(みすず書房, 2003. 한글 번역본은《과학의 탄생》, 이영기 옮김, 동아시아, 2005)이다. 이 책은 3권으로 구성된 방대한 연구서이다. 원격력으로서 중력이야말로 뉴턴이 발견한 만유인력이다.《자력과 중력의 발견》은 서양 고대부터 뉴턴까지를 추적한 뛰어난 과학사 연구서이다. 다음으로는 이 책을 읽어보려 하는데, 그에 앞서 조금만 돌아서 가보도록 하자.

빅토르 I. 스토이치타의《회화의 자의식》을 읽다

회화 혁명

여기서 잠깐 자연과학과는 관계없는 책을 간단히 살펴보려 한다. 빅토르 I. 스토이치타의 대작《회화의 자의식: 초기 근대에서 타블로의 탄생》(1998)[1]이 그것이다. 제목에서 바로 알 수 있듯 이 책은 미술사 연구서이다. 왜 이 책을 지금 맥락에서 보는 것일까.

스토이치타의 이 책은 정물화, 풍경화, 자화상이라는 장르가 어떻게 탄생했고 또 변용을 거듭해가는지를 추적하는 연구이다. 오늘날 미술 감상자들에게 이 장르들은 회화의 대표적 유형이다. 그러나 이 장르들이 원래부터 있었던 것은 아니다.

---

1 《絵画の自意識: 初期近代におけるタブローの誕生》, 岡田温司 · 松原知生 訳, あ
りな書房, 2001.

정물화와 풍경화는 15세기 말~16세기 유럽에서 성립되었다. 즉 근대적인 회화 장르인 것이다. 이 성립기는 과학혁명 직전부터 초기까지의 시기와 겹쳐진다. 즉 과학혁명이 준비되던 시기였다는 말이 된다. 그 이전까지의 회화란 어떤 것이었을까. 회화는 기본적으로 종교화였다. 그리스도의 십자가형이나 수태고지, 낙원 추방 등 성서에서 취한 에피소드를 그렸다. 그에 반해 정물화나 풍경화는 종교적으로 가치가 없는 범상한 사물이나 풍경을 감상의 대상으로 한다. 이 미적 감상의 스타일은 성서나 아리스토텔레스 등의 고전적 텍스트에서 독립해 물체를 객체시하는 근대과학의 태도와 ─ 똑같지는 않더라도 ─ 연속적이다.

스토이치타의 연구는 정물화와 풍경화가 생성되는 국면을 특히 주의 깊게 분석한다. 이 국면의 연장선상에 과학혁명이 있다고 보아야 할 것이다. 혹은 다음처럼 말하면 정확할 것이다. 15세기 말에서 16세기의 회화 혁명(정물화 등 근대적 장르의 성립)부터, 여기에 반쯤 포개어지듯 출현한 17세기 과학혁명에 걸친 시기에 서양의 정신사는 커다란 단절을 경험했다고. 개별 분야로 보면 '정물화의 성립'이나 '과학혁명' 같은 개별적 사건들로 보이지만, 사실 그것들은 같은 정신사적 전환을 다른 국면에서 받아들인 결과이리라.

더불어 이 시기, 서양 정신사의 전환기는 사회의 전환기와도 절묘하게 맞아떨어진다. 이 시기는 역사학자 페르낭 브로델과 사회학자 월러스틴이 '장기 16세기'라고 부른 기간인 것이다. 장기 16세기는 '세계경제'로서 자본주의가 형성되는 과정이었다. 전환기에 해당하는 15세기 중반부터 17세기 중반까지의 약 200년간을 넓은 의미에서 16세기적 시대, 즉 '장기 16세기'로 인식하자는 것이 그들의 제안이다.

최초의 정물화

이 스토이치타의 대작에는 흥미로운 논점이 가득하다. 그것들을 꼼꼼히 검토할 여유가 없는 것이 실로 유감스럽다. 여기서는 일례만을 보도록 하겠다.

스토이치타는 이 책의 첫머리에서 극히 초기의 정물화 내지는 '거의 정물화인 회화'로서 피터 아르첸의 〈마르타와 마리아 집의 그리스도〉를 상세히 분석하고 있다. 이 그림은 1552년 작품으로 프로테스탄트의 격렬한 우상 파괴 운동의 폭풍 가운데서 그려졌다.

일별했을 때는 그냥 완전한 정물화이다. 화면 중앙에 놓여 있는 건 주방 용품, 갖가지 식료품, 꽃들, 개킨 침대 커버 더미 등이기 때문이다. 그러나 이 시기에는 아직 '정물화still life'(=죽은 자연 natura morte)라는 말이 생겨나지 않았다.

이 그림이 아직 독립된 정물화라고 말할 수 없으며 종교화의 연속선상에 있다는 걸 화면 왼쪽을 보면 알 수 있다. 그림은 전경

피터 아르첸의 〈마르타와 마리아 집의 그리스도〉.

과 후경으로 나뉘어 있고, 후경 즉 회화 속의 회화는 활인화tableau vivant로서 신약성서의 어떤 장면을 묘사한 것이다. 그것은 〈루가 복음〉 제10장이다. 여담이지만 나는 복음서 중에서 이 장면을 가장 싫어한다. 나는 예수가 여기서 확실히 잘못된 판단을 했다고 생각한다. (복음서에 그려진) 예수의 생애 가운데서 극소수의 실패 중 하나이다.[2]

　이 회화와 종교화 간의 연관성은, 그러나 이런 뻔한 점에 그치

---

2 자세한 것은 다음을 참조하라. 橋爪大三郎·大澤真幸, 《ふしぎなキリスト教》, 講談社現代新書, 2011, 225~226. 大澤真幸, 《〈世界史〉の哲学: 古代篇》, 講談社, 2011, 36~37.

지 않는다. 우리는 적어도 이 회화의 전경 부분을 떼어내면, 이제 완전히 세속적인 정물화가 될 거라고 생각하기 쉽다. 그러나 그 정물화(죽은 자연) 부분에야말로 종교, 즉 기독교가 깊숙이 침투해 있는 것이다. 스토이치타를 따라 몇몇 알기 쉬운 점들만을 지적해두자.

일례로 가장 크게 그려진 대상은 화면 중앙의 고기인데, 이는 새끼 양의 넓적다리 살로서, 십자가 위에서 희생된 그리스도를 암시한다. 그리스도가 신에게 바치는 희생양처럼 죽임당했기 때문이다. 바로 그 오른쪽에 그려진 것은 카네이션이다. 카네이션은 발음에서부터 명백하게 드러나듯 (신이 인간으로) 육화incarnation한 것, 즉 신=인간으로서 그리스도를 상징한다.

나아가 화면 왼쪽 하단의 하얀 덩이는 무엇인가. 자세히 보면 거기에는 카네이션이 꽂혀 있다. 이 하얀 물체는 효모 덩어리, 빵이 되기 전의 효모종이다. 효모 덩어리 역시 육화라는 실체의 변용(신이 인간이 된다는 근본적 변용)을 상징한다.

이로부터 암시되는 것은 무엇일까. 근대적이고 세속적인 회화로 여겨지는 정물화(와 풍경화)는, 단지 종교(화)를 부정함으로써 성립한 것이 아니다. 아르첸의 회화가 보여주듯 정물화야말로 어떤 관점에서 보면 종교(화)이다. 즉 정물화나 풍경화는 헤겔의 변증법적인 의미에서 종교(화)를 지양함으로써, 즉 종교(화) 그 자체를 자신의 내적 계기로 거두어들임으로써 성립하는 것이다. 종교(화)로서 외관은 사라지지만, 그것은 종교(화)가 정물화에 내면화되어버렸기 때문이다. 이 점을 염두에 두고서 과학사로 돌아가보자. 과학사에 대해서도 미술사와 같은 것을 말할 수 있지 않을까.

야마모토 요시타카의 《자력과 중력의 발견》을 읽다

자력과 중력

야마모토 요시타카의 방대한 연구 《자력과 중력의 발견》의 기본 착상은 명쾌하다. 근대 물리학에서 뉴턴 역학의 탄생, 특히 만유인력의 법칙의 발견은 결정적 계기가 됐다. 만유인력의 법칙이 정식화되었을 때 근대적인 의미의 물리학이 진정으로 시작된 것이라고 말해도 과언이 아니리라. 실제로 뉴턴은 케플러나 갈릴레이 등 선학의 성과를 전부 흡수하고 종합해 만유인력의 법칙을 발견했다. 《자연철학의 수학적 원리》, 이른바 《프린키피아》가 발표된 것은 앞에서도 보았듯 1687년, 즉 명예혁명의 전해이다. 그러나 만유인력을 발견해서 수용하는 데에는 한 가지 중대한 어려움이 있었다.

그 어려움이란 바로 앞선 오구리의 책에서 지적했던 중력의

'수수께끼 중의 수수께끼'이다. 만유인력은 원격작용이다. 오늘날의 물리학은 인력=중력을 원격작용으로 이해하는 것을 과거의 관점으로 여긴다. 즉 현재의 물리학은 인력=중력을 원격작용으로 보지 않는다. 하지만 뉴턴 시대에는 만유인력의 존재를 인정하자면 그것을 원격작용의 일종으로 받아들일 수밖에 없었다. 두 물체 사이에서 인력을 매개해주는 어떤 것도 발견할 수 없었기 때문이다.

하지만 멀리 떨어진 복수의 물체 사이에 어떻게 힘이 작용할 수 있는 것일까. 이는 합리적 이해를 가로막는 의문이다. 원격작용은 있을 수 없다는 것이 고대 이래의 실감이다.

하지만 인간의 이런 소박한 실감에 명확히 반대되는 현상이 딱 하나 옛날부터 알려져 있다. 그것은 자력이다. 중력은 자력에서 유추되면서 인정받게 된 것 아닐까. 한마디로 하자면 이것이 야마모토 요시타카의 주장이다. 야마모토는 이 가설을 증명하기 위해 방대한 양의 문헌을 섭렵해 보인다.

자력과의 유비가 기초가 되었다고 해도, 뉴턴 자신은 둘을 같은 것으로 생각하지 않았다. 뉴턴에게 중력과 자력은 상이한 힘이었다. 그러나 뉴턴보다 약간 연장자이면서 라이벌이기도 했던 로버트 훅은 틀림없이 천체 간에 작용하는 인력과 자력은 같은 것이라고 생각했다.

더욱 거슬러 올라가서 지구 자체가 자석이라는 설이 1600년의 단계에서 윌리엄 길버트에 의해 주창되었다. 길버트의 경력에 대해서는 그리 많이 알려져 있지 않은 것 같다. 그는 엘리자베스 여왕의 시의(侍醫) 중 한 명이었으므로, 사회적으로 성공한 인물이었던 모양이다. 그는 시의가 되기 전해인 1600년에 《자석론》을 발표했다. 이 책은 근대 전자기학의 출발점으로 간주되는 저작이다. 그가 포괄적인 자연관(자기 철학) 속에서 자기 현상을 파악한 최초의 학자이기 때문이다. 길버트는 이 저작 속에서 지구가 그 자체로 자석이어야만 한다는 취지의 주장을 한다.

여기서 사상사적 관점으로 볼 때 꽤나 흥미로운 사실은, 길버트가 이러한 결론에 이르기 위해 아리스토텔레스의 이름으로 대표되는 우주론을 부정할 필요가 있었다는 것이다. 아리스토텔레스에 따르면, 지구는 비천하고 차가운 불활성 토양의 덩어리이고, 천체는 고귀하고 생명적인 존재이다. 길버트는 이 아리스토텔레스적 우주론을 거부하려고 《자석론》을 썼다고 말할 수 있다. 그는 아리스토텔레스와는 반대로, 지구를 특이하고 탁월한 힘들을 갖춘 생명적 존재로 보았다. 이 힘들의 실재 형태가 자력이라는 것이다.

여하간 거듭 말하자면 뉴턴 자신은 자력과 중력을 동일시하지 않았다. 하지만 자력을 원격작용으로 인정해버리면, 즉 원격작용의 존재를 승인해버리면, 자력과 더불어 중력을 그중 하나로 보는 일이 압도적으로 용이해진다. 여기서 자력과 중력이 일단 다른 것으로 분리된 다음 오히려 그 유비성이 정확히 재인식되었다는 사실을 주목해두자.

원격작용의 원인

여기서는 야마모토 요시타카의 연구 중 한 가지 세부 사항에 주목해보려 한다. 만유인력의 법칙이 확립되기 직전, 유럽의 자연과학(이라기보다는 당시 명칭을 써서 '자연철학', '자연학') 영역에서는 두 가지 조류가 대결하고 있었다. 한편에는 자력이라는 원격작용을 인정하는 조류가 있었다. 이 원격작용의 기원으로까지 거슬러 올라가면, 중세의 '마술'을 발견하게 된다. 다른 한편에는 마술적이고 영혼적인 원격력을 일체 거부하고, 자연현상 전부를 근접적인 것들 간의 인과관계의 얽힘으로 설명하려 한 기계론의 조류가 있었다.

지금껏 얘기했듯, 전자에서 뉴턴이 나왔다. 거기에 대립해 후자를 대표하는 철학자는 데카르트다. 데카르트를 비롯한 기계론자는 중력이나 자력까지도 물질 간 근접 작용으로 설명하려 했다. 일례로 데카르트는 공간은 감각으로 포착할 수 없는 미세 물질로 충만하며, 그것들의 소용돌이에 의해 중력도 설명할 수 있다고 생각했다.

앞서 원격작용의 원류에는 마술이 있다고 했다. 더 과감히 말해서 원격작용은 일종의 의인화다. 물질 간의 공감이나 반발로서 인력이나 척력이 설명되는 것이다. 예컨대 지구가 자석이라는 인식을 제기했던 길버트는 중세의 자력 이해를 마술적이라고 배척하면서, 정작 자신도 자석으로서 지구에 '영혼'이 거하면서 공감하거나 반발하거나 한다는 식으로 논한다. 물질 자체를 스스로 욕망하는 신체처럼 묘사함으로써 원격작용, 즉 자석과 같은 물체끼리의 인력·척력을 설명한 것이다.

이렇게 생각하면, 세부적 설명이 옳고 그름을 떠나 탐구의 기본적 방침에 한해서는 데카르트 등의 기계론자 쪽이 훨씬 더 근대과학이 수용 가능한 합리성을 갖고 있는 것으로 보인다. 그러나 실제로 근대과학의 기초를 쌓은 것은 마술적인 것을 거부한 기계론이 아니라 마술적인 원격작용을 그대로 계승한 뉴턴이었던 것이다. 흥미로운 역설이다.

실제로는 (데카르트의 이론이 아니라) 뉴턴 역학이 자연 현상을 기계론적 인과관계의 맞물림으로 엄밀히 설명하는 것을 가능하게 해주었다. 다만 뉴턴에 기초한 기계론은, 물체 사이의 공감 및 반감을 원류로 하는 '원격작용'을 전제로 할 수밖에 없다. 그 원격작용의 원인, 중력의 원인은 무엇일까.

뉴턴이 최종으로 도달한 해답은 다음과 같다. '기계론적으로는 있을 수 없는 제1원인'은 '비물체적이고 생명과 지성을 갖고서 편재하는 존재자', 즉 신이라는 것이다. 뉴턴은 만유인력을 자력 그 자체와는 분리해 별개의 것으로 간주했다. 여기에서 다음과 같은 상을 그려볼 수 있다. 이제까지 물질 가운데서 인정되던 공감 혹은 반감을 품는 작용 — 이 현상이 자력이었다 — 이 집약되어 신에게 떠맡겨졌고, 이를 전제함으로써 이런 작용을 필요로 하지 않는 기계론적 인과관계 설명이 가능해졌다는 것이다.

여기서 스토이치타가 정물화(와 풍경화)에 관해 논한 바를 떠올려보자. 정물, 즉 '죽은 물체'가 미학적 시선의 대상이 되기 위해서는 종교(기독교)가 전제되어야 했다. '정물'은 종교적 함의가 있는 대상의 변용된 모습이었던 것이다. 이와 마찬가지로 기계론적 인과에 따라 관계하는 물체, 뉴턴에 의해 탄생한 고전역학의 대상은 아무래도 신을 전제로 해야만 했다. 기묘하게 역설적인 표현이지만, 신이 전제되었기에 비로소 신 없는 기계론적 인과관계를 기술하는 것이 가능해진 것이다. 풍경이나 정물 같은 '세속적인 것'(신에게서 분리된 사물)이 미학적인 대상이 되기 위해서는, 반대로 초월적인 신의 존재가 전제되어야 했던 것과 같다.

무기에 약을 바르면 상처가 낫는다

그렇기는 한데, 야마모토 요시타카의 두툼한 연구서를 읽고서도 여전히 의문이 남는다. 자석의 작용을 알고 있던 것은 유럽인들만이 아니다. 아랍인도 중국인도 자석을 알고 있었을 것이다. 그러면 어째서 유럽에서, 그곳에서만 근대과학이 탄생한 것일까. 자석의 작용을 설명하고자 하는 강한 정열에 사로잡혀, 거기서부터 비로소 만유인력이라는 착상이 태어난 것인데, 그게 어째서 유럽에서만 가능했던 것일까. 이 의문은 야마모토의 저서만으로는 해결되지 않는다. 여기서는 의문을 제시해두는 데 그치겠다.

한 가지, 힌트가 될 수도 있을 만한 사실을 말해둔다. 이 사실은 야마모토의 저작에도 소개되어 있다. '무기 연고'라는, 현대인의 관점에서는 참으로 부조리하게 느껴지는 상처 치료법이 유럽의 중세에 있었다. 과학혁명 시기까지, 즉 16~17세기까지 널리 그 효능이 믿어졌다. 상대에게 상처를 입힌 무기, 즉 검이나 창에 약을 바르면 그 상대의 상처가 낫는다는 것이다. 상처는 바로 그 상처를 입힌 검에 의해 치료된다는 것이다. 상처와 무기가 멀리 떨어져 있어도 그 효능이 발휘된다고 여겨졌다. 무기 연고에 의한 치료를 강력하게 주장한 초기 논자는, 르네상스 초기의 명의 파라켈수스였다. 무기 연고에 의한 치료의 다른 이름이 '자기 치료'였다. 여기에서 원격작용의 원점이 되는 감각을 볼 수 있다. 유럽에서 원격작용을 둘러싸고 깊은 고찰이 이루어진 원인을 사고하기 위한 힌트는 여기에 있는 것이 아닐까.

어째서 이런 추정을 하는가. 유럽이라는 문명을 정의해주는 것은 물론 기독교이다. 이 무기 연고 이야기는 그리스도의 몸을 찔렀던 창을 연상시키는 것이다. 야마모토의 저작에서는 벗어나지만 잠시 논해보도록 하자. 그리스도의 죽음 직후, 그가 아직 십자가에 못 박혀 있었을 때, 그리스도가 정말로 절명했는지 어떤지를 확인하기 위해 한 로마 병사가 그리스도의 옆구리를 창으로 찔렀다. 그래서 모든 책형도에서 그리스도의 옆구리에 상흔이 있고 거기서 피가 흐르는 것이다. 이 창을 그리스도를 찌른 로마 병사의 이름을 따서 '롱기누스의 창'이라고 부르기도 한다. 이 창에는 특별한 힘, 상처를 치유하는 절대적인 효과가 있다고 믿어졌다. 이것이야말로 무기 연고 중의 무기 연고, 무기 연고의 원형이 아닌가.

이러한 추정(롱기누스의 창이 무기 연고의 원형이라는)은 예컨대 중세의 '원탁의 기사' 이야기군 중 하나로서 연구자들도 특히 주목해온 '절름발이 왕' 이야기에서도 힘을 얻는다. 이 이야기는 여러 버전이 있는데, 그중 하나에 따르면 왕이 어떤 바닷가에 있던 배 위에서 번쩍이는 검을 발견하고 그것을 칼집에서 뽑으려 하자 어디선가 창이 날아와 두 다리에 상처를 입힌다. 어느 버전에서든 마지막에는 절름발이 왕의 상처가 낫는다. 원탁의 기사 가운데 한 명인 갤러해드가 탐색 끝에 어떤 창을 발견하고, 그 창 끝에 남아 있던 피를 왕의 상처 부위에 바르자 그 상처가 사라지는 것이다. 그 창이 롱기누스의 창이었던 것으로 여겨진다. 동시에 바로 왕의 다리에 상처를 입힌 그 창이기도 하다. 창에 묻은 피(그리스도의 피이자 아마도 왕의 피이기도 한)는 무기에 발린 연고였다.

이 무기 연고가 자기를 매개로 나아가 중력으로 이어지는 계보의 원점(또는 그중 하나)일지도 모른다. 여기서는 가설만을 적어두기로 한다.

양자역학의 형이상학과
진정한 유물론

• 리처드 파인만의《빛과 물질의 신비한 이론》과
브리이언 그린의《엘러건트 유니버스》를 읽다

리처드 파인만의《빛과 물질의 신비한 이론》과
브라이언 그린의《엘러건트 유니버스》를 읽다

이해할 수 없음을 이해하다

뉴턴을 효시로 하는 고전물리학과 현대물리학 간에는 커다란 단절이 있다. 양자 사이에는 그야말로 패러다임의 전환이 끼어들어 있는 것이다. 그 단절은 일반적으로 상대성이론과 양자역학에 의해 만들어진 것으로 여겨진다. 하지만 상대성이론까지만 해도 뉴턴 고전역학과의 거리가 아직 그렇게 멀지 않았다. 둘 사이의 거리는 아직 심연이라고 할 정도는 아니었다. 상대성이론, 특히 일반 상대성이론은, 중력에서 원격작용의 측면을 뽑아냄으로써 고전물리학을 진정 합리적인 것으로 완성했다고 해석하지 못할 것도 없다. 고전물리학과의 사이에 뛰어넘을 수 없는 장벽을 만들어낸 것은 양자역학이다. 상대성이론과 양자역학은 양립할 수가 없다. 앞서 서술했듯 그 둘을 통합하는 것이 현대 이론물리학의 과제이다. 다른 식으로 말하자면, 현대물리학은 거의 1세기 전에 양자역학이 낸 상처를 아직 치료하지 못하고 있는 것이다.

상대성이론과 양자역학에 대한 일반 독자들을 위한 해설서는 그야말로 산처럼 쌓여 있다. 양자역학에 대한 해설 중 가장 내 마음에 든 것은 리처드 파인만의 《빛과 물질의 신비한 이론: 나의 양자전기역학》(釜江常好·大貫昌子 訳, 岩波書店岩波現代文庫, 1987. 한글 번역본은 《일반인을 위한 파인만의 QED 강의》, 박병철 옮김, 승산, 2001)이었다. 파인만은 양자전기역학에 기여한 공로로 도모나가 신이치로, 줄리안 슈윙거와 공동 노벨상을 수상했다. 그는 1965년에 다음과 같이 썼다.

상대성이론을 이해한 사람은 12명뿐이라고 신문에 나던 시대가 있었다. 나는 그렇지 않다고 생각한다. 한 명뿐이었다면 그랬을지도 모른다. 상대성이론 논문이 나오기 전에 이를 이해했던 이는, 이제 논문을 쓰려 하던 본인뿐이었는지도 모르기 때문이다. 그러나 사람들이 논문을 읽자 많은 이가 상대성이론을 이해하게 되었다. 그 수가 12명보다 많았던 것은 틀림없다. 한편 양자역학을 이해하고 있는 사람은 없다고 말해도 별 지장이 없을 터이다.[3]

---

3 リチャード・ファインマン, 《物理法則はいかにして発見されたか》, 江沢洋 訳, 岩波現代文庫, 2001에서 인용.

세계에서 양자역학을 가장 깊이 이해하고 있을 이가 이처럼 말하는 것이다. 양자역학을 이해한다는 것은 그것이 이해되지 않는다는 것을 이해하는 것이라고 말이다. 다시 말해 '나는 양자역학을 완전히 이해했다'고 하는 사람이 있다면, 그 언명이야말로 그가 양자역학을 이해하지 못했다는 증거가 된다.

《빛과 물질의 신비한 이론》은 양자역학 현상이 얼마나 이해하기 어렵고 신비한지 유머를 섞어가며 설명하는 대중 강연(을 책으로 엮은 것)이다. 이를 통해 우리는 우리 바로 주변에서 일어나는 물리 현상 가운데서도 양자역학 없이는 설명할 수 없는 일들이 있다는 걸 알 수 있다. 일례로 유리는 반투명하기 때문에 그 너머가 보이는 동시에 거울처럼 이쪽의 상을 반사해 비춘다. 뉴턴도 이 현상을 불가해하다고 느껴 어떻게든 설명해보려 시도했지만, 결국 완전한 설명을 위해서는 양자역학이 필요하다.

다시 파인만이 말한 바를 바꿔 말하면, 양자역학을 이해한다는 것은 그것을 완전히 이해할 수는 없다는 것을 이해하는 것이다. 어째서 이러한 굴절이 나타나는 것일까. 아마도 양자역학에서 '이해'라는 것의 의미가 다른 물리학이나 자연과학 분야에서 말하는 '이해'와는 다르기 때문일 것이다. 나는 양자역학의 발견에서 비로소 철학과 물리학이 참으로 합류한다고 생각한다.

이번 절에서 볼 또 하나의 저작, 브라이언 그린의 《엘러건트 유니버스: 초끈이론이 모든 것을 해명한다》(林一 · 林大 訳, 草思社, 2001. 한글 번역본은 박병철 옮김, 승산, 2002)는 상대성이론에서부터 양자역학을 거쳐 초끈이론에 이르기까지, 현대물리학의 첨단을 대중적으로 해설한 세계적인 베스트셀러이다. 초끈이론에 대해서는 앞 절에서 오구리 히로시의 저작을 다루며 미리 소개해두었다. 브라이언 그린도 오구리처럼 초끈이론의 전문가다. 그린은 특히 책 후반에서 다섯 가지 초끈이론을 정합적으로 통합한다는 M 이론(에드워드 위튼이 제창했다)을 설명하는 데 힘을 쏟는다. M 이론에 따르면 우주는 4차원(공간 차원 3 + 시간 차원 1)이 아니라 11차원(공간 차원 10 + 시간 차원 1)이다. 여기서 우리는 그린의 이 저작 중 양자역학에 관해 논한 부분만을 활용할 것이다.

물질이 '알고 있다'

양자역학의 기묘함의 핵심에는 물질 스스로가 '알고 있다'는 듯이 행동한다는 사실이 있다. 물질 스스로가 마치 어떤 법칙을 따라야만 하는지 알고 있는 것 같다는 것이다.

　뉴턴이 열어젖힌 고전물리학에서 사과나 돌이 만유인력의 법칙을 마치 자신이 따라야만 하는 법률인 것처럼 알고 떨어지길 욕망해서 떨어졌다고 설명한다면, 당연히 잘못된 의인화로서 배척될 것이다. 앞 절에서 말했듯, 뉴턴 물리학에서는 '알고서 욕망한다'는 작용이 오로지 신에게 돌려진다. 신이 원격작용(으로서 중력)의 보증인인 것이다. 그 때문에 물질은 모두 영혼이 없는 불활성적 사물로 기계적으로 작용할 수 있다.

하지만 양자역학의 세계에서는 그렇지 않다. 그곳에서는 물질이 스스로 '알고 있다'는 듯이 움직이는 것이다. 브라이언 그린의 능란한 비유를 차용해 해설해보겠다.

양자역학에 따르면, 양자 터널 효과라는 것이 일어날 수 있다. 예컨대 여기 3미터 두께의 콘크리트가 있다고 치고, 거기에 플라스틱탄을 쏜다면 어떻게 될까. 물론 탄환은 튕겨나올 것이다. 플라스틱탄에는 그런 두꺼운 장해물을 뚫을 수 있을 정도의 에너지가 없기 때문이다. 그런데 소립자 수준에서라면 (입자로 된) 탄환이 벽을 뚫고 빠져나올 수도 있다는 것이다. 이것이 양자 터널 효과이다. 하이젠베르크의 불확정성 원리는 그러한 효과가 가능하다는 것을 함의한다. 그렇지만 에너지가 부족한데도 어떻게 이런 일이 가능한 것일까. 그린의 다음 비유가 그것을 해설해준다.

지금 당신이 무일푼이라고 치자(에너지가 없는 상태에 대응된다). 어느 날 갑자기 당신은 어떤 소식 하나를 전해 듣는다. 먼 나라에 있는 먼 친척이 당신에게 거액의 유산을 남기고 죽었다는 것이다. 가난한 당신에게는 낭보다. 그러나 여기 한 가지 문제가 있다. 그 유산을 상속받기 위해서는 당신이 그 먼 나라까지 가야만 한다(콘크리트 벽 저편으로 간다는 것에 대응된다). 그러나 당신에게는 비행기 티켓을 살 돈이 없다(콘크리트를 뚫고 나가기 위한 에너지가 없다). 어떻게 하면 좋을까. 곤란해하는 당신에게 항공사에서 일하는 친구가 빠져나갈 구멍 하나를 알려준다. 이 항공사의 정산 시스템은 목적지에 도착하고 나서 24시간 이내에 티켓 대금을 전송하면 출발 전에 지급하지 않은 걸 아무도 알아차릴 수 없다는 것이다. 이제 당신은 공짜로 티켓을 구해 유산을 받는 즉시 대금을 전송한 다음 시치미를 뚝 떼면 된다. 이렇게 하면 당신이 사실 비행기에 '무임승차'했던 것을 아무도 알 수 없다. 그럼에 따르면 양자 터널 효과가 이와 아주 흡사하다.

간단히 말해, 입자가 갖는 에너지의 요동은 극히 짧은 시간 범위 안에서 볼 때만 격심한 것일 수 있다는 것이다. 항공사의 엉성한 결재 시스템이 당신으로 하여금 돈을 '빌려서' 한정된 시간 안에 갚을 수 있도록 '허용'했던 것처럼, 양자역학은 하이젠베르크의 불확정성 원리로 결정되는 시간 내에 정산한다는 것을 조건으로 입자가 에너지를 '빌리는' 것을 허용한다.

당신은 항공사 정산 시스템에 맹점이 있는 것을 알았기 때문에 그처럼 묘기와도 같은 방법으로 티켓을 손에 넣을 수 있었다. 마찬가지로 양자역학에서 입자는 어떤 규칙에 따라야만 한다/따르지 않아도 된다(의 여부)를 이미 알고 있는 것만 같다. 당신은 비행기에 타고 있는 중에는 정산 시스템이 당신의 무임승차를 검출해낼 수 없다는 것을 알고 있었다. 마찬가지로 입자는 벽을 통과하는 중에는 관측자가 자기를 관측하지 않는다는 것을 '알고 있다'. 그 관측되지 않는 짧은 시간 내에는 규칙(에너지 보존의 법칙)을 따르지 않아도 된다는 것을 입자가 '알고 있'는 것이다.

'아는/모르는' 것을 '안다/모른다'

이렇게 물질이 '알고 있다'는 성질을 활용함으로써 비로소 진정 궁극의 원격작용이 가능해진다.[4] 그것이 아인슈타인이 젊은 친구들(포돌스키, 로젠)과 함께 제기한 EPR 효과이다.

그들은 양자역학이 잘못된 이론이라는 것을 입증하려 EPR 효과라는 패러독스를 발안했다. 양자역학이 옳다면 있을 수 없는 배리背理를 인정하지 않을 수 없다는 것이었다. 그 배리가 EPR 효과이다. 양자적인 세계에 등장하는 입자에는 '스핀'이라고 불리는 성질이 있는데, 여기에 기대어 패러독스의 핵심을 소개해보겠다. 두 개의 입자가 세트가 되는 시스템을 상정해보자. 두 입자의 스핀 총계는 0이라고 하자. 한 입자가 위를 향하는 스핀을 갖는다면 다른 입자는 아래를 향하는 스핀을 갖는 것이다. 여기서 스핀에 영향을 주지 않는 형태로 두 입자를 떼어놓는다. 한 입자는 어떤 방향으로, 다른 입자는 또 다른 방향으로 각각 움직여가

---

4 여기서 '진정'이라는 말을 붙인 것은, 중력의 원격작용으로 간주되던 것이 오늘날의 물리학에서는 진짜 원격작용이 아니라고 밝혀졌기 때문이다. 그러나 이제부터 소개할 효과는 원격작용이라고밖에 말할 수 없는 것이다.

기 때문에 양자는 멀리 떨어져버린다. 그런 후 한 입자만 스핀을 바꾸면, 예컨대 어떤 종류의 자장을 통과시켜서 상향 스핀을 하향 스핀으로 바꾸면 어떤 일이 일어날까? 한 입자의 스핀이 변한 그 순간, 완전히 동시에 다른 입자의 스핀도 ― 이 경우에는 하향이 상향으로 ― 변한다. 그러지 않으면 스핀 총계가 보존되지 않기 때문이다.

여기서 어떤 면이 배리인 것일까? 한 입자의 스핀이 변했다는 사실이 어떻게 멀리 떨어진 다른 한 입자에게 전해진 것인지를 물어보면 되겠다. 한 입자의 스핀이 변화한 것을 다른 한 입자는 어떻게 안 것일까? 누군가 ― 무엇인가 ― 가 그것을 알려준 것일까? 한 입자의 스핀이 변화하면 그 즉시 다른 입자의 스핀도 변하고야 만다는 것, 이는 스핀의 변화라는 정보가 물리적 최고 속도보다도 빠르게 ― 즉 광속보다도 빠른 속도로 ― 전달되었다는 말이 된다. 그러나 어떤 물리 현상도 광속보다 빠르게 다른 장소에 전달될 수는 없다. 이런 배리가 도출된다면, 양자역학 이론의 어딘가에 근본적인 결함이 있다는 것이라고 아인슈타인과 동료들은 생각했다.

그러나 드디어 이와 같은 배리가 실제로 발생한다는 사실이 실험을 통해 확인되어버린 것이다! 아인슈타인과 동료들의 반론은 양자역학적인 현상의 근저에 놓인 비밀을 도리어 강조하는 결과를 가져왔다. 이 현상을 아인슈타인을 포함한 세 사람의 발안자 이름의 이니셜을 따서 'EPR 효과'라고 부른다.

입자는 어떻게 떨어진 장소에 있는 파트너 입자의 스핀에 변화가 생겼음을 안 것일까? 실로 신기한 일이다. 다음처럼 생각할 수밖에 없을 것 같다. 이것이 배리로 보이는 것은, 한 입자의 스핀 변화와 다른 입자의 스핀 변화를 각각의 사건이라고 생각하기 때문이다. 그렇게 생각하면 한편에서 벌어진 사건이 어떻게 다른 한편의 사건에 영향을 주는지의 문제가 될 수밖에 없다. 아마도 두 스핀 변화는 별개의 사건이 아니라 동일한 하나의 사건이다. 동일한 사건이라면 한편에서 다른 한편으로 전달된다는 문제는 소거된다. 그렇게 보지 않으면 이 배리는 해결되지 않는다. 한편의 입자가 다른 한편에 관해 '아는 것'과 후자가 전자에 관해 '아는 것'은 같은 하나의 사건이며 분리될 수 없다.

이 EPR 효과가 잘 보여주듯 양자의 세계에서 물질이 '안다/모른다'라는 성질이 출현할 때에는 반드시 일종의 쌍대성雙對性이 동반된다. 즉 '안다/모른다'는 것은 반드시 이중으로, 혹은 두 군데(복수 개소)에 귀속되는 것이다. 예컨대 A와 B라는 두 입자가 서로 (상대의) 스핀 변화를 '알고 있다'. 앞서 항공 티켓 비유에서 말한 양자 터널 효과에서도 마찬가지이다. 당신(입자)은 정산 시스템(관측자)이 '모른다'는 것을 '알고 있'는 것이다. 이 경우에도 당신(입자)과 정산 시스템(관측자)이라는 형태로 '안다/모른다'의 주체가 이중화되어 있다.

항상 돈을 빌리는데 빚이 없다

여기서 다시 한 번 항공 티켓 비유로 되돌아가보자. 재차 확인하자면, 당신은 비행기에 탔을 때 일시적으로 법을 위반했다. 당신은 무임승차로 비행기를 탄 것이다. 그린은 이 비유를 더욱 밀고 나가 양자 세계의 실태를 해설한다.

> 양자역학은 여기에서 한 걸음 더 나아간다. 상습적으로 돈을 빌려다 쓰는 사람이 친구들을 번갈아 만나면서 돈을 꿔달라고 사정하는 경우를 상상해보자. 그런데 이 사람은 돈을 빌려 쓰는 기간이 짧을수록 더 많은 돈을 빌려달라고 요구하고 있다. 이런 식으로 빌렸다가 갚고, 또 빌렸다가 갚고…… 그의 채무 행진은 끝없이 계속된다. 이 경우, 그의 수중에 있는 돈의 액수는 마치 증권 시세처럼 널을 뛸 것이다. …… 미시세계에서는 좁은 간격, 짧은 시간 내에서 이와 비슷한 에너지 '대란'이 끝도 없이 벌어지고 있다.

상습적으로 돈을 빌려다 쓰는 사람은 사실 영속적으로 부채를 지게 된다. 그러나 새로운 빚으로 곧바로 반제返濟하기 때문에 장부에 쓸 때는 항상 부채가 없는 상태처럼 보인다. 같은 일이 물질 세계에서도 일어날 수 있다는 것이 양자역학의 함의이다.

물질은 가장 기본적인 물리법칙, 예를 들면 에너지보존법칙 같은 법칙도 깰 수가 있다. 진공에서도 미래에서 에너지를 빌려

올 수 있다. 빌려오는 에너지는 단시간일수록 더 커진다. 나아가 입자는 그 에너지로 예컨대 전자를 생성할 수도 있다. 그야말로 '무에서 창조하다'이다.

그러나 관측자에 의해, 혹은 주변 환경에 의해 드러나기 전에 빌려온 만큼의 에너지는 반제된다. 그렇기 때문에 외견상으로는 에너지보존법칙이 정확히 지켜진다. 상습적으로 돈을 빌려다 쓰는 사람은 항상 빚을 지는데도 대차貸借가 없는 형태를 유지할 수가 있다. 양자 세계에서 그와 같은 일이 일어나는 것이다. 물질의 움직임에 합리적인 일관성을 규정하는 기본 법칙이 항상 위반되고 있는데도 절대로 직접적으로는 인지되지 않는다.

빚 등의 비유는 우리의 상식을 뒤집는 어떤 사실을 시사한다. 보통 미시적이거나 거시적인 물리 현상에 대해 이상하다고 말하는 것은, 우리 일상에서는 생각할 수 없는 일이 일어났을 때이다. 그러나 양자역학에서는 그렇지 않다. 오히려 그 반대이다. 물질이 너무나 인간적으로 움직이기 때문에 이상한 것이다. 인간 세계에서는 평범한 일인데 그것을 물질이 행한다. 물질 주제에 인간처럼 움직이는 것이다. 여기서는 주로 물질이 '(무언가를) 알고 있'는 것처럼 움직이는 현상을 소개했다. 상세히 논할 여유는 없지만, 양자역학의 다른 측면에서도 '인간적'이라고 형용하고 싶어지는 움직임이나 현상을 찾아볼 수 있다.[5] 물론 정말로 입자가 인간처럼 생각을 하거나 감정을 느끼거나 하는 것은 아니다. 그러나 마치 인간인 것처럼 움직이고 반응하는 것이다.

여기에서 우리는 '문화/문명' '정신/물질'이라는 이원적 대립을 다시 생각해볼 필요가 있다는 것을 깨닫게 된다. 물질은 가장 기초적인 부분에서 어떤 의미로는 '인간적'이다. 17세기 과학혁명 이후 과학의 역사는 자연이나 물질에서 정신적·인간적인 측면을 철저히 배제하는 것이었다. 배제가 완료되었을 때의 그 잔재가 가장 '인간적'이라면 어떨까. 양자역학이 출현했을 때 우리가 목도한 것이 바로 그런 상황이다.

'무' 이상 '존재' 미만

양자역학에서 입자는 관측에 의해 비로소 위치나 속도를 가진 것으로서 존재하기 시작한다. '관측'과 독립해서 입자의 존재를 운운할 수 없다는 것이다. 관측에 의해 입자가 현실화하는 것을 '파동관수의 수축'이라고 부른다. 파동관수란 무엇인지에 대한 해석은 어렵지만, 어쨌든 입자의 가능한 양상을 표현하는 확률관수라고 말해두자. 관측에 의해, 가능성이 현실성으로 전환되는 것이다.

이처럼 관측(인식)과 존재가 엄밀히 연동되기 때문에, 양자역

---

5 더 자세한 것은 다음을 참조하라. 大澤真幸,《量子の社会哲学》, 講談社, 2010.

학은 관념론을 궁극적으로 기초짓는 것이라고 해석하는 학자가 있다. 나아가 관측자를 '신'에 대응시키면, 양자역학은 신학의 합리적 현대판이 된다. 실제로 신에게는 지각하는 것과 창조하는 것이 같은 일이다.

양자역학의 영역에 지연선택 실험이라는 중요한 실천을 제출한 존 휠러('블랙홀'을 처음 명명한 사람이다)는 이처럼 말했다. "어떤 의미에서는 2세기 전에 '존재한다는 것은 지각된다는 것이다'라고 주장한 영국 철학자 버클리 주교가 옳았다." 이 버클리의 유명한 명제는 일견 어처구니없는 주장처럼 보인다. 내가 지각하지 않을 때라 해도, 누구도 지각하고 있지 않을 때라 해도, 저 나무는 계속해서 존재하고 있을 것이기 때문이다. 하지만 이 지각하는 자가 신이라고 하면 어떨까. 존재한다는 것은 신에게 지각된다는 것이다. 이 신의 위치에 관측자를 두면, 버클리의 명제는 실험적으로 검증된 셈이 된다. 휠러는 이렇게 말할 것이다.

물론 조금만 옆길로 물러서서 생각해보면, 관측자란 무엇인가 하는 것 또한 많은 질문을 포함한다. 관측자란 관측 장치인가. 그렇다면 관측자 또한 물질이 아닌가. 아니면 관측자란 과학자의 의식을 가리키는 것일까. 그렇다면 관측하는 이가 아이라면, 고양이라면, 바퀴벌레라면 어떨까. 나아가 단세포생물이라면 어떨까. 아니면 관측자란 과학자의 커뮤니티를 말하는 걸까. 하지만 과학자 커뮤니티에 공동주관적으로 인정받지 않으면 존재하지 않는 것이 되는 입자(전자나 광자 등)라니 너무나 이상하지 않은

가. 또 만약 관측자가 과학자 커뮤니티라는 집합적 주체라고 하면, 누가 그 커뮤니티의 성원인 것일까. 결국 관측자란 무엇인가를 결정할 수 없으므로, 그 당연한 귀결로서 관측의 순간을 엄밀히 따졌을 때 어느 시점인지도 확정할 수 없다. 대체 어느 순간에 파동관수는 '수축'하는 것일까.

이처럼 관측자란 무엇인가라는 것에 관해 풀리지 않는 의문이 있지만, 이 점에는 눈을 감고 휠러가 말한 바로 돌아가보자. 내 생각에 이러한 해석, 즉 양자역학이 버클리의 관념론을 뒷받침한다는 해석은 양자역학의 의의를 잘못 파악한 것이다(혹은 버클리의 관념론을 제대로 이해하지 못한 것이다). 양자역학의 충격적 함의는 오히려 정반대의 지점에 있는 것이 아닐까. 순차적으로 설명해보겠다.

양자역학이 가르쳐주는 것은, 어떤 의미에서는 존재 이전이 있다는 것이다. 완전한 실재는 아니다. 그러나 그렇다고 해서 무도 아니다. 존재에 선행하며 마치 존재의 기초인 것도 같은 〈존재〉의 층위이다. 그것은 입자들이 멋대로 보존법칙을 위반하거나 위법한 (에너지의) 부채를 만들거나 하는 세계에 대응한다. 혹은 '진공'인데 미래에서 에너지를 빌려 입자(나 반입자)가 생겨나거나 상호작용하거나 하는 상태, 무에서 창조가 생겨나는 상태에 대응한다. 〈존재〉의 층위에서는 통상의 물리적 존재를 지배하는 법칙이 일시적으로 정지하고 무너진다 — 라고 생각할 수 있는 것이다. 통상의 물리적 세계, 비양자적인 세계에서 보자면,

3장 자연과학, 어떻게 읽고 생각할까?

〈존재〉는 합리적 일관성을 결여한 배리의 세계처럼 보인다.

방금 "보인다"고는 했지만, 〈존재〉의 층위는 직접 '볼 수 없다'. 그 흔적이 사후적으로 관측될 뿐이다. 말하자면 양자 터널 효과라는 귀결은 관측되지만, 양자가 터널을 한창 통과하는 중일 때 무슨 일이 일어나는지는 관측할 수 없다.

즉 〈존재〉는 신=관측자에게 지각되지 않은 한에서 있는 것이다. 일의적인 결정론이 지배하는 고전물리의 세계에서 보면, 〈존재〉는 '모든 것이 허용되는' 세계인 것처럼 느껴진다. 거기에는 신=관측자의 지각이 미치지 않는다. 즉 〈존재〉는 신이 없는 세계이며 신의 전지성을 근저에서부터 부정한 영역이다. 통상적 물질의 '존재'의 기초에 〈존재〉의 층위를 인정한다는 것은, 그러므로 진정한 무신론을 지지한다는 것을 의미한다.

앞서 서술했듯, 뉴턴이 개척한 고전물리학은 물질의 존재나 운동을 신의 존재에 의존케 하는 것이었다. 신의 존재를 암묵적 전제로 하는 한에서 중력이 작용하는 고전물리학의 세계가 성립한다. 종종 뉴턴 이래의 고전물리학은 신을 배제했다는 듯이 여겨져왔지만, 그렇지 않다. 고전물리학은 신을 암묵적 전제로 삼고 있다(전제했을 뿐이고, 고전물리학의 내부에서는 신을 직접 언급하지 않아도 괜찮게끔 이루어져 있다). 양자역학이 진정한 무신론을 처음으로 실현한 것이다.

신이 보고 있지 않은 〈존재〉의 층위에서는, 예를 들어 다음과 같은 일이 일어난다. 진공에서 입자가 퐁 하고 튀어나온다. 그 입자는 신=관측자가 알아차리지 못하는 한에서 존재한다. 알아차리기 전에 진공으로 회귀한다. 이것이 진공의 요동이다.

여기서 한 걸음 더 나아가 이렇게 생각해보면 어떨까. 우리의 우주 자체가 이 진공에서 퐁 하고 튀어나온 입자라고 하면 어떨까. 우리의 우주는 신에게 지각되지 않았고 그런 한에서 존재하고 있는 것이라고 하면 어떨까.

여기에서 또한 다음과 같은 함의를 이끌어낼 수 있다. 양자역학은 '궁극의 관념론idealism을 지지한다'는 정도가 아니다. 오히려 정반대이다. 양자역학은 진정한 유물론materialism을 기초짓는 것이다. 보통 유물론은 의식의 외부에 의식과는 독립적으로 사물이 존재한다고 보는 소박한 실재론에 입각한 것으로 여겨진다. 하지만 이런 유물론은 오히려 관념론으로 반전될 수밖에 없다. 왜일까? 이 유물론은 모든 사물을 외부에서 관찰하는 순수한 의식을 물질이 해소할 수 없는 실체로 상정하지 않을 수 없기 때문이다. 유물론을 관철하기 위해서는, 그 관찰하고 인식하는 의식을 내파시켜서 물질 가운데로 환원시켜야만 한다. 지금까지 고찰한, 존재에 선행하는 기초 층위, 즉 〈존재〉야말로 실로 그 상태, 외부에 순수의식을 갖지 않는 상태가 아닌가. 〈존재〉는 신(관찰하는 순수의식)이 존재하지 않는 한에서, 그야말로 있기 때문이다. 이렇게 생각하면 양자역학은 진정한 유물론에 접근하는 첫걸음이다.

젊은 시절 마르크스는 〈헤겔 법철학 비판 서설〉의 첫머리에서, 종교 비판이야말로 일체의 비판의 전제라고 말했다. 여기서 마르크스가 '비판'이라고 읽는 것과 이 책에서 우리가 '사고'라고 읽은 것은 같은 지적 작업이다. 비판으로서 사고의 원형이 종교 비판에 있다고 한다면, 양자역학은 그것의 한 클라이맥스였음을 알 수 있다.

그리고,
쓴다는
것

사고는 쓰기에서 성취를 거둔다. 사고한다는 것의 최종 국면은 쓴다는 것과 완전히 한몸이다. 쓰기로 수렴하지 않으면 사고는 완성되지 않는다. 실제로 내 사고의 결실은 대개, 그야말로 쓰여진 것으로서, 즉 논문이나 저서, 때로는 짧은 에세이와 같은 형태로 공표된다. 이 장에서는 집필 의뢰를 받을 때부터 논문이나 저서가 나올 때까지 어떤 일들을 수행하는지, 무슨 일이 일어나는지를 글 쓰는 사람의 입장에서 기술해보겠다.

집필 의뢰, 허락하느냐 거절하느냐

편집자에게 모종의 테마로 집필 의뢰가 들어왔다고 해보자. 의뢰는 나를 향한 기대의 표현, '이 테마로 오사와는 무엇을 쓸까/

생각할까 읽고 싶다/듣고 싶다'라는 기대의 표현이기에, 나로서는 가급적 수락하고 싶다고 생각한다. 그렇지만 모든 의뢰를 떠맡을 수는 없다. 의뢰를 받고서 집필을 할지 말지를 결정할 때 무엇을 고려하는가.

작업량이나 집필과 그 준비에 할애할 수 있는 시간 등 외적인 사정을 별개로 치고 사고를 하기 위해 필요한 내재적인 조건을 따져봐야 한다. 수락과 거부를 결정할 때 내가 고려하는 내재적인 조건은 다음과 같다. 의뢰받은 테마에 관해 생각하고 쓰는 것이 내가 오랫동안 탐구할 나 자신의 고유한 장기적 주제를 더 심화시키는 데 보탬이 되는지의 여부가 그것이다. 요컨대 의뢰받은 테마에 관해 쓰는 것이 나 자신이 계속 탐구해온 작업과 창조적인 상승 작용을 일으킬 수 있을 것인가, 내 장기적 탐구 속에서 쓸모가 있을 것인가가 집필 수락을 결정할 때 관건이 된다.

이를테면 어떤 화가의 작품집에 논문을 기고해줄 것을 의뢰받았다고 해보자. 그 화가의 작품들에서 나는 과연 어떤 자극을 받게 될 것인가. 내가 지금까지 꾸준히 지속해왔던 사고가 그 작품과 공명할 것인가. 그 작품에서 얻은 감동을 해석하고 분석하면, 지금까지 지속적으로 해왔던 — 혹은 앞으로 해나갈 — 탐구가 한층 더 심화될 것인가. 이러한 물음들에 긍정적으로 답할 수 있을 때, 의뢰받은 집필을 수락한다. 반대로 긍정적인 전망이 보이지 않을 때에는 의뢰를 거절할 수밖에 없다.

달리 말해, 모종의 테마로 집필을 의뢰받았을 때는 그 테마를 자기 자신이 계속 품어왔던 주제, 자기 자신의 탐구 과제로 끌어들일 수 있을지를 생각해본다. 그것이 가능하다고 생각될 때에는 집필을 받아들이게 된다.

의뢰받은 과제와 자기 자신의 내적인 주제, 타자에게 요청받은 내용과 자신이 쓰고 싶은 것 사이에는 항상 갈등이 일어난다. 일례로 내 스승인 미타 무네스케 선생님에게는, '미타 무네스케'라는 본명으로 발표한 책과 '마키 유스케'라는 필명으로 낸 책이 (따로) 있다. 미타 선생님이 '마키 유스케'라는 필명을 쓰게 된 데엔 독특한 사정이 있는데, 여기서는 결론만 말하자면 '미타 무네스케'로 쓴 글은 의뢰를 받아 집필한 것, '마키 유스케'로 쓴 글은 의뢰와 관계없이 자발적으로 쓴 것이다. 미타 선생님이 '미타 무네스케'로 쓴 글이 마지못해 쓴 것이라고는 도무지 생각할 수 없지만, 아무튼 선생님이 이름을 구분해서 쓴 것은 의뢰를 받고 쓴 글과 완전히 자발적으로 쓴 글 사이의 긴장 관계를 계속 느껴왔기 때문이 아닐까. 내 경우에는 의뢰받은 것이 나 자신이 본래 사고하고자 했던 바와 합류할 수 있는지, 합류했다고 실감할 수 있을지가 의뢰를 최종적으로 받아들일 때 가장 중요한 기준이다.

의뢰 원고에는 물론 여러 유형이 있다. 4,000자 이내의 짧은 원고 집필 의뢰라면 낙부를 즉시 결정할 수 있는 때가 많다. 진중히 검토할 필요가 있는 것은, 가장 많은 유형의 의뢰인 400자 원고지 20매에서 100매 사이 논문 집필 의뢰이다. 이런 종류의 논문 마감은 수개월 후가 될 때가 많다(1년을 넘기는 경우는 드물다). 어쨌거나 이만한 길이의 논문은 준비하는 데에도 어느 정도 시간과 노력이 요구되기에, 정말로 자신이 탐구하고 싶은 주제와 공명하는지를 잘 생각해본 다음 받아들일 필요가 있다.

저서나 연재 의뢰라면 유연히 대응할 수 있다. (그러나) 논문 집필 의뢰는 대개 잡지 특집이나 어떤 논문집에 들어갈 것이어서 편집자도 융통성을 발휘해주지 않는다. 그와 반대로 저서나 연재 의뢰라면 편집자도 이쪽 여건에 맞춰주기가 용이하다. 물론 저서나 연재를 의뢰해오는 편집자도 '이런 걸 써줬으면 한다'는 상은 있다. 그러나 동시에 편집자는 저자인 내가 가장 쓰고 싶은 걸 써줬으면 한다는 마음도 품는다. 그렇기 때문에 저서나 연재는 편집자와 상담해가며 주제를 설정한다. 그것이 내게는 중장기 계획을 구체화할 좋은 기회가 된다.

특히 잡지 등 정기간행물 연재는 큰 규모의 종합적 작업을 실현하기에 실로 안성맞춤이다. 물론 연재를 집필하는 것은 정신적으로도 육체적으로도 힘겨운 일이다. 하지만 동시에 그 긴장은 즐겁기도 하다. 아니, 그것보다는 '즐겁다'고 느낄 수 있는 작업이 아니라면 연재를 하기가 어렵다. 저서나 연재 집필은 당연히 연 단위 작업이 된다.

또 한 가지, 집필 의뢰를 받아들일지 여부를 정할 때 중요한 결정적 요소가 있다. 편집자에 대한 신뢰가 그것이다. 편집자와 이야기하다보면, 그 사람이 우수한지 아닌지, 내 작업을 이해해주는지 어떤지를 자연히 알게 된다. 편집자가 내 작업의 의미나 가

나가는 글 : 그리고, 쓴다는 것

치를 전혀 이해하지 못하고 있는 것 같다고 느껴진다면, 집필 의욕은 대폭 저하된다. 특히 좋은 책과 그렇지 않은 책에 관해 편집자와 자신의 가치관 차이를 자각할 때 의욕에 많은 영향을 받게된다. 내가 '아는 사람만 아는', 마이너하지만 잘된 책이라고 생각하던 책을 편집자도 높이 평가한다는 걸 알게 되면 무척 기분이 좋아진다. 반대로 내가 '무슨 이따위 것을' 싶을 만큼 시답잖다고 생각하는 책을 편집자가 높이 평가한다는 걸 알게 되면, 함께 작업할 의욕을 잃게 되기도 한다.

인생은 유한하다, 일단 써라

기본적으로는 일은 하나씩 해치워나가는 편이 바람직하다. 즉 동시에 병행해서 복수의 논문이나 저서를 준비하거나 집필하는 것은 좋지 않다. 실제로 나도 예전에는 작업을 하나씩 집중적으로 끝내는 것을 원칙으로 했다.

그렇지만 현재 내 작업이 그런 식으로 편제되어 있지는 않다. 즉 동시에 병행해서 복수의 저서를 준비하고 또 복수의 연재를 떠안고 있다. 아무렴 두 편 이상의 논문을 동시에 쓰는 일은 없지만(저것 조금 쓰고 이것 조금 쓰고 하는 식으로 교대로 논문을 쓰기란 불가능하다), 저서나 연재 같은 큰 작업 단위에 대해 말하자면, 동시에 여럿을 진행하고 있다. 나아가 한 권의 저서, 하나의 연재가 완성

될 때까지의 수년 사이에는, 도중에 여러 논문이나 에세이를 쓰기도 하고 대담이나 강연 등의 일도 들어오기 때문에 꽤 많은 수의 작업을 거의 동시에 진행하는 기분이 든다.

정직하게 말해, 이런 작업 방식은 그리 권할 만한 것이 아니다. 깊이 있는 내용의 논문이나 책을 쓰기 위해서는 일정한 기간 동안 딱 한 가지에 사고를 집중할 필요가 있기 때문이다.

그럼에도 왜 나는 이런 무모한 방식으로 집필을 하고 있는 걸까. 이것저것 사정이 있지만 가장 큰 이유는, 간단히 말해 인생이 유한하기 때문이다. 이 나이가 되어보니 인생이 유한하다는 것을 통렬하게 자각하게 되었다.

지금 와서 돌아보면, 젊을 적에는 어쩐지 인생이 무한히 계속될 것만 같은 환상을 품고 있었다. 그랬기에 쓰고 싶은 것이더라도 그 주제가 아주 어렵고 준비에도 방대한 작업이 필요한 것이라면 '더 나중에 집필해야지' 하며 뒤로 미루어왔다. 하지만 50세가 됐을 때부터는 인생이 어느 시점에선가는 확실하게 끝난다는 사실을 생생히 실감하게 되었다. 그만큼 살아보면, 혹은 그보다 한참 더 젊다 해도, '이제 죽는 건가' 하는 생각이 들 때를 몇 차례는 경험한다. 그때 동시에 〈무념〉(일본어 '無念'에는 원통함이나 분함의 의미가 있다 — 옮긴이)을 소름 돋을 만큼 생생하게 실감케 된다. 자기가 정말 죽어갈 때 느낄 〈무념〉을 마치 선취한 것처럼 느끼는 것이다. 내 경우 그 〈무념〉은 '그걸 썼어야 했는데' '왜 이걸 안 썼지' '그걸 안 쓰고는 못 죽겠어' 같은 형태를 띤다.

이리하여 나는 젊을 적부터 줄곧 쓰고 싶었던 것, 생각하고 싶었던 것, 탐구하려던 것에 적극적으로 달려들게 되었다. 그 결과 여러 권의 작업을 동시병행적으로 진행하지 않을 수 없게 된 것이다.

한 가지와 여러 가지는 다르지 않다

그러나 일정한 기간은 한 가지 주제에 집중해야 깊이 있는 연구가 가능하다고 말하지 않았는가. 그런 반론이 나올 것이다. 맞는 말이다. 사실 내가 여러 작업을 병행할 수 있는 것은, 그것들이 보이는 것과는 달리 복수의 상이한 작업들이 아니기 때문이다.

분명 그것들은 서로 다른 책, 서로 다른 논문으로 결실을 맺는다. 그 책이나 논문 들의 내용은 물론이고 속하는 장르조차 다를 수 있다. 하지만 내게 그 논문들의 주제는 〈결국 같은 한 가지〉였다. 예컨대 나는 요즘 사회생물학이며 동물행동학 등의 성과를 끌어들여 '〈사회성〉의 기원'이라는 연구에 착수했고 집필도 시작했다. 또 수년 전부터 세계사의 형식과 논리를 사회 시스템론의 관점에서 분석하는 '〈세계사〉의 철학'이라는 연재를 이어오고 있고, 그중 일부는 이미 단행본으로 나왔다. 이것들 말고도 '현대사회론'이나 '자본주의론'에 계속 관심을 두어왔다. '신체의 비교사회학'이라는 젊을 적부터의 주제는 지금도 물론 중요한 관심사이며, 집필 준비도 계속하고 있다······ 이렇게 열거하고 보면 너무나도 산만하게 작업이 동시에 병행적으로 진행되고 있다는 인상일 것이다.

하지만 이 일들을 한꺼번에 추진할 수 있는 것은, 결국 내게는 이 모두가 〈한 가지〉로 수렴되기 때문이다. 〈한 가지〉만 하고 있을 뿐이기에 오히려 〈여러 가지〉를 할 수 있는 것이다. 예컨대 '〈세계사〉의 철학'을 집필하기 위해 사고 중인 것은 '〈사회성〉의 기원'을 위한 고찰과 저변을 공유하고 있어서, 반쯤은 무의식중에 두 가지 사고가 상호작용을 일으키기도 한다. 내 안에서는 제각기 다른 일들을 하고 있다는 감각이 없는 것이다.

나는 이 책 본문에서 역사학이나 사회과학(1장), 문학(2장), 그리고 과학 및 과학사(3장)라는 완전히 상이한 장르의 저작을 골라 논했다. 그러나 그것들이 〈결국 같은 한 가지〉로 서로 공진하는 모습을 독자들이 실감할 수 있게끔 각각의 장의 주제를 선정하려 했다.

집필 전에 철저히 준비하라

그런데 아주 짧은 에세이를 제외한다면, 의뢰받은 논문이나 저서의 집필에 곧바로 달려들 수 있는 건 아니다. 이런저런 준비가 필요하다.

누군가에게 이야기를 듣거나 어딘가로 견학을 다녀와야만 할 경우도 있다. 그러한 준비는 무척 즐거운 일이다. 내 경우, 편집자나 공저자와 함께 여행이나 견학을 갈 때도 있다. 물론 개인적으로 견학을 가기도 한다.

꼭 견학을 안 가도 정보나 문헌에 접근할 수 있으니 쓰기는 가능하다. 또한 과거의 일처럼 원리적으로 직접 보기 불가능한 것도 있다. 그러므로 덮어놓고 다 견학을 가야 하는 것은 아니다. 다만 만약 시간과 금전이 허락한다면, 관련된 현장에 가보는 것이 좋다. 현장에서 실제로 체험을 해보면 '단언할 용기' 같은 것이 생기기 때문이다. 나는 특히 1995년에 '옴진리교 사건'에 대해 쓴 이래 그런 생각이 강해졌다.

준비 과정에서 다른 학자나 전문가와 이야기를 나눈 것을 그대로 '대담' 형식으로 공표할 때도 있다. 내가 주재하는 사상지 《THINKING '0'》의 대담이나 몇 권의 대담집은 이렇게 만들어진 것이다.

집필 준비 중에 가장 중요한 일, 가장 많은 시간이 드는 일은 두말할 것도 없이 문헌 조사이다. 셀 수 없이 많은 논문과 책을 읽지 않으면 안 된다. 아카데믹한 글을 쓸 때의 절대적인 약속 사항은 다른 학자들에 의해 이미 무엇이 알려졌는지, 다른 학자나 사상가는 어떻게 설명해왔는지를 전제한 다음에 자신의 아이디어를 써야 한다는 것이다.

'이미 말한 것'이나 '이미 배척된 것'을 새삼 다시 쓸 수는 없는 노릇이다. 또 기존 학설과는 다른 자기 학설을 전개하려면, 어째서 그 '자기 학설'이 나은지를 변증할 필요가 있다. 이러한 조건으로 집필 전에는 읽어야 할 문헌이 많다.

읽어야 할 문헌은 물론 일본어로 된 것만이 아니다. 번역되지 않은 문헌도 많다. 또 일단 번역은 되었다 해도 사회학이나 철학의 이론적 문헌의 경우에는 일본어로 읽어도 이해가 안 되는 것이 많다(특히 아직 개역이 이루어지지 않은 20세기 후반 이래 문헌의 경우에 그런 것이 많다). 니클라스 루만이나 질 들뢰즈, 자크 라캉 등의 책을 원서 대조 없이 이해할 수 있는 사람이 있다면, 어떻게 그럴 수 있는지 배우고 싶을 정도다. 번역이 있다면 참조를 해도 좋지만, 어쨌든 원서와 대조하지 않고서는 읽을 수 없는 것이 적지 않다.

준비를 위해 문헌을 읽는다고 해도, 집필 의뢰를 받은 뒤에야 그 분야에 대해 생짜로 공부하기 시작한다는 것 따위는 당연히 불가능하다. 그러나 반대로 새로이 조사를 하거나 읽거나 할 필요가 전혀 없는 주제에 대해 쓰는 것은 지루한 일이다.

가끔 타인의 학설을 찾아보고 이해하는 것을 귀찮게 여기는 사람이 있다. 또 그런 일을 어려워하는 사람도 있다. 그런 사람은, 적어도 학문에는 적성이 맞지 않는 것이다. 보통은 어떤 사안에 대해 지적인 의문을 품게 되면 앞선 사람들이나 동시대인들이 그것에 대해 어떻게 응답해왔는지 궁금해지게 마련이다. 그러한 지적 욕구가 자연히 일지 않는다면, 문헌 읽기는 괴로운 작업이 될 터이다.

문헌을 읽는 등 준비를 진행하다보니 점점 가슴이 설레기 시작한다. 쓰고 싶은 것들이 축적되어 근질근질해진다. 그런 기분이 들지 않는다면 글쓰기는 불가능하다.

내게는 방침이 하나 있다. 내가 말 안 해도 조만간 누가 말하겠지 싶은 것은 쓰지 않는다는 방침이다. '내가 쓰지 않는다면 누구도 이걸 쓰지 않을 거야' 하는 생각이 드는 것만 쓰기로 했다. (다만 세상에는 너무나 자명해서 아무도 쓰지 않는 것이나 오류임이 일목요연하기 때문에 아무도 안 쓴 것들이 있다는 점도 잊지 마시라.)

준비를 진행하면서 탐정소설 속의 탐정, 그러니까 꼭 홈스나 푸아로가 된 것만 같은 기분이 들기 시작한다면 때가 무르익은 것이다. 탐정소설에는 대개 등장인물 가운데 '이 녀석이 범인임에 틀림없어' 하는 후보자가 나온다. 탐정(과 그 후보자와 진범) 이외의 모든 등장인물, 예를 들어 평범한 경찰은 그 '후보자'가 살인범이라고 일찌감치 단정짓는다. 그 또는 그녀가 범인이라는데는 의문의 여지가 없다고 말이다. 그러나 홈스나 푸아로 같은 탐정만은 '의문의 여지가 없'기는커녕, 의문투성이라는 걸 안다. 탐정만은 누가 봐도 범인스러운 그 '후보자'와는 별개로 진정한 범인이 있다는 걸 아는 것이다.

이제까지의 문헌에 쓰여 있는 선행적 설명이, 탐정소설에 나오는 평범한 경찰처럼 보이기 시작한다. '미끼'나 '위장 공작'에 감쪽같이 넘어간 경찰처럼 말이다. 그에 반해, 나는 홈스다. 그렇게 적이 오만한 기분이 들기 시작했을 때, 준비는 최종 국면에 들어선 것이다.

청사진이 될 메모를 만들어라

문헌 조사, 인터뷰, 견학 등의 준비가 대강 끝나고 집필에 착수하기 전에, 논문 구상을 위한 메모를 꼭 만들어야 한다. 내 경우 무슨 자전거 조업 식으로, 혹은 벼락치기 식으로는 글을 쓰지 못한다. 쓰기에 앞서 지도, 즉 구상을 적은 메모가 만들어져 있어야 한다.

가능하다면 그전에, 즉 문헌을 읽거나 견학을 다녀오거나 하는 준비 단계 전에, 어떤 테마로 논문을 쓰자고 결심한 최초 단계에 간단한 메모를 만드는 편이 좋다. 쓰고 싶은 바가 무엇인지, 어떤 화제가 관련될 수 있을 듯한지, 어떤 것을 조사해볼 필요가 있을지, 이런 전망을 적은 메모 말이다. 이 단계에서는 전체의 정합성이나 구조에 대해 그리 엄밀히 따질 필요는 없다. 이 메모는 문헌 읽기 등의 준비 과정에서 부단히 갱신하고 가필해서 충실하게 만든다.

그리고 대강의 준비를 마친 단계에서, 재차 쓰고 싶은 화제를 열거하는 메모를 만든다. 순서 같은 건 신경 쓰지 말고 마음 가는 대로 관련된 화제를 들어보자. 그런 다음 화제들 간의 접점이나 원근 등을 고려하여, 화제를 몇 개의 블록으로 정리해간다.

그다음에 드디어 논문이나 저서의 구상을 적은 문서를 만든다. 무엇을 어떤 순서로 쓸 것인가를 기록한 문서로 '목차' 비슷한 것이다. 단 이건 개인용이므로 자기만 알아볼 수 있는 방식이나 어휘로 써도 충분하다.

'들어가는 글'에서 나는 '한눈에 들어오는 메모'가 필요하다고 했다. 그 한눈에 들어오는 메모란, 이 구상을 적은 문서를 가리킨다. 이 메모는 무척이나 중요하다. 이게 만들어지는 데까지 왔으면 대개의 논문은 다 쓸 수 있다.

다만 '들어가는 글'에서도 강조했듯, 이 메모가 너무 크면 안 된다. 적어도 내 경우는 그렇다. 예컨대 수년간 계속될 연재를 집필하기 전에도 이 구상 메모를 만들긴 하지만, 여러 쪽이 나오는 메모이면 안 된다. 한눈에 전체를 조망할 수 있을 정도의 크기가 아니면 안 된다. 즉 최대 A4 한 장 정도의 크기로 제한할 필요가 있다.

구상의 정밀도를 올릴 필요가 있을 때에는, 이 원래의 개요 메모를 하위 분할해가면서 각 수준의 '전체'에 대응해 다시 '한눈에 들어오는 메모'를 만들어나간다. 말하자면 안에 더 작은 상자를 포개 넣는 상자처럼 자잘하게 메모를 만들어도 상관없지만, 다만 어느 수준에서나 한눈에 조망할 수 있을 정도로 콤팩트해야 한다.

내게 이 메모를 만드는 작업은 투수가 볼 배합을 생각하는 것과 유사한 이미지이다. 예를 들어 슬라이더가 결정구인 투수가 있다면, 그는 몇 구째에서 그 결정구를 던져야 하는 걸까. 그전에는 어떤 구종, 어느 코스로 던질 필요가 있을까. 볼 배합이 안 좋으면 결정구도 살지 않는다.

이와 마찬가지로 무엇을 어떤 순서로 쓰고 말할 것인가에 따라 설득력의 크기도 달라진다. 가장 설득력 있는 구상은 무엇일까. 타자를 확실히 삼진으로 돌려세울 수 있을, 즉 '독자'에게 '그렇군!' 하는 기분이 들게 할 화제의 배열은 어떤 것일까. 그것을 적은 것이 이 메모이다.

이 구상 메모에 적힌 '쓰는 순서'가 꼭 자신이 지금까지 사고해 온 순서와 같지는 않다. 자신이 사고한 순서와 타인(독자)에게 설득력 있는 순서가 꼭 같으리라는 법은 없다. 자신이 생각해냈거나 사고한 순서 그대로 쓴다고 해도, 그것이 읽는 사람에게 설득력을 가진다고는 할 수 없는 것이다. 일반적으로 말해, 논문이나 저서의 '쓰인 순서'가 실제 '사고한 순서'의 정반대일 때 설득력이 극대화된다.

불안을 극복할 '약'

드디어 글을 쓰기 시작한다. 집필 개시 직전 2~3일은 적이 울적한 시간을 보낸다, 라고 하는 건 젊을 적 얘기이고 이제 그런 일은 없다. 그러나 어쨌든 30대 전반 정도까지는 집필을 시작하기 전에 조금 컨디션이 악화되고는 했다.

집필 직전에 왜 우울한 기분이 되었던 것일까. 불안했던 것이다. 정말 쓸 수 있을까. 결론에 도달할 수 있을까. 논문을 쓰는 것은 대해로 출항하는 것과 닮았다. 도중에 침몰하지나 않을까. 저쪽 해안에 도달할 수 있을까. 애초에 저쪽에 해안이 있기나 할까. 이런 걱정이 이 울적함의 원인이다.

이 울적함을 극복할 방법이 있다. 특히 마음에 들었던 걸출한 논문 혹은 책을 조금 읽는 것이다. 내가 논문이나 책을 쓰는 것은, 물론 과거에 다른 누군가의 논문이나 책에 감동하거나 충격을 받는 등의 경험을 했기 때문이다. 문필을 업으로 삼은 사람이라면 누구나 그럴 것이다. 책을 읽고 감동한 적도 없는데 책이 쓰고 싶을 리가 없다.

과거 자신에게 순수한 감동을 주었던 논문이나 책 가운데서 어느 하나를 골라 읽어본다. 이제부터 쓰려 하는 논문의 주제와 관계 있는 텍스트일 필요는 없다. 또 다 읽을 필요도 없다. 마음에 드는 논문이나 책에서 특히 좋아하는 한 부분을 몇 쪽 정도 읽으면 된다. 그러면 내 안에서 청신한 감동이 재현된다. 나에게 〈쓰기〉를 충동질했던 저 가슴 설레는 기분이 되살아오는 것이다. 정신을 차리고 보면 울적했던 기분은 해소되어 있다.

이처럼 감동을 반복시켜주는 효과가 있는 책을 몇 권 곁에 확보해두면 좋다. 아주 많을 필요도 없다. 딱 한 권이라도 상관없다. 어떤 책이 좋을까. 어떤 논문 혹은 텍스트가 좋을까. 이런 것은 일반적으로는 말할 수 없다. 요컨대 상성의 문제다. 사람에 따라 파장이 맞는 텍스트가 다르다. '이런 걸 쓰고 싶다' '이렇게 쓸 수 있다면 얼마나 좋을까'와 같은 강렬한 동경을 환기하는 텍스트라면 무엇이든 좋다. 그것이 우울함을 극복하는 최고의 약이 되어줄 것이다.

나는 이제 젊을 적처럼 집필 전 며칠씩이나 우울해지거나 하지 않는다. 그렇지만 쓰기를 시작하기 전에, 혹은 앞서 말한 구상 메모를 작성하기 전에, 특히 좋아하는 책, 의중에 몰래 품은 연인과도 같은 책을 종종 다시 읽는다. 그러면 집필을 앞두고 정신이 고양된다.

독자를 사로잡을 첫머리를 만들어라

무엇보다 어려운 게 서두의 한 문장이다. 지금까지의 준비 과정에서 숙성되어, 마치 기다렸다는 듯이 서두의 한 문장이 자연스럽게 나올 때도 있다. 즉 안산일 때도 있다. 하지만 난산일 때도 적지 않다. 첫 한 문장을 몇 번이고 고쳐 쓰는 일도 생긴다.

서두의 한 문장을 정하고 나면 조금 나아진다. 그렇다고는 해도 갓 시작했을 때는 집필 속도가 느리다. 예컨대 400자 계산으로 40매 논문을 쓴다고 하면, 최초의 4분의 1에서 3분의 1 부근까지는 몇 차례고 다시 읽고 고쳐 쓰면서 나아가기 때문에 무척이나 시간이 걸린다.

독자를 생각한다면 서두는 중요하다. 글 읽기는 고되고 고된 일이다. 그런 고됨을 넘어 계속해서 읽게 만들어야 한다. 고됨을 넘어서는 지적인 쾌락이 있다는 걸 예고하는 것이 서두의 몇 줄 이다.

예를 들어 탐정소설에서는 서두에서 살인 사건이 일어난다. 독자는 '누가 죽였을까' '왜 살해되었을까'라는 수수께끼에 사로 잡혀 계속 읽지 않고는 배길 수 없게 된다. 논문이나 학문적인 저작도 이런 식으로 독자를 사로잡을 수 있다면 더없이 좋다.

더 나아가, 내가 느끼기에 사회학이나 철학 논문·저작은 탐정소설에는 없는 난점을 품고 있다. 대부분의 사람은 거기서 '살인 사건'이 일어난 사실을 눈치채지 못하는 경우가 많기 때문이다. 먼저 독자가 불가사의한 살인 사건에 필적하는, 혹은 그것을 능가하는 미스터리가 있다는 사실을 눈치채도록 해야 한다.

자본주의적 생산양식이 지배하는 사회에서 부는 하나의 '막대한 상품 집적'으로 나타나고, 개개의 상품은 그 부의 기본 형태로 나타난다. 그러므로 우리의 연구는 상품의 분석에서부터 시작되는 것이다. (저자가 구마노 스미히코,《마르크스 자본론의 사고》, 세리카쇼보, 2013의 번역을 참조해 수정·인용한 것을, 옮긴이가 도서출판 길판《자본》을 참조해 번역했다 ― 옮긴이)

마르크스의 《자본론》의 유명한 서두이다. 뭔가 '찌릿찌릿'해지는 첫머리 아닌가. 상품이 매매된다. 이보다 당연한 일상은 없다. 그러나 《자본론》에 따르면, 이야말로 최대의 수수께끼, 경이적인 수수께끼이다. 《자본론》은 그 사실을 납득시키는 데서부터 출발한다.

마음이 들썩이는 글이 아니라면 쓰지 말라

집필 속도는 논문이 끝을 향해 갈수록 점점 더 빨라진다. 특히 결말의 속도는 비상히 빠르다. 내 주관적인 감각으로는 최초 단계와 최후 단계 사이의 쓰는 속도는 거의 수십 배 차이가 난다. 아마도 많은 집필자들이 그럴 것이다. 마지막에 가서는 황홀감에 사로잡혀 쓰는 것이다.

집필은 앞서 만든 구상 메모(볼 배합 메모)를 따라 이루어진다. 그러나 집필은 이 메모의 전개나 외화가 아니다. 쓰는 과정 속에서 새로운 발견이 없는 글은 시시하다. 누구에게? 우선 쓰는 사람 자신에게. 그리고 읽는 사람에게. 만약 쓰지 않았더라면 발견하지 못했을 사실이 쓰기에 의해 발견되지 않는다면, 대체 무엇을 위해 쓴단 말인가. 발견이 없다면 쓰기는 성가셔진다.

쓰기에 의한 발견이란 대략 '내가 이런 생각을 하고 있었던 건가!'와 같은 느낌이다. 써보지 않으면 자신이 무엇을 생각한 것인지 알 수 없다. 씀으로써 비로소 자신이 무엇을 생각하고 있었던 것인지를 깨닫고 스스로 놀란다. 그런 감각이다. 때로 말함으로써도 비슷한 일이 일어나지만(즉 말해봄으로써 비로소 자신이 생각하고 있던 것을 발견하는 일도 있지만), 쓰기에 비할 바가 못 된다. 쓰기의 독자적 가치, 독자적 기쁨은 이 발견에 있다.

그렇다. 쓰면서 가슴 설레고 두근거려야 한다. 집필은 괴로운 작업이지만, 다름 아닌 그 고통 속에, 혹은 고통 너머에 기쁨이 있어야 한다. 오리구치 노부오는 제자들에게 항상 '마음이 들썩이는 글이 아니라면 쓰지 말라'고 말했다고 하는데 정말이지 맞는 말이다. 아무리 심각한 문제, 불행한 사건에 대해 쓸 때라도, 탐구 그 자체, 또 쓰기 그 자체에는 역시 발견의 기쁨이 있다. 그것이 없다면 쓰지 않는 편이 낫다.

적어도 다음의 사실은 확실하다. 쓰는 사람에게 시시한 게 독자에게 재미있을 리는 절대 없다. 쓰는 사람에게는 재미있지만 독자에게는 그 재미가 잘 전해지지 않는 경우는 가끔 — 실은 종종 — 있다. 하지만 저자가 '시시하다'고 생각하면서 쓴 것이 읽는 사람에게는 재미있다는 형편 좋은 일은 절대로 일어나지 않는다고 생각하는 게 좋다. 쓰면서 시시한 것은 발표하지 않는 게 나을 것이다.

배회, 식사, 키보드

이유를 확실히 말할 수는 없는데, 나는 걸으면서 쓴다. 글이 클라이맥스에 들어서거나 까다로운 부분에 접어들면, 어느새 방 안을 뱅뱅 돌며 걷고 있다. 걸으면서 생각하는 것이다. 조금 걷고 나서 다시 의자에 앉아 컴퓨터와 마주한다. 조금 쓰고 나서 다시 서성거리다가 또 쓰는 행위를 반복한다. 그렇기 때문에 긴 논문을 다 쓰고 나면 마치 어디 멀리라도 다녀온 것처럼 다리가 지치기도 한다.

집필이 한창일 때에는 식사를 거르곤 하는 사람도 있다. 내 경우는 그와 반대다. 집필 전이건 한창이건 간에 식사는 꼭 챙긴다. 맛있고 영양 면에서도 양과 질이 충분한 걸 먹는다. 적어도 내게는 그게 바람직하다. 두 가지 이유가 있다. 첫째로 사고와 쓰기는 꽤 배가 빨리 꺼지는 일이다. 뱃속이 허한 '연료 0' 상태가 되면 사고가 정체되는 느낌이 든다. 둘째로 집필이 한창일 때엔 식사만이 긴장에서 해방시켜준다. 식사 시간에 찾아오는 완전한 해방감은 집필에 상쾌한 리듬감을 불어넣어준다. 단 한창 집필 중일 때는 식사에 그리 많은 시간을 할애할 수가 없다. 식사든 뭐든 간에 집필을 너무 오래 중단하면 명백히 집필에 마이너스가 된다. 그러므로 정리하자면, 집필 중에는 짧아도 즐겁고 충실한 식사가 바람직하다.

나는 대학원생 시절 워드 프로세서를 사용하기 시작한 이래

지금까지 계속 '엄지 시프트^{親指シフト}'라는 키보드를 써왔다. '엄지 시프트'가 무엇인지 모르는 사람이 많을 것 같다. 그러나 내겐 더없이 강력한 툴이기 때문에 잠깐 소개를 해두겠다.

엄지 시프트는 과거 후지쯔의 워드 프로세서 'OASIS' 시리즈에 쓰이던 일본어 '가나' 문자 입력 키 배열이다. JIS 규격의 보통 '가나' 입력 키 배열은, 솔직히 빡빡한 작업에는 적합하지 않다. 그래서 대개 사람들은 로마자 입력을 쓰곤 한다. 나도 보통은 로마자 입력으로 일본어 문장을 작성한다.

그러나 복잡한 문장을 쓸 때, 즉 논문이나 책의 원고를 쓸 때는 엄지 시프트 키 배열에 따른 가나 입력을 사용한다. 엄지 시프트는 '엄지 시프트 키'라는 특별한 키를 두 개 도입함으로써 가나 입력을 획기적으로 손쉽게 했다. JIS 규격 가나 입력의 문제는 터치 타이핑(키보드를 보지 않고 타이핑)하기가 쉽지 않다는 것이다. 엄지 시프트에서는 약간만 연습하면 터치 타이핑을 할 수가 있다.

게다가 엄지 시프트의 입력법은 로마자 입력보다 훨씬 빠르고 쉽다. 당연한 일이다. 로마자로 쓸 때 가나 한 글자를 구성하려면 모음과 자음을 입력해야 한다. 일례로 'わ'(와)를 입력하려면 'W'와 'A'의 두 글자를 입력해야 하지만, 가나 문자로 쓸 수 있다면 그냥 'わ'를 입력하면 된다.

엄지 시프트로 입력을 하는 게 그저 빠르기만 한 건 아니다. 로마자 입력과 엄지 시프트 둘 다를 아는 사람만 이해할 수 있는 지점일 텐데, 전자 쪽 피로도가 훨씬 높다는 것이다. 로마자 입력으로 논문을 써본 적이 있다. 처음에는 그렇게 신경이 쓰이지 않았지만, 논문 후반에 가보니 머리가 굉장히 지치는 걸 느낄 수 있었다. 아마도 가나를 로마자로 변환하는, 논문의 내용과는 별로 상관도 없는 일에 머리를 썼기 때문일 터이다.

엄지 시프트 키보드는 후지쓰에서 살 수 있지만 나는 그러지 않았다. 윈도우즈든 매킨토시든 일반 키보드의 키 배열을 '엄지 시프트'로 해주는 소프트웨어가 몇 가지 있기 때문이다. 나는 매킨토시를 '엄지 시프트'로 만들어서 쓰고 있다. 내 주위에는 이런 엄지 시프트 지지자가 많다(하시즈메 다이사부로 씨나 미야다이 신지 씨가 그렇다).

마무리

논문을 다 쓰고 난 후에는 교정 작업이 기다리고 있다. 논문을 편집자에게 보내고 얼마 지나면 교정쇄가 온다. 그 교정쇄에 '빨간 펜'을 대는 것이다. 교정에는 양의적인, 조금 복잡한 감각이 동반된다. 내게 교정은 비교적 즐거운 작업이다.

한편으로 문장을 전체적으로 다시 읽어보면, 어쩔 수 없이 일종의 회한과도 같은 것이 피어오른다. 자신의 문장을 마치 비평가의 눈으로 보듯 보게 되는 것이다. 그러면 '여긴 아직 쓰다 말았어' '여긴 못다 한 말이 있군' 따위의 '잔여'가 차례차례 눈에 띄게 된다. 그 잔여가 다음 집필을 위한 씨앗이 된다.

그러나 다른 한편으로 교정을 보다가 어쩐지 넋을 잃을 것만 기분이 들기도 한다. 화가가 마지막 한 획 두 획을 그려넣어 작품을 완성시킬 때의 기분, 조각가가 미묘한 조정을 가하며 자신의 작품을 바라볼 때의 기분, 아마 그와 닮은 감각을 느끼는 것이다.

저서의 경우에는 그 후로도 몇 가지 작업이 더 있다. 편집자와 함께 장정裝幀이나 레이아웃을 생각하는 것이다. 책이 하나의 미술 작품으로서 완성되어가는 과정은 정말 즐길 만하다. '견본'으로 완성된 책은 몇 번을 되풀이해 읽는다. 특히 자신도 마음에 들었던 대목, 마음에 들었던 장을 중심으로 말이다. 완성 직후의 책을 자기 아이처럼 사랑스러워하는 것이다.

편집자의 사명

여기서 편집자의 역할에 대해 한마디해두자. 논문이건 저서건 다 불특정 다수의 독자를 향해 쓰는 글이다. 하지만 동시에 나는 편집자를 향해 쓴다. 나 아닌 다른 집필자들도 그러리라고 생각하는데, 쓰는 동안에는 아무래도 편집자의 시선을 의식한다. 편집자가 어떻게 읽을까, 어떤 감상을 가질까 등등을 상상하면서 쓰게 되는 것이다.

쓴 것이 얼마나 많은 어떤 독자들에게 도달하게 될지는 쓰는 단계에서 알 수 없다. 그러나 그것은 확실하게, 한 사람의 독자에게 도달한다. 게다가 그는 최초의 독자이다. 그 최초의 독자야말로 편집자이다. 그러므로 나는 글을 쓸 때 우선 편집자의 비평적 의식을 만족시키고 싶다는 생각을 한다. 편집자를 만족시키지 못한다면, 그 너머에 있는 불특정 독자를 만족시킬 수 없을 거라는 기분이 드는 것이다. 내 직관으로는 편집자라는 매개를 거치지 않고 갑자기 불특정 독자를 향해 쓰는 것보다는, 편집자라는 〈구체적 타자〉를 중간에 개입시키는 편이 글의 질을 현격히 끌어올려준다.

이렇게 생각하면, 편집자의 역할은 무척이나 중요하다. 편집자가 무능하면 글의 수준도 떨어져버린다. 딱히 집필자가 '저 편집자는 별 볼일 없는 인간이니 적당히 하자'고 생각하고서 쓰는 게 아니건만, 무의식중에 글의 질이 떨어져버리는 것이다. 반대로 편집자가 유능하고 신뢰가 갈 때엔, 집필자는 그 편집자의 엄격한 비평적 시선을 상정하며 글을 쓰기 때문에 최대한 힘을 발휘하게 된다. 편집자가 집필자의 능력을 이끌어내는 것이다.

차례차례로 양서를 세상에 내보내는 편집자가 있는가 하면, 좀처럼 성공을 거두지 못하는 편집자도 있다. 이런 분기는 우연의 결과가 아니다. 쓰는 사람의 의욕이나 능력을 이끌어내는 데 능숙한 편집자가 있는가 하면, 반대로 '저 사람이랑 얘기하다보면 점점 의욕이 없어진다'는 인상을 주는 편집자도 있다.

그렇기 때문에 나는 편집자는 일본의 지적 문화의 질을 유지하는 데 중요한 역할을 하고 있다고 본다. 드넓은 교양과 깊은 견식을 가진 편집자가 분명히 있다. 이 나라에서 가장 교양 있는 집단은 대학교수 정도라고 생각하는 사람들이 많지만, 꼭 그런 것만도 아니다. 평균적인 대학교수보다도 훨씬 광범위하게 책을 섭렵하고 훨씬 날카로운 통찰력을 가진 편집자가 있음을 나는 안다. 그러나 동시에, 그런 편집자가 '잔뜩' 있는 건 아니라는 것도 알고 있다.

마감의 효용

마지막으로 '마감'에 대해 쓰겠다. 의뢰받은 글에는 '마감'이 있다. 정직히 고백하자면, 난 마감을 딱 맞추지 못할 때가 많다. 그렇기 때문에 편집자나 인쇄소, 장정가 등 연쇄적으로 많은 사람들에게 폐를 끼치게 되니, 나로서는 정말이지 면목이 없다.

마감은 쓴 글을 상품으로 출하하는 등의 실무적 사정에서 설정되는 것으로, 글의 질이나 수준에는 아무런 영향도 미치지 않는다……라고 보통은 생각한다. 그러나 마감을 준수하지 않는 내가 말하면 설득력이 떨어질지도 모르지만, 마감에는 책이나 논문의 내용에 긍정적인 영향을 주는 독특한 효용이 있다.

내 대학 시절 친구인 M은 과거 어느 문예지 편집부에서 소설가 고故 나카가미 겐지를 담당했다. 나카가미도 마감을 안 지키는 사람이었다고 한다. 마감일이 되어도 펜을 쥘 생각을 안 하고 술만 마셔대는 나카가미에게, 마침내 M은 애원을 했다고 한다. "나카가미 씨, 이제 그만 글을 써주세요"라고. 그러자 나카가미는 탁한 목소리로 이렇게 대답했다고 한다. "M, 문학에 마감이 있나?"

나카가미의 말에 일리가 있어 보인다. 분명 문학에도 학문에도 마감은 없다. 영원히 끝나지 않는 탐구가 있을 뿐이다. 그렇다고 한다면, 마감일 전에 글을 끝마치고 하나의 종결을 맞이한 양구는 것은 문학이나 학문에 대한 모독이 아닌가.

그러나 사실, 꼭 그렇게 결론 낼 수는 없다. 이 점을 깨우쳐주는 사례 중 하나가 자크 라캉의 단시간 세션이다. 라캉의 정신분석 시간은 통례(약 1시간)의 3분의 1밖에 안 되었다. 라캉은 각 세션을 짧게 설정해 환자를 재촉했던 것이다. 왜 이렇게 했을까? 환자의 회전을 빠르게 하면 수익이 오르니까? 실제로 단시간 세션은 라캉파가 국제정신분석학회에서 파문당하는 계기가 되었다. 그러나 많은 치료가는 경험적으로 다음 사실을 알고 있다. 환자들이 대개 분석에서 열쇠가 될 사항을 세션 종료까지 5분 남았다고 할 때 고백한다는 것을. 즉 환자는 종료 직전에 중요한 사실을 말하는 것이다. 단시간 세션은 이 효과를 방법적으로 통제하려 한 것이다.

이 단시간 세션의 효과와 유사한 것이 마감이다. 말하자면 라캉은 환자에게 마감을 급하게 설정한 것이다. 진료 중단에 대한 절박감 가운데서 환자는 보통은 볼 수 없는 자기 자신의 무의식 심층부에 도달한다. 책이나 논문 마감에 관해서도 마찬가지로 말할 수 있다. 〈끝〉이 코앞에 닥쳤다는 위기감이 지성에 용감한 비약을 재촉해, 때로 경이적인 통찰을 끌어오는 것이다. 거듭해서 파도처럼 덮쳐오는 마감을 타넘으며 글을 쓰는 건 굉장히 힘들지만, 거기에는 보상이 따르는 모양이다.

사고의 방법을 남들에게 설명하기란 주제넘은 일이다. '이렇게 사고하면 확실히 답에 도달한다'고 할 수 있는 사고의 일반적 스타일이 있을 리 없기 때문이다.

다만 내게는 생각한 것을 쓰는 것, 어떤 주제에 대해 생각하고서 얻은 일정한 결론에 관해 쓰는 것이 업이다. 아니, 사고한다는 것이야말로 내 삶의 거의 전부라고 말해도 과언이 아니다. 그렇다면 내 사고법을 하나의 사례로 제공하면 독자들에게도 분명 참고가 될 것이다. 그러한 의도에서 이 책을 썼다.

이 책이 만들어진 과정을 간단히 적어둔다. '들어가는 글'은 가와데쇼보신샤의 후지사키 히로유키 씨와의 인터뷰를 기반으로 했다. 후지사키 씨의 질문에 답하는 형태로 내가 말한 것들을 모아, 한 편의 글로 만든 게 이 장이다. 내가 구두로 답한 것을 근거로 해 후지사키 씨가 토대가 되는 글을 만들었다.

'들어가는 글' 뒤의 짧은 보론은 이와나미쇼텐의《시소우》(2012년 2월 호)에 쓴 것이다. 사람을 사고하게끔 하는 것은 '불법 침입'과 닮았다. 그것의 의미를 간단히 해명해보았다.

이 책의 본체를 이루는 세 개의 장은, 가와데쇼보신샤가 주재하는 '가와데 클럽'에서 한 강의를 바탕으로 했다. 사회과학 관련 도서를 다룬 1회 강의는 2013년 2월 26일에, 문학 관련 도서를 다룬 2회 강의는 3월 29일에, 가와데쇼보신샤 사옥 1층에 있는 찻집 '다방 후미쿠라'에서 했다. 그리고 3회 강의는 5월 2일 하라주쿠의 북카페 '비브리오텍'에서 했다. 청강자는 그때그때 모집했기 때문에 꼭 겹쳐진다고 할 수는 없다.

나는 '박식'해지려고 책을 읽지는 않는다. 지식을 늘리는 것이 독자의 목적이 아니다. 책은, 사고의 창조적인 동반자이다. 독서를 할 때 책과의 상호작용을 통해 사고가 어떻게 자극받고 심화되는지 실례를 들어 제시하는 것이 이들 세 개의 장이다.

세 개의 장이 전혀 다른 분야를 다루고 있다는 점이 놀라울 수도 있다. 만일 내 '학구學究'에 특징이 있다면, 그건 넓은 범위가 아닐까 생각한다. 내게 생각한다는 것은, 무언가 특정한 것을 생각한다기보다는 세계를 생각하고 읽어내는 것이다. 그때 사고는 분야의 벽을 횡단할 것을 강요받는다. 단 그것이 가능하다면 내가 이것저것 많이 해서가 아니다. 그 반대다. 궁극적으로는 한 가지밖에 생각하지 않기 때문이다.

가운데 세 개 장은 독자 개개의 관심에 따라, 이 책의 다른 부분과 분리해서 읽어주어도 무방하다. 앞에도 썼듯 각 장은 독립된 것으로, 청강자가 바뀌어가며 행해진 강의를 토대로 했기 때문이다.

마지막 장에서는 집필 의뢰를 받고 논문이나 책이 나올 때까지의 과정을 구체적으로 기술했다. 그 과정에서 무슨 일이 일어나고 무슨 일을 하는 것인지, 나 자신을 제재로 삼은 케이스 스터디 같은 것이다.

이 책이 이렇게 완성된 것은, 다른 누구도 아닌 가와데쇼보신샤의 후지사키 씨 덕이다. 위에도 썼듯 후지사키 씨는 '들어가는 글'의 인터뷰어였다. 후지사키 씨의 공헌은 이것만이 아니다. '읽고 사고한다는 것'을 생중계하듯 보여주는 강의를 하자는 계획은 후지사키 씨와의 대화 중에 나왔다. 또한 나카이 히사오 씨의 장문의 명에세이 〈집필 과정의 생리학〉을 기초로 최종장의 이미지를 부여해준 것도 후지사키 씨였다. 요컨대 이 책의 전체에 후지사키 씨의 아이디어가 침투해 있다. 그에게 깊이 감사드린다.

또한 세 차례의 강의에 참가해주신 분들께도 이 자리를 빌려 감사의 말을 전하고 싶다. 생각한 것을 말한다는 것은 즐거운 일이다. 청강해주신 여러분들도 그 즐거움을 공유하셨을까. 그러셨길 바라 마지않는다.

2013년 11월 11일

오사와 마사치

오사와 마사치는 현재 일본의 대표적인 이론사회학자로 꼽힌
다. 한국에서 비교적 잘 알려진 인물인 가라타니 고진(1941년생)
보다는 후속 세대이고 아즈마 히로키(1971년생)보다는 선배 세대
로, 아사다 아키라나 미야다이 신지 등을 동세대로 꼽을 수 있다.
박사 논문을 출간한 《행위의 대수학》(1988, 증보판은 1999)을 필두
로 지금까지 왕성한 저술 활동을 이어와, 단독 저서만도 서른 권
이 넘고 그 주제의 범위도 여기에 나열하기가 어려울 정도로 드
넓다. 하지만 그에 비해 한국에서 그의 작업이 아주 잘 알려져 있
다고 말하기는 어렵다. 한국의 독자들이 공감하기 쉬운 동시대
적 문제의식이 전면에 드러나는 책들이 많이 번역되지 않은 탓
이 아닐까 짐작해본다. 특히 옴진리교 사건을 다룬 《허구 시대의
끝》(1996, 증보판은 2009), 9·11 이후의 사회철학을 논한 《문명 내
충돌》(2002), 장기 침체에 빠진 일본의 사회 현실을 전후 일본 사

회사의 전개라는 맥락 안에서 고찰한 《불가능성의 시대》(2008) 등의 저작이 아직까지 번역·소개되지 않은 것이 아쉽다. 나는 2003년에 출간된 아즈마 히로키와의 연속 대담집 《자유를 생각하다: 9·11 이후의 현대사상》에서 그가 펼치는 종횡무진의 논리에 반해 그의 작업을 주시하게 되었다.

내가 아는 한 이 책 《책의 힘》은 오사와 마사치의 책 중에서 난이도가 평이한 편에 속한다. 정교하고 예리한 논의를 펼쳐 개념을 세공하거나 증명을 산출하기보다는, '책에서 독창적 사고를 이끌어내기'의 시범을 보인다는 것이 기본 콘셉트이기 때문이다. 그런 면에서 독자에 따라서는 그 발상의 과감함에 멈칫하게 될 때도 간혹 있을지 모른다. 하지만 나로서는 주로 발상의 기발함에 감탄했고 또 감동을 받았다.

저자가 특별히 힘주어 말하고 있지는 않지만, 이 책의 원제인 '사고술思考術'에서 '사고'란 무엇보다 미래의 타자를 바라보는 사고라는 것, 그리고 그 미래란 3·11이라는 파국적 사건 이후의 미래라는 것을 분명히 느낄 수 있었다. 이 책을 한창 번역하고 있던 시기에 한국에서는 4·16 세월호 참사라는 파국적 사건이 벌어졌다. 두 사건을 같은 선상에 놓고 말하는 데에는 많은 무리가 따르지만, 그럼에도 번역자로서 파국적 사건 이후 '무엇을 생각할 것인가' '어떻게 생각할 것인가'라는 과제를 받아안게 된 사람들에게 이 책이 보탬이 될 수 있었으면 하는 바람이 있다.

나는 깨어 있는 시간의 상당 부분을 글을 읽는 데 쓰지만 그렇

옮긴이의 말

다고 공부나 연구를 하는 사람은 아니다. 항상 책을 읽으며 배움을 얻고자 하는 마음은 있지만, 이렇다 할 내 사고의 주제가 있는 것도 아니고 그럴 만한 시간을 내기도 어렵다(는 핑계를 대곤 한다). 그러나 이 책을 읽고 번역하며 내 몫의 사고, 미래의 타자에게 전할 만한 무언가를 찾아내기 위한 사고의 필요성을 다시 생각하게 되었다. 말하자면 나는 이 책에서 '감히 사고하려 하라'는 메시지를 수신했다. 독자들도 나와 같은 메시지를 수신하게 될지 궁금하다.

번역을 너무 만만하게 생각하고 달려들었다는 후회도 종종 들었지만 읽고 번역하는 일의 즐거움이 더 컸던 것 같다. 무엇보다 한 사람의 독서인으로서 즐거운 경험이었다. 이 책에서 직접 독해의 대상이 되는 책만 해도 16권에 달하고, 독해의 방식도 하나같이 새롭다. 예컨대 베버의 프로테스탄티즘 윤리 분석을 게임 이론의 틀로 설명한 것이나《죄와 벌》을 테러리즘의 형이상학이라고 할 만한 입장에서 고찰한 대목 등을 읽으며 '책을 이렇게도 읽을 수 있구나!' 하며 경탄했던 기억이 난다. 또 이 책을 통해 새로 알게 된 훌륭한 작가와 학자, 그리고 그들의 책이 있다. 오래 동경하면서도 거리를 두어왔던 자연과학 교양서도 접하는 계기가 되었다. 오사와 마사치의 사고술만이 아니라 다른 사람들, 특히 한국 저술가들의 사고술이 궁금해졌다. 이 책이 많은 독자를 만나 좋은 반응을 얻게 된다면, 그런 또 다른 사고술을 읽게 될 가능성도 커지지 않을까 기대해본다.

마지막으로 오월의봄 편집자분들에게 감사를 드린다. 저작권 계약 과정이 순탄치 않아 조바심을 자주 내비쳤는데 항상 차분히 응대해주셨고, 교정 과정에서도 초보 번역자의 번역문을 세심하게 다듬어주셨다. 그리고 오사와 마사치 선생님께도 특별히 감사를 드린다. 저작권 문제로 골치를 썩이다가 결국은 선생님께 메일로 직접 문의를 드리기에 이르렀는데, 친절한 답신과 함께 꼬여 있던 상황을 단숨에 정리해주셨다. 그리고 이 책이 한국의 서점에 놓이기까지의 과정에 참여한 모든 출판·인쇄 노동자분들에게도 감사를 전한다.

책의 힘

초판 1쇄 펴낸날   2015년 10월 26일
초판 2쇄 펴낸날   2017년 6월 26일

지은이   오사와 마사치
옮긴이   김효진
펴낸이   박재영
편집   양선화
디자인   간소

펴낸곳   도서출판 오월의봄
주소   04032 서울시 마포구 양화로 133, 1605호
등록   제406-2010-000111호
전화   070-7704-5809
팩스   0505-300-0518

이메일   maybook05@naver.com
트위터   @oohbom
블로그   blog.naver.com/maybook05
페이스북   facebook.com/maybook05

ISBN   978-89-97889-82-2 03800

이 도서의 국립중앙도서관 출판시도서목록(CIP)은 e-CIP홈페이지(http://nl.go.kr/ecip)와
국가자료공동목록시스템(http://www.nl.go.kr/kolisnet)에서 이용하실 수 있습니다.
(CIP 제어번호 : CIP2015025257)

• 책값은 뒤표지에 있습니다. 잘못된 책은 바꾸어 드립니다.